岩 波 文 庫

32-569-3

八十日間世界一周

ジュール・ヴェルヌ作
鈴 木 啓 二 訳

JN286053

岩 波 書 店

Jules Verne

LE TOUR DU MONDE
EN
QUATRE-VINGTS JOURS

1873

目次

1　フィリアス・フォッグとパスパルトゥー、一方が主人に、他方が召使になることを了承しあう

一八七二年のことであった。バーリントン・ガーデンズ、サヴィル＝ロウ七番地の屋敷に、フィリアス・フォッグという紳士が住んでいた。それは一八一四年にシェリダンが息を引き取ったのと同じ屋敷であった。フォッグ氏はロンドンの革新クラブのメンバーであった。全会員中、最も風変わりで最も目立った存在の一人であったが、彼自身の方では、人目につくようなことは一切しないよう努めているように見えた。

こうして、イギリスが誇る最も偉大な演説家の一人のあとに、フィリアス・フォッグなるこの謎の人物が住むようになったのである。相当に立派な紳士であるということと、イギリス上流社会きっての貴公子の一人であるということをおいては、彼についての情報は一切なかった。

バイロンに似ているという噂であったが、それは顔だけの話であって、足の方は申し分なかった。いわば口ひげと頬ひげを生やしたバイロン、物に動じることのないバイロン、千年生きてなお老いることのないバイロンといった風情なのであった。

フィリアス・フォッグが英国人であること、これは間違いなかった。しかしどうやらロンドンの人間ではなさそうだった。株式取引所でも、英国銀行でも、またシティーのいかなる銀行でも、ついぞ彼の姿を見かけた者はいなかった。ロンドンのいかなる港やドックにも、フィリアス・フォッグを船主とする船舶が入ってきたためしはなかった。この紳士はまた、行政官庁のいかなる委員会にも顔を見せたことがなかった。テンプル学院にせよリンカンズ・インにせよグレーズ・インにせよ、四法曹学院のいずれかで彼の名が轟《とどろ》いたことはかつてなかったし、大法院でも高等法院女王座部でも、財務裁判所でも教会裁判所でも、彼が弁護を行ったことは一度としてなかった。彼はまた、実業家でもブローカーでも小売商でも農業経営者でもなかった。大英王立科学研究所にも、ロンドン協会にも、職人協会にも、ラッセル協会にも、西欧文芸協会にも法律協会にも、また女王陛下の直接の庇護のもとに置かれている学芸協会にも、彼は所属していなかった。更に彼は、グラス・ハーモニカ協会から、害虫駆除を主たる目的として設立された昆虫協会に至る、英国の首都にあふれかえる数多くの団体のいずれにも属してはいなかった。

フィリアス・フォッグが革新クラブの会員であるということ。わかっているのはただそれだけだったのである。

これほど謎めいた人物が、この名誉あるクラブの一会員であったことに驚く人もいるだろう。

フィリアス・フォッグ

ところが彼はベアリング兄弟の推薦で入会したというのだった。フォッグ氏はベアリング兄弟の銀行に口座を開設しており、フォッグ氏の小切手は、常時黒字の彼の当座預金残高から規則正しく、一覧払で支払われていた。そこからある種の「信用」なるものが生まれたのであった。

このフィリアス・フォッグ氏が金持ちであることについては、疑いの余地はなかった。が、いかに彼が財をなしたかは、どんな事情通にも答えられぬ難問であった。また、それを知ろうとしてフォッグ氏自身に尋ねてみても、他の誰彼以上に、彼からその答えを引き出すことはまならなかったに違いない。いずれにせよフォッグ氏は、言葉であれ何であれ、浪費というものをしない質《たち》だったのである。だからといって彼がけちであったというわけではない。というのも、何であれ、気高く、有用で、高邁《こうまい》な事柄に関して援助が必要とされるときは、いつでも、彼は目立たぬ形で、時には自らの名を明かすことなく、その援助を与えたからである。

要するに、これほど自分を語らぬ紳士もいなかった。口数はあたうかぎり少なく、無口ゆえに一層謎めいてみえた。かといって、彼の暮らしぶり自体には秘密めいたところはなかった。ただ、彼のやっていることが常に、寸分違わず同じであったため、満たされぬ想像力がその先を読み取ろうとしたのであった。

フォッグ氏に旅の経験があるというのは大いにありうることだった。彼ほど見事に、世界地図を自家《じか》薬籠中《やくろうちゅう》のものとしている人間は他にはいなかったからである。どんなに人里離れたところであれ、彼が詳細な知識を持ち合わせていないような場所はひとつとして存在していなかった。道に迷い行方不明となった旅行家たちに関してクラブ内で様々な憶測が流れた時など、彼が短く明瞭な数語をもってその間違いを正すこともあった。彼は正しい推理を提示し、その言葉はしばしば、透視の力で霊感を吹き込まれているかのごとしであった。というのも、事件は常に彼の言葉の正しさを証明する形で終わったからである。この人物はどうやら、世界中を旅したことがあるらしかった。少なくともその頭の中では。

ところが確実なのは、フィリアス・フォッグが、もう何年も前からロンドンを離れていないということであった。彼のことを、他の人々よりも多少よく知るという栄誉に浴していた人々の話によれば、フォッグ氏の姿を、彼が毎日自宅からクラブに向かうために辿る最短の通り道以外の場所で見かけたと主張しうる人間など、いるはずがないということであった。彼の唯一の気晴らしは新聞を読むこと、それに、ホイストをすることであった。彼の性格にかくも合致したこの無言のゲームで〔「ホイスト whist」は英語で「静かに！」の意。ホイストゲームの最中、お喋りは禁じられている〕、フォッグ氏はしばしば勝った。しかし勝負で儲《もう》けた金が彼の懐《ふところ》に入れられるということは決してなく、それらはただ、彼の慈善予算に莫大な金額として記載されるのであった。それに言っておかねばならないが、フォッグ氏がゲームをしたのは、明らかに、勝つためにではなく、ゲームそのもののためであったのである。ゲームは彼にとってはひとつの戦闘、困難を敵とする一つの戦いであった。しかしそれは動きも移動も疲労も伴うことのない戦いであった。このことが彼の性格によく合ったのである。

フィリアス・フォッグに妻や子供がいるという話はなかった。もっともどんな立派な紳士にもそのような例はある。が、彼には親戚も友人もいないようなのであった。確かにこちらの例はもっと稀である。フィリアス・フォッグはサヴィル＝ロウの家にたった一人で暮らしていた。誰一人として、彼の家の中に足を踏み入れる者はいなかった。さらにその心の中となれば、これはもはや論外であった。彼の世話は召使が一人いればそれで足りた。昼食や夕食はクラブ内の同じ部屋、同じテーブルで、クロノメーター〔高精度時計〕で計ったようにいつも決まった同じ時間にとった。会員たちを食事に招待するわけでもなく、外部の人々を家に呼ぶわけでもなく、夜中の零時きっかりに帰宅するのはもっぱら床に就くためだけであった。革新クラブが会員の便宜のために用意している快適な客室を彼が使用することも一度もなかった。二四時間のうち一〇時間は家で過ごし、眠っているか、あるいは身繕いをしているかのどちらかだった。散歩をするのは常にかわらぬ同じ場所、寄木細工の床板を張った玄関ホールか、あるいはまた、赤斑岩の二〇本のイオニア式列柱が青いステンドグラスの丸天井を支えている回廊であった。そこを彼は規則正しい足取りで歩いた。夕食や昼食の時間になると、クラブの台所や食料戸棚、配膳室、魚係、牛乳係は総力で彼の食卓に滋味豊かな蓄えを提供した。礼服を身につけ、メルトン地の靴底の短靴を履いた真面目な面持ちのクラブ使用人たちが、特製の磁器に盛った食事を、見事なザクセン布のクロスの上にのせて彼に供した。クラブ所有の溶蠟式鋳型《ようろうしきいがた》〔蠟のまわりに粘土などを被覆したうえで、内部の蠟を溶かして得られる鋳型〕で作られたクリスタルガラスの容器には、彼のためのシェリー酒やポルト酒、あるいはまた、シナモン、アジアンタム、肉桂を混ぜたクラレット〔ボルドー・ワインの英語圏での呼称〕が注がれた。そしてさらに、アメリカの湖沼地帯から莫大な費用をかけて運ばれてきたクラブの氷が、彼の飲み物を十分な冷たさに保っていた。

　このような環境で暮らすことを変人というのなら、変人暮らしも悪くないと認めざるを得ない。

　サヴィル＝ロウの屋敷は豪華とこそいえなかったが、住み心地のよさではどこにもひけをとらなかった。しかも、屋敷の間借り人フォッグ氏の日々変わることのない生活習慣ゆえに、家の仕事はわずかで事足りた。ただしフィリアス・フォッグは、彼のたった一人の召使に対して、並外れた時間厳守と几帳面《きちょうめん》さを要求していた。まさしくこの日一〇月二日にも、フィリアス・フォッグはジェームズ・フォースターに暇を出したところなのであった。この召使の青年は、ひげそり用の湯を、華氏九〇度ではなく、華氏八四度で持ってきたことを咎《とが》められたのである。かくしてフォッグ氏は今、一一時と一一時半の間に彼のもとを訪れてくるはずの、この青年の後任者を待っていた。

フィリアス・フォッグは、パレード行進中の兵士のように足と足をぴったりとくっつけ、両手を膝の上に置き、背筋をのばし、顔を上に向け、きちんと肘《ひじ》掛《か》け椅子に座りながら、柱時計の針が進んでいくのを眺めていた。複雑な仕掛けのその時計は、時間や分、秒、曜日、日にち、年を表示できるのであった。時計が一一時半を打てば、フォッグ氏は、毎日の習慣に従って家を出て、革新クラブにむかうはずであった。

とその時、フィリアス・フォッグのいた小さな応接室の扉がたたかれた。

くびになったばかりのジェームズ・フォースターが姿を現してこう告げた。

「新しい召使が参りました。」

歳の頃三〇ほどの青年が姿を現し、挨拶した。

「フランス人なのにジョンという名前なのかね。」そうフィリアス・フォッグは尋ねた。

「憚《はばか》りながら、実はジャンと申します。」新参者は答えた。「ジャン・パスパルトゥーという異名を頂いております〔「パスパルトゥー」には、「マスターキー」「どこでも通用する万能のもの」の意がある〕。これは難関をきりぬけることに長《た》けた私の天来の才能によって裏付けられた異名でございます。自分は篤実な人間であると信じております。が、率直に申し上げて、職業はこれまで色々と変わりました。旅回りの歌い手であったこともございますし、サーカスの曲馬師も

ジャン・パスパルトゥー

いたしました。レオタールのような空中ブランコ乗りだったこともありますし、ブロンダンのように綱の上でダンスを踊ったこともございます。それから、自分の才能をもっと人のために役立てたいと思い、体操の教師になりました。そして最後にパリで消防士になりました。名高い火事のいくつかを消火した実績をもっております。しかし五年前にフランスを後にし、家族の生活を味わいたく、今では英国で召使をいたしております。たまたま職のない状態にあった私は、フィリアス・フォッグ氏が連合王国中で最も几帳面で最も外出嫌いな方と知り、氏のもとで静かに暮らすことができたら、そしてパスパルトゥーという名までも忘れることができたらという期待を胸に、こうして参じた次第なのでございます。」

「パスパルトゥーのままでよろしい。」紳士の方はそう答えた。「君については推薦があった。悪くない情報をもらっている。私の条件についてはご存知だろうか。」

「存じあげております。」

「ならば結構。で、今何時かな。」

「一一時二二分でございます。」チョッキのポケットの奥からとてつもなく大きな銀時計を出して、パスパルトゥーが答えた。

「君の時計は遅れている。」とフォッグ氏が言った。

「お言葉ではございますが、まさかそんなことはありえないかと存じます。」

「四分遅れている。がそれはどうでもよい。ずれがあることが分かりさえすればいいのだ。したがって、君は今この時、すなわち、一八七二年一〇月二日水曜日、午前一一時二九分から私の召使として働くことになった。」

こう言うとフィリアス・フォッグは立ち上がり、左手で帽子を取り、自動人形のような仕草でそれを頭にのせると、ひと言も付け加えることなく姿を消した。

パスパルトゥーは、道路側の扉がまず一度閉まる音を耳にした。彼の新しい主人が外に出ていったのであった。それからもう一度同じ扉の閉まる音が聞こえた。今度出ていったのは彼の前任者ジェームズ・フォースターであった。

パスパルトゥーは一人、サヴィル＝ロウの家に残った。

2　パスパルトゥー、ついに自分の理想を見出したと確信する

「誓ってもいい。私の新しいご主人と同じ程度血の通った人形に、私はマダム・タッソーのところでお目にかかったことがある。」はじめ、いささかうろたえていたパスパルトゥーは、そんなふうに思った。

マダム・タッソーの「人形」とは、ロンドンの多くの人々が見学に訪れている蠟人形のことであるという説明を付け加えておいたほうがよいであろう。それは、唯一言葉だけを持たない精巧な人形たちである。

フィリアス・フォッグをちらりと見たわずかな間に、パスパルトゥーは彼の未来の主人を迅速に、しかし子細に観察したのであった。それは四〇歳にはなっていると思われる、高貴で美しい顔だちをした男性であり、背は高く、多少つきでた腹も見苦しいほどではなかった。髪の毛も頬ひげもブロンドで、額はつるりと平ら、こめかみにも皺《しわ》がよっているようには見えなかった。顔色はどちらかといえば青白く、血色がよいとはいえなかった。歯は実に美しかった。人相学者たちが「活動中の休息」と呼ぶ、あの、音をたてる以上に仕事をよくこなしていく

人々全てに共通する能力を、最高度に備えているように見えた。冷静で沈着、目は澄み渡り瞼《まぶた》はぴくりともせず、その様子は、連合王国で実に頻繁《ひんぱん》にお目にかかれる、あの冷静な英国人の完璧なる典型であった。アンジェーリカ・カウフマンは彼女の絵筆によって、こうした英国人たちのいささか堅苦しい様子を見事に描き出してみせている。生活上の様々な行いをみる限り、この紳士は、あらゆる点で十分に均衡がとれ、適度な沈着さを備え、ルロワ〔一八世紀フランスの時計職人。精巧なクロノメーターの製作者として知られる〕やアーンショーの製作したクロノメーターと同じくらい完全無瑕《むか》な人物という印象を与えていた。そして実際、フィリアス・フォッグは正確さを絵に描いたような人間なのであった。そのことは、「彼の両手両足の表情」にはっきりと見て取ることができた。というのも、人間においても動物においても、手足こそは、情念の表出器官であるからである。

フィリアス・フォッグは、数学のような正確さをもった人間のひとりだった。決して急ぐことがなく、常に準備はできていて、無駄に歩みや動作をすることがなかった。ひとつでも余計に大股の歩を進めることはなく、常に最短の道を行くのだった。ひとつの視線も、彼が天井に無駄にさまよわせることはなかったし、ひとつの無駄な仕草も、彼が自らに許すことはなかった。彼が動揺したり興奮したりするところを人は見たことがなかった。あせるということのおよそない人物であったが、それでいて定刻に遅れることは決してなかった。とはいえ、彼がたったひとりで、いわばあらゆる社会的関係の外に生きてきたことも、なるほどと理解されるだろう。彼は人生において交際を重んじる必要があることはわかっていたのだが、交際は遅れを生み出してしまうものでもあり、それゆえ彼は誰とも交際しないでいたのである。

一方、パスパルトゥーの名で呼ばれるジャンはといえば、彼は生粋のパリジャンであった。五年前から英国に住み、ロンドンで召使の仕事をして、我が身を捧げることのできそうな主人を探したが見つけることはできなかった。

パスパルトゥーは、あの、肩をいからせ、つんと空を見あげ、自信ある眼差しと冷たい目つきをした、実のところ厚かましいならず者でしかないフロンタンやマスカリーユ〔いずれも喜劇に登場する、抜け目のない召使の名〕たちの仲間では決してなかった。そう、決して。パスパルトゥーは人好きのする顔をした好青年であり、やや突き出たその唇は、今にも味わい、そっと触れる用意ができているという風であった。温和で世話好きな人物で、その善良そうな丸顔は、友人の両肩の上にのっていてほしいと人が望む類のものであった。目は青く、顔の色つやもよく、またかなり肉付きもよかったため、自分で自分の頬骨が見えるほどであった。幅広の胸をして、胴もがっしりと太く、たくましい筋肉をしていた。そして彼は、若い頃の鍛練で驚くほどにまで強化された、とてつもない怪力の持ち主だった。彼の褐色の髪は少しぼさぼさしていた。古代の彫刻家たちがミネルヴァの髪を整えるための一八の方法を知っていたのに対して、パスパルトゥーは、彼の髪を整えるただ一つのやり方しか知らなかった。櫛《くし》を三度だけ入れて、それで髪の手入れは完了というのであった。

この青年の外向的な性格がはたしてフィリアス・フォッグの性格とうまく合うかどうか。最低限の慎重さがあればこれに関する断定は許されなかった。パスパルトゥーが、彼の主人が必要とする、この上なく几帳面な召使となれるかどうか。それは、実際働かせてみてはじめてわかることだった。我々も知るところの、かなり気ままな青春時代を送ったあとで、彼は休息を欲したのであった。人々が、英国特有の体系的精神や英国紳士たちの伝説的な冷静さをほめそやすのを耳にした彼は、この英国に幸運を求めてやってきた。しかしこれまでのところ、運は彼に味方してくれていなかった。彼はどの場所にも根を下ろすことができないでいた。既に一〇軒の家で召使の仕事をしたが、いずれの家の人々もむら気で落ち着かず、冒険を求めて土地から土地へと移動するのであった。パスパルトゥーにはそれが耐えきれなくなっていた。彼が最後に仕えた主人である若き国会議員ロングスフェリー卿は、ヘイ＝マーケットの「牡蠣《かき》の店」で、幾度も夜を徹して飲み、その挙《あ》げ句《く》に、じつにしばしば警官の肩に担がれての帰宅となった。何よりもまず自分の主人を敬わんと望むパスパルトゥーは、あえて敬意あふれる進言をした。それが悪くとられて彼は主人のもとを去ることとなった。そんなある時、彼は、紳士フィリアス・フォッグが召使を探しているということを知った。彼はこの紳士に関する情報を集めた。生活はきわめて規則正しく、外泊もせず、旅行もせず、ただの一日も家を留守にすることがないという話で、これ以上彼の希望に合致する人物はいなかった。彼は名乗りをあげ、我々の知る状況のもとで雇い入れられたのであった。

さて、一一時半をつげる時計の鐘が鳴り、パスパルトゥーはサヴィル＝ロウの邸宅にたったひとりで残された。ほどなく彼は家の点検を開始した。彼は地下室から屋根裏までを見回った。清潔で、整頓され、飾りもなく潔癖で、給仕するのにおあつらえ向きのこの家を彼は気に入った。この家は彼に、美しいかたつむりの殻を思わせた。といってもそれはガス灯で照らされ、ガスで暖められたかたつむりの殻であった。この家のあらゆる照明と暖房の用は、炭化水素によってまかなわれていたのである。パスパルトゥーは家の三階に、彼のためにあてられた寝室をすぐに見出すことができた。寝室は彼の気に入った。電鈴と伝声管が、寝室と、中二階や二階の居室との連絡を可能にしていた。マントルピースの上に置かれた電動の振り子時計は、フィリアス・フォッグの寝室にある振り子時計と連動し、二基の機械は、同じ瞬間に同じ秒を刻んでいた。

「これはいい。これは私にぴったりだ。」パスパルトゥーはそう思った。

彼はまた、寝室の振り子時計の上に、注意書きが貼られていることにも気づいた。それは毎日の仕事の日課表であった。この表には、フィリアス・フォッグが起床する、朝の八時という定められた時刻から、彼が革新クラブで昼食をとるために家をはなれる一一時半までの、全ての仕事の詳細が記入されていた。すなわち、八時二三分、紅茶にトースト、九時三七分、ひげそり用の湯を用意、一〇時二〇分前、調髪、等々といったものであった。次いで、午前一一時半から、この規則正しい紳士が就寝する午前零時までの日課がつづき、その全てが記され、予想され、規則的に並べられていた。パスパルトゥーは、この日課表を眺め、その項目のいくつかを心に刻みながら喜びを感じた。

主人の衣装類は実に豊富で、驚くほどよく考えて整理されていた。それぞれのズボンや燕尾服やチョッキには順番に番号がつけられ、これと同じ番号は、季節に応じて、どの日付にこれらの衣服をかわるがわる着るべきかを記した出し入れ記録帳にも記載されていた。靴もまた同じやり方で整理されていた。

結局のところ、かつて、高名な、しかし放埒《ほうらつ》なシェリダンが居を構えていた頃には、無秩序の殿堂となっていたに違いないこのサヴィル＝ロウの家に現在見出せるものは、快適で、十分なゆとりを感じさせる調度類一式なのであった。そこには書棚も本もなかった。革新クラブにある、文芸書用、法律・政治書用の二つの図書室を使うことができるフォッグ氏にとって、書棚も本も必要なものではなかったのである。氏の寝室には中程度の大きさの金庫がひとつあった。その頑丈なつくりは、金庫の中身を火事や盗難からまもっていた。家には武器はひとつもなく、狩猟や戦いのための道具も何一つなかった。そこではすべてが、この上もなく平和な習慣を告げていた。

この屋敷を隅々まで点検したあと、パスパルトゥーは手と手をこすりあわせた。彼の大きな顔が喜びに輝いた。そして彼はうれしそうに、例の同じ言葉を吐くのだった。「これは私にぴったりだ。ついに私の仕事が見つかった。フォッグ氏と私は文句なく気が合うだろう。出無精《でぶしょう》で規則正しい人物、正真正銘の機械。そうとも、私は一個の機械に仕えるにやぶさかではない！」

3　フィリアス・フォッグが大変な結果をしょいこむことになる会話が交わされる

フィリアス・フォッグはサヴィル＝ロウの屋敷を一一時半に出た。そして、五七五回その右足を左足の前に出し、五七六回左足を右足の前に出したところで、革新クラブに到着した。革新クラブはペル＝メル街に建つ大きな建物で、その建設のために少なくとも三〇〇万フランはかかった。

フィリアス・フォッグは直ちに食堂に入っていった。食堂の九つの窓は美しい庭にむかって開かれていた。庭の木々は既に、秋の訪れで黄金色に染まりはじめていた。食堂に入った彼は、自分のナイフ・フォークが用意されているいつもの食卓に席をとった。彼の昼食の内容は、オードブルと、一級の「リーディング・ソース」で味付けした煮魚、「マッシュルーム風味」の薬味で味付けされた真っ赤なローストビーフ、ルバーブの茎と緑のスグリを中に詰めた菓子、そしてチェスターチーズ一切れであった。それら全ての食事とともに、革新クラブ厨房用に特別に摘みとられた、きわめて美味な紅茶の何杯かが供された。

一二時四七分、紳士は立ち上がって大広間に移動した。そこは豪華な客間で、立派な額に入った絵がまわりを飾っていた。一人の執事がその場所で、まだ鋏《はさみ》のはいっていないタイムズ紙を彼に手渡した。フィリアス・フォッグは新聞を切って広げるという手間のかかる作業を、見事な手さばきで行った。その手際よさは、彼がこの困難な作業によく慣れていることを物語っていた。三時四五分までの間、フィリアス・フォッグはひたすらこの新聞を読んだ。ついで今度は夕食まで、彼はスタンダード紙を読んだ。夕食は、昼食と同じ条件のもとでとられた。「英国王室ソース」が新たにそこに加えられただけであった。

六時二〇分前、この紳士は再び大広間に姿を現してモーニング・クロニクル紙に読みふけった。

それから三〇分後、革新クラブの面々が広間に入ってきた。そして彼らは、石炭の火が燃えさかっている暖炉に近づいた。それはフィリアス・フォッグのいつものカード仲間で、彼同様、熱狂的なホイスト競技者たちであった。その面々とは、技術者のアンドリュー・ステュアート、銀行家のジョン・サリヴァン、サミュエル・フォレンティン、ビール醸造業者のトマス・フラナガン、英国銀行取締役の一人であるゴーティエ・ラルフといった人々で、産業界、金融界のトップを会員として擁するこのクラブの中でも、裕福で、尊敬を集めている人物たちであった。

「ところでラルフさん、例の盗難の一件はどうなりました。」トマス・フラナガンが尋ねた。

「多分銀行のまる損ということになるでしょう。」そう答えたのはアンドリュー・ステュアートだった。

「いやむしろ」とゴーティエ・ラルフが言った。「私は逆に、この盗難事件の犯人が取り押さえられる方に期待しています。きわめて有能な刑事たちが何人も、アメリカやヨーロッパの、出入国可能な主要港の全てに送られています。この人物がこれらの刑事の手を逃れることは困難でしょう。」

「ではもう既に、この泥棒の人相書きが存在しているということですか。」アンドリュー・ステュアートが尋ねた。

「そもそもそれは泥棒ではありません。」ゴーティエ・ラルフは真顔でそう言った。

「何ですって。五万五〇〇〇ポンド(一三七万五〇〇〇フラン)の銀行券をかすめとった人間が泥棒じゃないとおっしゃるのか。」

「その通りです。」ゴーティエ・ラルフは答えた。

「ならば実業家だとでも。」ジョン・サリヴァンが言った。

「モーニング・クロニクル紙は、彼がジェントルマンであると断定しています。」

この返答をしたのは他ならぬフィリアス・フォッグであった。折り重ねられた新聞の波の中から彼の顔が現れ出た。それと同時にフィリアス・フォッグは仲間たちに会釈をした。友人たちも会釈を返した。

英国中の新聞が熱心に書き立てているこの問題の事件は、三日前の九月二九日に起きた。五万五〇〇〇ポンドという巨額の銀行券の束が英国銀行の中央出納係のテーブル上から持ち去られたのであった。

このような盗難がかくも容易に遂行されてしまったことに驚く者たちに対し、銀行副総裁のゴーティエ・ラルフはただ次のようにだけ答えたのであった。出納係はこの時、三シリング六ペンスの入金を登録することに忙しかった。そして人は、全てに注意深い目を向けることはできないのであると。

しかしこのことだけは指摘しておく方がよい。またそれによって事態の説明もより容易になる。この「英国銀行」という驚くべき施設にあっては、顧客の尊厳というものに対して、極端といえるまでの気づかいがなされているように見えるのである。見張り人はいないし、監視の傷痍《しょうい》軍人もいない、格子も設けられていない。金貨や銀貨や紙幣は無造作に、いわば、誰でも好き勝手に持ち去れるような状態のままで置かれている。それがただの通りがかりの人であれ、その人間の高潔さを疑うことなど許されはしないのである。英国の習慣に最もよく通じた人物の一人は次のような話まで伝えている。ある日彼が立ち寄った銀行の一室で、重さ七、八ポンドはある金塊が出納係のテーブルの上に置かれたままになっていた。金塊をより間近に見たいという気持ちにかられた彼は、それをつかみ、観察し、それから隣の男に手渡した。隣にいた男はまた別の男に手渡し、かくして金塊は手から手へとわたって、ついには暗い廊下の奥にまでたどりついた。それがようやくもとの位置に戻ってきたのは三〇分後のことであった。しかしこの間、出納係は、その顔をあげさえもしなかったというのである。

が九月二九日には、事はこれと全く同じようには運ばなかった。銀行券の束はついに戻ってくることはなかった。そして「応接室」の上方に据えられた堂々たる大時計が閉店の五時を鳴らしたとき、英国銀行は、損益計算書に五万五〇〇〇ポンドと書き入れる以外に手はなかった。

盗難が正式に確認され、よりぬきの、辣腕《らつわん》の刑事や「捜査官」らが、リヴァプール、グラスゴー、ル・アーヴル、スエズ、ブリンディージ、ニューヨークなどの主要港に派遣された。さらには、犯人探しに成功した場合の賞金としては二〇〇〇ポンド(五万フラン)が約束された。加えて、見つかった金額の五パーセントが支払われることになっていた。事件の捜査は直ちに開始された。捜査がもたらしてくれるはずの情報を待ちながら、刑事らは、発着する旅行客たちの全てを注意深く監視するという、彼らの任務を遂行していた。

さて、モーニング・クロニクル紙も指摘していた通り、この銀行券窃取《せっしゅ》の犯人が英国のいかなる窃盗団にも属していない人間であると推定するだけの理由は確かにあった。事件のおこった九月二九日に、身なりのよい、一人の上品で礼儀正しい紳士が、事件の舞台となった現金支払い室を行き来する姿が目撃されていた。そしてその後の捜査は、この紳士のかなり正確な人相書きを作成することを可能にしてくれていた。人相書きは直ちに英国とヨーロッパ大陸のあらゆる調査官のもとに配られた。それゆえゴーティエ・ラルフをはじめとする何人かの良識ある人々は、泥棒が捜査の網をくぐりぬけることはもはや不可能であると期待しうるだけの、十分な根拠があると考えていたのであった。

想像されるように、この事件はロンドン中で、いや、英国中で話題になっていた。人々は、ロンドン警察が捜査に成功する見込みの有無について議論し、熱烈にそれを論じ合っていた。したがって革新クラブのメンバーたちが、同様にこの問題を話題にしたとして、それは何ら驚くにはあたらなかった。まして銀行の副総裁の一人はメンバーの一員でもあった。

そのゴーティエ・ラルフ閣下は、捜査の結末に疑いを持ってはいなかった。賞金が警官たちの熱意を大いにかきたて、彼らが活発に知恵を働かせることになるであろうと彼は思っていたのである。しかし僚友のアンドリュー・ステュアートは、こうした確信を共有するにはほど遠かった。かくして、ホイストの卓を囲んで座った紳士たちの間で議論が続けられた。フラナガンの前にステュアートが、フィリアス・フォッグの前にフォレンティンが座っていた。ゲーム中、競技者たちはひと言も喋《しゃべ》らなかった。が、三回勝負《ラバー》と三回勝負《ラバー》の間では、中断されていた会話は前よりもさらに激しい調子で再開されるのだった。

アンドリュー・ステュアートが言った。「私はやはり、運は泥棒の方にあると考えますね。これは間違いなく手慣れた者の仕業だ。」

ラルフが答えて言った。「いやいや、その男が逃げ込むことのできる国など、もはやただのひとつだってありませんよ。」

「これはまた驚いた。」

「でも、その男がいったいどこに逃げられるとおっしゃるのですか。」

「どこだっていいですよ。いずれにせよ世界はかなり広いのですから。」そうアンドリュー・ステュアートは答えた。

「たしかにかつては広かった。」フィリアス・フォッグが小声でそう言った。それから彼は、カードをトマス・フラナガンに差し出して、「カットをお願いします」と付け加えた。

三回勝負《ラバー》の間、会話は中断された。しかしすぐにまた、アンドリュー・ステュアートはこう言って会話を再開した。「なんですって、かつては広かったですって。地球が小さくなったとでもおっしゃるのですか。」

「もしかしたらその通りですよ。」ゴーティエ・ラルフは答えた。「私はフォッグ氏と同意見だ。地球は小さくなった。いまや、一〇〇年前の一〇倍以上の速さで、地球を一周することができるのです。そして今我々が話題にしている事件においても、そのためにより迅速な捜査が可能になる。」

「しかし泥棒の逃亡もそのためにより容易になりますよ。」

「さあ、あなたの番です。ステュアートさん。」フィリアス・フォッグが言った。

しかし疑り深いステュアートはまだ納得していなかった。そしてその勝負が終わると彼はまたこう続けるのだった。

「ラルフさん、正直申し上げて、地球が小さくなったとは滑稽な話ですよ。しかもその理由ときたら、今や三カ月で世界一周ができることだとおっしゃる。」

「八〇日だけで可能です。」フィリアス・フォッグがそう言った。

「その通りです、皆さん。」ジョン・サリヴァンが付け足した。「ロタールーアラーハーバード間に大インド半島鉄道が敷かれてからは、八〇日で可能となったのです。以下はモーニング・クロニクル紙がはじき出した数字です。」

ロンドン――スエズ間、モン＝スニ、ブリンディージ経由、鉄道及び客船を利用……七日

スエズ――ボンベイ間、客船を利用……一三日

ボンベイ――カルカッタ間、鉄道を利用……三日

カルカッタ――香港(中国)間、客船を利用……一三日

香港――横浜(日本)間、客船を利用……六日

横浜――サンフランシスコ間、客船を利用……………………二二日
サンフランシスコ――ニューヨーク間、鉄道を利用…………七日
ニューヨーク――ロンドン間、客船及び鉄道を利用…………九日
計　八〇日

「たしかに、八〇日だ。」そう叫んだアンドリュー・ステュアートは、うっかり場の札を、自分の切り札を使って取ってしまった。「しかし、悪天候や逆風や難船や脱線などがそこには含まれていませんね。」

「全て含まれています。」フィリアス・フォッグがゲームを続けながら答えた。既にもう、熱した議論は、ゲームの沈黙を尊重することをやめていた。

「たとえインド人やらインディアンやらがレールをはずしたとしてもですか。」アンドリュー・ステュアートは大声で言った。「たとえ彼らが列車を止め、貨車を襲撃し、乗客の頭皮を剝《は》いだとしてもですか。」

「全てが含まれています。」フィリアス・フォッグはそう答え、自分の札をひろげて言った。「切り札が二枚。」

アンドリュー・ステュアートに「親」がまわってきた。カードを集めながら彼はこう言った。

「フォッグさん。理屈の上ではあなたが正しい。がこれを実行に移すということになれば、ま

た別でしょう。」

「実行に移しても変わりはありません、ステュアートさん。」

「では、ぜひ本当にやってみせて頂きたいものですね。」

「あなた次第ですよ。一緒に出発しましょうか。」

「それだけは御免だ。」ステュアートは叫んだ。「私はむしろ、このような条件でこのような旅を行うことが不可能だという方に四〇〇〇ポンド(一〇万フラン)賭けてもいいと思っています。」

「いや、この旅は全く可能です。」フォッグ氏が答えた。

「ならばご自分でやってご覧なさい。」

「八〇日で世界一周ですか。」

「その通り。」

「いいですとも。」

「いつ。」

「いますぐに。」

「馬鹿げている。」アンドリュー・ステュアートはそう叫んだ。彼は自分の組むホイストの相手がここまで言い張るのを腹立たしく思いはじめていた。「さあさあ、それよりトランプを続けましょう。」

「続けるならば配り直して頂きましょう。」フィリアス・フォッグが答えた。「配り方に間違いがありました。」

アンドリュー・ステュアートはせわしない手つきでカードを集めた。と、突如それを卓の上に置いてこう言った。「いいでしょう、フォッグさん。いいですとも、四〇〇〇ポンド、本当に賭けましょう。」

「ステュアートさん、気を静めて、本気の話じゃないんですから。」フォレンティンが言った。

「私が金を賭けるという時、それはいつだって本気です。」アンドリュー・ステュアートはそう答えた。

「わかりました。」フォッグ氏が言った。それから彼は、メンバーたちの方に向き直ってこう付け加えた。

「二万ポンド(五〇万フラン)がベアリング兄弟の銀行に預けてあります。それを私の賭け金としましょう。」

「二万ポンドですって。」ジョン・サリヴァンが叫んだ。「その二万ポンドを、あなたは予期せぬ遅れひとつで手放さなくてはならないのですよ。」

「予期せぬことなどこの世には存在しません。」フィリアス・フォッグはあっさりと言った。

「いいでしょう，フォッグさん，4000 ポンド賭けましょう.」

「けれどフォッグさん、この八〇日という期間は最短の所要時間としてはじきだされたものにすぎないのですよ。」

「最短の時間を有効に用いれば、それだけで全てについて事足ります。」

「けれども、この最短の時間を超過することがないようにするためには、数学的な正確さで、鉄道から客船へ、客船から鉄道へと飛び移らなくてはなりませんよ。」

「数学的な正確さで飛び移りましょう。」

「冗談でしょう。」

「賭け事のような真剣な話をしている時に、良識ある英国人が冗談をいうことは決してありません。」フィリアス・フォッグが答えた。「私は八〇日ないしそれ以内で、すなわち一九二〇時間で、一一万五二〇〇分で、世界を一周する。誰であれそれに異をたてる者に対して、私は二万ポンドを賭けよう。この申し出を飲まれますか。」

ステュアート、フォレンティン、サリヴァン、フラナガン、ラルフは、互いに合意してから返事をした。「ええ、いいでしょう。」

「わかりました。」フォッグ氏が言った。「ドーヴァー行きの汽車が八時四五分に出発します。私はその汽車に乗ることにします。」

「今晩もう出発されるのですか。」ステュアートが尋ねた。

「今晩出発します。」フィリアス・フォッグが答えた。そして彼は、小型カレンダーを眺めながらこう付け加えた。「今日が一〇月二日水曜日ですから、私はロンドンの革新クラブのこの広間に、一二月二一日土曜日の夜八時四五分には戻らなくてはなりません。それが果たせなかった場合、現在ベアリング兄弟の銀行の私の口座に預けてある二万ポンドは、理論上も事実上も、皆さんの所有となります。……どうぞ、これがその額を記した小切手です。」

賭けの内容を記した書類が作成され、直ちに六名の当事者たちによって署名がなされた。フィリアス・フォッグは終始冷静でいた。彼がもうけのために金を賭けたのでなかったことは明らかだった。彼が自分の財産の半分にあたる二万ポンドを賭け金とした理由は、ただ、残りの半分が使えれば、この困難な、ほとんど実行不可能ともいえる計画をうまくやりとげられると予想していたためにすぎなかった。一方、賭けの相手となった友人たちの心中はおだやかでないように見えた。しかしそれは賭け金の大きさゆえではなく、このような条件のもとで賭けを争うことに彼らが良心の咎めのようなものを感じていたからであった。

その時、時計が七時を打った。皆はフォッグ氏にホイストをやめて出発の準備をしてはどうかとすすめた。

「私の用意は常にできています。」泰然として動じない紳士はそう答えた。そして、カードを配ってこう言った。「切り札はダイヤです。ステュアートさん、さあ、あなたからですよ。」

4　フィリアス・フォッグ、彼の召使であるパスパルトゥーを仰天させる

七時二五分、フィリアス・フォッグはホイストでおよそ二〇ギニー（一ギニーは二一シリング）稼いだあと、誉れ高き会員諸氏に暇乞《いとまご》いをして革新クラブを後にした。七時五〇分、彼は家の門を開け、帰宅した。

自分の日課を丹念に調べておいたパスパルトゥーは、フォッグ氏が不正確の罪をおかして、こんなとんでもない時間に姿をみせるのを見てひどく驚いた。日課表によればサヴィル＝ロウの間借り人は深夜零時ちょうどに帰宅するはずだったからである。

フィリアス・フォッグはまず自分の部屋に上っていった。それから彼は「パスパルトゥー」と呼んだ。

パスパルトゥーは答えなかった。この呼び出しは自分に向けられたものではありえなかった。まだその時間ではなかったからである。

「パスパルトゥー。」一声を高めることなく、フォッグ氏はもう一度呼んだ。

パスパルトゥーが姿を現した。

「君を呼んだのはこれで二度目だ。」

「しかし、今は零時ではございません。」時計を手にもったパスパルトゥーが答えた。

「わかっている。」フィリアス・フォッグは言った。「非難はしない。君と私は一〇分後にドーヴァーとカレーに向けて出発する。」

フランス人の召使の丸い顔の上に、渋面のようなものが形作られた。明らかにそれは彼の聞き違いのはずだった。

「ご主人様が旅をなさるんで。」そう彼は尋ねた。

「その通りだ。」フィリアス・フォッグは答えた。「私たちはこれから世界を一周する。」

パスパルトゥーの目はとてつもなく大きく見開かれ、瞼や眉はつり上がり、腕は力なくたれ下がり、体はくずおれた。それは、自失状態にまで至った驚愕《きようがく》の、兆候の全てを示していた。

「世界を一周。」そう彼はつぶやいた。

「八〇日間で。」フォッグ氏が答えた。「従って我々には一刻も無駄に費やせる時間はない。」

「でもトランクを作らなくては。」パスパルトゥーは自分でも気づかぬうちに頭を左右に振りながらそう言った。

「トランクはなしだ。手提げ袋ひとつあればそれでいい。中に入れるものはウールのワイシャツ二枚と靴下が三足、君用にも同じものだ。あとは旅の途中で買うことにしよう。私のレインコートと旅行用のひざ掛け毛布を出しておいてくれ。靴はいいものを選んでおくように。もっとも歩くことは少ないか、ほとんど歩かないに等しいといってもいい。さあ、とりかかってくれ。」

パスパルトゥーは返事をしようと思った。しかしそれができなかった。彼はフォッグ氏の寝室を離れて自分の寝室に戻り、椅子にへたりこんだ。そして、相当卑俗なお国言葉を使ってこう言った。「とんでもねえことになった。俺は静かなままでいたかったのに。」

それから、自分でも知らぬうちに彼は出発の準備をしていた。八〇日で世界一周だって。俺のご主人様は気でも狂っているのか。いやそんなことはない。じゃあこれは冗談なのか。ドーヴァーに行くことには文句はない。カレーもいいだろう。そもそもそれは、五年来祖国の土を踏んでいなかったこの好青年にとって著しい不都合となりえようはずがなかった。いやパリまでだって構わない。そうとも、自分は喜んでこの大首都と再会しよう。しかしかくも歩を惜しむこの紳士がそれより先に行くことは絶対にないはずだ……そう、それは確実だ。しかし、その時点までかくも出無精だったこの紳士が、今や出発の準備をしていること、そしてこれから旅をしようとしていることもまた、まぎれもない事実なのであった。

八時にはパスパルトゥーは、彼自身と彼の主人の着るものを入れた、質素な鞄《かばん》の準備を既に終えていた。それから彼は、いまだに動転しながら自分の部屋を離れた。ドアを入念に閉めてから、彼はフォッグ氏のところへ行った。

フォッグ氏の準備はできていた。彼は、『ブラッドショー大陸蒸気列車時刻表及び総合ガイド』を脇にかかえていた。この本が、彼の旅に不可欠な情報の全てを提供してくれるはずであった。彼はパスパルトゥーの手から鞄を受け取って口をあけ、その中に、世界中の国々で通用する、相当の額の、銀行券の分厚い束を滑りこませた。

「忘れ物はないか。」彼は聞いた。

「ひとつもございません。」

「私のレインコートもひざ掛け毛布も忘れてはいないか。」

「この中にございます。」

「よろしい、では鞄をもちたまえ。」

フォッグ氏は鞄をパスパルトゥーに返した。

そしてこう言い足した。「気をつけてくれ。この中には二万ポンド(五〇万フラン)入っている。」

すんでのところで、鞄はパスパルトゥーの手から滑り落ちるところだった。まるで二万ポンドが金《きん》でできていて、とてつもない重さであるかのようであった。

こうして主人と召使は階段を下り、通りに面したドアが二重に閉められた。

馬車の停留場はサヴィル＝ロウのはずれにあった。フィリアス・フォッグと彼の召使は二輪馬車に乗った。馬車は早足で、南東鉄道の支線の終着駅、チェアリング＝クロス駅に向かった。

八時二〇分、馬車は駅の鉄格子の前で止まった。パスパルトゥーが馬車からとび降りた。主人も彼のあとに続いて降り、それから御者に運賃を払った。

この時、一人のあわれな乞食の女がフォッグ氏に近づいて物乞いをした。女は子供の手をひき、裸足《はだし》の両足を泥の中につけ、頭にはみじめな羽根一枚がぶらさがったぼろぼろの帽子をかぶり、ボロ着の上にずたずたのショールを羽織っていた。

フォッグ氏は先程ホイストで稼いだ二〇ギニーをポケットから取り出し、それを乞食の女に差し出してこう言った。「さあ、お取りなさい奥さん。お会いできたことをうれしく思いますよ。」

それから彼は女の前を通りすぎた。

パスパルトゥーは瞳のまわりが濡れるような感触を覚えた。彼の主人は彼の心の中で歩を一つ進めたのだった。

フォッグ氏と彼は直ちに駅の大ホールへ入っていった。そこでフィリアス・フォッグはパスパルトゥーにパリ行きの一等切符を二枚買うよう言いつけた。次いで後ろを振り返った彼の目

あわれな乞食の女

にとまったのは、革新クラブの五人のメンバーの姿であった。

「皆さん、私は出発します。パスポートに押される様々な査証をご覧になれば、私が帰国した折に皆さんは私の行程を確認なさることができるでしょう。私はそのためにこのパスポートを携えていきます。」そう彼は言った。

ゴーティエ・ラルフが丁重に答えた。「いやいやフォッグさん、その必要はありません。我々はあなたの紳士としての名誉を信頼申し上げます。」

「そうしていただくに越したことはございません。」

「お帰りの期日についてはどうかお忘れなきよう。」アンドリュー・ステュアートが注意を促した。

「八〇日後、一八七二年一二月二一日土曜日、夜の八時四五分ですね。」フォッグ氏が答えた。

「それでは皆さんご機嫌よう。」

八時四〇分、フィリアス・フォッグと彼の召使は同じ車室に席をとった。八時四五分、汽笛の音が鳴り響き、汽車が動きはじめた。

外は暗闇で、細かい雨が落ちていた。車室の隅にもたれかかったフィリアス・フォッグは押し黙っていた。いまだに呆然《ぼうぜん》としたままのパスパルトゥーは、無意識のうちに銀行券の入った袋をぎゅっと抱きしめていた。

汽車がシドナムを通りすぎようとする時、パスパルトゥーが突如、文字通りの絶望の叫びを発した。

「どうしたんだ。」フォッグ氏が尋ねた。

「実は、その、あわただしかったものですから、そしてその、混乱しておりましたために、忘れてしまったのです。」

「なにをだね。」

「私の部屋のガス灯の火を消すことをでございます。」

「ならばよろしい、ガスの燃えた分は君の支払いということにしよう。」フォッグ氏は動じることなくそう答えた。

5　新銘柄株がロンドン市場に登場する

ロンドンを後にしたとき、フィリアス・フォッグは、自分の出発が大きな反響をまきおこすことになろうとは、おそらくほとんど想像していなかった。彼の賭けのニュースはまず革新クラブ内で広まった。それはこの名誉あるクラブの会員の間に文字通りの興奮の渦を引き起こした。次いでこの興奮はクラブから新聞へと記者たちを介して伝わり、次に新聞からロンドンの民衆へ、そしてさらに全英国の民衆へと伝播《でんぱ》していったのであった。

この「世界一周の件」は、あたかも新たなアラバマ号事件でも起きたかのごとき情熱と熱狂をもって論じられ、語られ、解剖された。ある者はフィリアス・フォッグの側についた。他の者は彼に反対の立場を表明し、この人々がほどなく圧倒的多数となるのだった。理屈や紙の上の話ではなく、現実に、この最短の時間内で、現在利用可能な交通手段だけを用いて世界一周をはたすこと、それは単に不可能というだけでなく、狂気の沙汰であると思われたのである。

タイムズ紙、スタンダード紙、イヴニング・スター紙、モーニング・クロニクル紙、他の名の知られた二〇の新聞のことごとくがフォッグ氏に反対する立場を明らかにした。唯一デイリー・テレグラフ紙だけがある程度まで彼の支持にまわった。全般とするとフィリアス・フォッグは奇癖の持ち主として、あるいは狂人として扱われた。そして革新クラブのメンバーたちは、主唱者の心的能力の衰退を示すにすぎぬこの賭けに応じたことを非難された。

この一件に関し、きわめて情熱的な、しかしまた論理的ないくつかの記事が掲載された。英国において、地理に関わることがらの全てに対して人々がいかに深い関心を向けるかはよく知られるところである。それゆえ、それがいかなる階級に属する読者であれ、フィリアス・フォッグの一件を取り扱った数段抜きの記事を貪《むさぼ》り読まない者はいなかった。

はじめの数日の間、何人かの大胆な人々——それは主として女性であった——は、彼を支持する側についた。とりわけ、イラストレイテド・ロンドン・ニューズが革新クラブの資料室に保存されている写真をもとに彼の肖像画を掲載した後はそうだった。紳士たちの中にも何人か、次のように公言して憚らない者がいた。「そもそも可能であっていけないわけがありましょうか。もっと信じられない出来事だって我々は経験してきたのですから。」それは主としてデイリー・テレグラフ紙の読者たちだった。しかし間もなく人々は、この新聞もまた弱気になっていくのを感じるのだった。

というのも一〇月七日に、王立地理協会会報にひとつの長い記事が掲載されたのであった。この記事は、件《くだん》の問題をあらゆる角度から検討し、この企ての無謀さを明確に証明してみせた

読者という読者は…

のである。この記事に従えば、彼を待ち受ける人的・自然的要因による様々な障害ゆえに、全てがこの旅行者に不利な状況なのであった。この計画を成功させるためには、出発時刻と到着時刻のタイミングの奇跡的一致が起こりうると認める必要があった。しかしそんな一致は実際存在していなかったし、そもそも存在することのありえないものであった。せいぜい、それもヨーロッパで、比較的短い距離を走行する場合に、定時の列車到着を見込むことが可能な程度である。しかしこれが、三日でインドを横断し、七日で合衆国を横断する汽車に乗るという話になった時に、果たして、これほどの難問の基礎的条件を、相変わらずそれらの列車の正確性を前提にして打ち立ててよいものなのか。機械のトラブルや脱線事故、偶発的な出来事、悪い天候、降り積もる雪など、全てはフィリアス・フォッグに不利な状況なのではあるまいか。また冬ともなれば、客船上のフォッグ氏は、吹きつける風や霧によって翻弄《ほんろう》されてしまうのではあるまいか。大西洋横断航路の最速の船といえども、一、三日の遅れを記録することはさほど珍しいことではない。そして遅滞がひとつでも起これればそれだけでもう、交通手段の連鎖は取り返しのつかぬ形で断ち切られてしまうはずなのだ。もしもフィリアス・フォッグがたった数時間の違いであれ客船に乗り遅れれば、彼は次の客船まで待たねばならず、そのために彼の旅の実現は決定的な危機にさらされるはずなのであった。

この記事は大きな反響をまきおこした。ほとんど全ての新聞はこの記事を再録し、フィリアス・フォッグの株価はひどく下がった。

　この紳士の出発に続く数日間、彼の企ての「可能性」をめぐって多額の取引が行われた。英国においてどういう人々が賭けを好むかはよく知られている。彼らは博打《ばくち》うちよりも知的で高尚な人種である。賭け事は英国人の血の中を流れているといってよい。それゆえ、革新クラブの様々なメンバーがフィリアス・フォッグの勝算の有無について多額の金を賭けただけでなく、多くの大衆もまた同様の賭けに加わった。フィリアス・フォッグは競走馬として、いわば名馬台帳に登録されたのであった。彼はまた株の銘柄にまでなった。この銘柄は直ちにロンドン市場に上場された。フィリアス・フォッグ株は堅調な株として、あるいはまたプレミアつきの株として売買され、その結果多額の取引が成立した。しかし彼が出発して五日後に地理協会会報の記事が発表されると売り注文が殺到するようになった。フィリアス・フォッグ株は下落した。売りはまとめて行われた。初めは五株まとめて、ついで一〇株まとめて売られ、ついには、二〇、五〇、一〇〇株でなければ取引できない状態になった。

　ただ一人だけ彼の支持者が残った。それは年老いた中風病みのアルバーメール卿であった。肘掛け椅子に釘付けになったこの立派な紳士は、たとえ一〇年かかってでも、自分に世界一周ができるのであれば財産の全てを投げ出してもよいと考えているような人物だった。その彼がフィリアス・フォッグに五〇〇〇ポンド（一〇万フラン〔他の箇所ではヴェルヌは一ポンド＝二五フランで換算している）を賭けた。そして人が卿にこの企ての愚かさを、さらにはその無意味さを示してみせると、卿はその指摘に対してただ次のごとく答えるだけであった。「もしもそれが実現可能なことであるとして、初めてそれをなし遂げるのが英国人であるというのはよいことだ。」

しかし彼への支持もそこまでであった。フィリアス・フォッグを支持する者は次第次第に少なくなっていき、やがては皆が皆、様々な理由から、反フォッグ側にまわることになった。彼に賭ける者は一五〇人に一人だけとなり、やがてそれが二〇〇人に一人となり、そしてついに、出発の七日後、全く予想していなかった一つの出来事が起きると、彼に賭ける者はもはや一人もいなくなった。

この日の夜の九時、ロンドン警察の長官は次のような文面の電報を受け取ったのであった。

スエズからロンドンへ

スコットランド・プレース、中央行政庁御中。警察長官ロワン殿。

銀行泥棒フィリアス・フォッグを追跡中。逮捕状を遅滞なくボンベイ（英国領インド）まで送られたし。

刑事　フィックス

この電報への反響はすばやかった。尊敬すべき紳士は姿を消し、銀行券泥棒の姿にとってかわった。他の全てのメンバーたち同様、彼が革新クラブに預けていた写真が調べられた。その写真は特徴の一つ一つに至るまで、捜査の結果作成された男の人相書きと一致していた。フィリアス・フォッグの生活に謎めいたところがあったという点や、彼の孤独な暮らしぶり、彼が突然出発したことなどがあらためて指摘され、この人物が世界一周の旅行を口実とし、さらにはこの旅行を途方もない賭け金で正当化しながら、実のところ彼の目的は、英国警察の警官たちの目をくらますこと以外にはないということが明らかであるように思われるのだった。

6　刑事フィックス、きわめて当然の焦燥を示す

以下は、フィリアス・フォッグ氏に関する件の電報が、いかなる状況のもとで打電されたかを説明するものである。

一〇月九日水曜日、スエズでは、インド半島・オリエント会社の客船モンゴリア号の午前一一時の到着を待っていた。モンゴリア号はスクリューと軽甲板を備えた鉄製の蒸気船で、重量二八〇〇トン、公称出力五〇〇馬力を有していた。モンゴリア号は定期的にスエズ運河経由でブリンディージからボンベイまでを航海していた。同船会社所有の高速船中でも最も速い船のひとつで、規定速度であるブリンディージ―スエズ間毎時一〇マイル、スエズ―ボンベイ間毎時九・五三マイルを、絶えず上回る速さで航行していた。

モンゴリア号の到着を待ちながら、二人の人物が、この町にあふれかえる現地人や外国人の群れに混じって埠頭《ふとう》を歩いていた。つい先頃まで一村落にすぎなかったこの町は、今や、ド・レセップス氏の行った大事業によって、大きな将来性を保証される存在にまでなっていたのであった。

二人のうちの一方は、スエズ駐在の連合王国領事であった。英国政府の悲観的な予測や技術者スティーブンソンの不吉な予言に反して、この領事の目の前では日々、それまでの、喜望峰経由で英国からインドに至る行程を半分に短縮させながら、英国の船舶が運河を通りすぎていくのであった。

もう一方はやせた小さな男性で、かなり頭のよさそうな顔だちをして、神経質そうに、きわめて執拗にその眉の筋肉を緊張させていた。長い睫毛《まつげ》のむこうには、きわめて鋭い目が輝いていた。しかし彼はまたその日の輝きを、好きなように消し去ることもできた。その日の彼には焦燥のしるしが見えていた。行ったり来たり、じっとその場にとどまることができずにいた。

男は名をフィックスといった。彼は英国銀行で起きた盗難事件のあと、方々の港に派遣された英国警察署警察官の一人、いわゆる「刑事」の一人であった。このフィックスの職務は、スエズ方面に向かったあらゆる旅客を、細心の注意を払って監視すること、そしてもしも彼らの一人が疑わしく思えた場合には、逮捕状が届くまでの間その男を尾行することであった。

実はまさしく二日前、フィックスは、ロンドン警察長官から盗難事件の容疑者の人相書きを受け取ったところであった。それは、銀行の現金支払い室で目撃された、あの上品で身なりのよい人物の人相書きにほかならなかった。

首尾よく犯人を見つけ出した場合の巨額の懸賞金に、刑事は明らかに引きつけられていた。

刑　事

そして彼は、容易に理解できるじれったさを示しながらモンゴリア号の到着を待っていた。「領事さん。」彼はもう一度同じ質問をした。「あの船が遅れることはありえないとおっしゃるわけですね。」

「そうです、フィックスさん。」領事が答えた。「ポート・サイド沖で昨日船が目撃されています。運河の一六〇キロなど、この種の高速船にとって物の数ではありません。繰り返しますが、政府は規定時間を二四時間縮めるごとに二五ポンドのボーナス金を出していますが、モンゴリア号は常にそのボーナスを手に入れてきたんです。」

「この客船はブリンディージから直接ここに到着するのですか。」フィックスが尋ねた。

「ブリンディージから直接です。ブリンディージでインド行きの荷物を積み込み、そのブリンディージを土曜の夕刻五時に出ています。したがってもう少しの辛抱です、ほどなく船は到着します。それより私がわからないのは、仮に男がモンゴリア号に乗船していたとして、あなたが受け取られた人相書きだけで一体どうやって男を識別しうるのかということです。」

フィックスが答えた。「領事さん、ああした連中は、識別するというよりかぎ分けるべきものなのです。勘を働かせる必要があるのです。勘というのは、聴覚、視覚、嗅覚が協同して働く特別な感覚です。私はこれまでの人生でこの手の紳士を何人も捕まえてきました。私の追っている泥棒がもし船上にいたならば、彼が私の手から逃れることはないとお約束しますよ。」

「そう願っています、フィックスさん。なにしろ大変な盗難事件ですからね。」

「見事なまでの盗難です。」上気した刑事が答えた。「五万五〇〇〇ポンドの盗難事件ですよ。こんなチャンスはそうあるものではありません。泥棒たちもけちくさくなってきていますからね。シェパード〔一八世紀に実在したイギリスの悪党。小説の中にも描かれた〕の家系も虚弱化しつつある。いまや数シリングの金のために絞首刑にされるというご時世ですから。」

「フィックスさん。」領事は答えた。「お話をうかがっていて強くご成功をお祈りしたい気持ちになっています。ただもう一度申し上げますが、私自身は、現在の条件のもとではそのご成功が困難なのではないかと危惧《きぐ》しているのです。あなたがお受け取りになった人相書きを見る限り、この泥棒が普通の篤実な紳士とうりふたつの顔だちであることはわかっておられるでしょうか。」

「領事さん。」刑事はきめつけるようにして言った。「大泥棒はいつだって篤実な人間の顔をしているものです。お分かりと思いますが悪党の顔をしている人間には可能な選択は一つしかありません。それは廉直なままでいることです。さもなければ彼らは捕らえられてしまうのです。誠実そうな顔だち、まさしくこれこそ子細に調べる必要のあるものです。これは困難な作業です。そしてそれはもう、単なる仕事というより、芸術とよぶべきものなのです。」

このように、フィックスという男にはなにがしかの自惚《うぬぼ》れが見られた。

この間埠頭は次第ににぎやかになっていった。様々な国籍の水夫や商人、仲買人、人足、土地の農民らがそこにはあふれていた。客船の到着はまさにもうすぐだった。

天気はかなりよかったが、東からの風のために空気は冷たかった。何本かのミナレットが弱々しい太陽の光のもと、町の上方にくっきりとその輪郭を描き出していた。南の方角には長さ二〇〇〇メートルの埠頭がスエズ錨泊地《びょうはくち》に差し出された腕のように長く伸びていた。一方紅海の海上には、漁や沿岸航海のための船が何艘か浮かんでいた。それらの船のいくつかは、その外観のうちに、古代ガレー船の優雅な結構をとどめていた。

群衆の間をぐるぐるとまわりながら、フィックスは彼の職業的習慣から、すばやい一瞥《いちべつ》によって通行人たちの顔を細かく観察していた。

時刻は一〇時半だった。

港の大時計の鐘の鳴る音を聞いて彼は叫んだ。「いつになっても到着しないじゃありませんか、例の客船は。」

「船が遠くにいることはありえません。」領事は答えた。

「船はスエズにどれだけの時間とどまっているのですか。」フィックスが尋ねた。

「四時間です。石炭を積み込むための時間です。スエズから紅海のもう一方の端のアデンまでは一三一〇マイルあります。このため、燃料を蓄えてやる必要があるのです。」

「そしてスエズを出たあと、この船は直接ボンベイまで行くのですか。」フィックスは聞いた。

「直接です。荷物の積みかえもありません。」

「であるならば、もし犯人がこの航路をとり、この船に乗っていたとして、犯人の頭には、スエズで船を下りて、別のルートからアジアにあるオランダやフランスの植民地にたどり着くという計画が浮かぶに相違ない。英国領であるインドでは自分の身が安全でないということは彼にも分かっているはずだから。」フィックスは言った。

「あるいはまた、犯人が相当にしたたかな相手であることも考えられます。」領事が答えた。「ご存知と思いますが、英国の犯罪人はいつだって、外国でよりもロンドンでこそ上手にその身を隠すものですからね。」

この領事の感想は刑事フィックスを大いに考えこませた。領事はこの感想を一つ残して、すぐ近くにある彼の仕事場に戻っていった。刑事は一人でその場所に残った。じりじりと、待ちきれぬ思いだった。彼には、自分の追っている泥棒がモンゴリア号の船上にいるに相違ないという、かなり奇妙な予感があった。もしもこの悪党が新世界にたどり着く意図をもってロンドンを離れていたとすれば、大西洋航路に比べて監視が手薄な、あるいは監視するにもそれがより困難な、インド航路の方を選んでいたに違いなかったのである。

フィックスがあれこれ考えるのも束の間《つかのま》、鋭い汽笛が何度か鳴り響いて客船の到着が告げられた。人足や農民たちの群れが埠頭におしよせてきた。その乱雑ぶりは船客たちの身体や衣服に何か起こりはすまいかと、いささか心配を感じさせるほどであった。一〇艘ほどのボートが岸辺を離れて、モンゴリア号を出迎えにいった。

間もなく、モンゴリア号の巨大な船体が運河の両岸の間を進んでいく姿が見えた。一一時の鐘が鳴る中、蒸気船は停泊地に錨を下ろした。その間排気用の煙突からは、大音響とともに蒸気が吐き出されていた。

船の乗客の数はかなり多かった。そのうちの何人かは軽甲板上にとどまって、絵のように美しい町の全景を眺めていた。しかし、大半の旅客は、モンゴリア号に横付けされたボートに乗って陸に上がった。

フィックスは、陸に上がってきた船客の一人一人を丹念に観察した。

とその時、船客の一人がフィックスに近寄ってきた。彼は、仕事を申し出ようとして殺到してきた農民たちを激しく押しかえしたところであった。彼はフィックスに、きわめて慇懃《いんぎん》に、英国領事の事務所がどこであるか教えていただけないだろうかと尋ねた。同時にこの船客は一通のパスポートも見せた。恐らくはその上に、英国の査証を押してもらいたいと望んでいるのであった。

本能的にフィックスはパスポートを手に取っていた。そして素早い一瞥を投じてパスポート

激しく押しかえしたその後…

の人相書きを読み取った。

すんでのところで、無意識的な仕草が外にあらわれてしまうところだった。パスポートの頁が彼の手の中で震えた。パスポートに記載された人相書きは、フィックスがロンドン警察長官から受け取ったそれと一致していたのであった。

「このパスポートはあなたのものではありませんね。」フィックスは船客にそう尋ねた。

「ええ。」船客は答えた。「これは私のご主人様のパスポートです。」

「あなたのご主人という人は今どこに。」

「船に残っておいでです。」

「でもご自分の身元を証明するためには、ご自身で領事館事務室まで出頭なさらなくてはなりませんよ。」そう刑事は答えた。

「何ですって、それが必要なのですか。」

「必要不可欠です。」

「で、その事務室はどこに。」

「あそこの、広場の隅です。」刑事は、二〇〇歩ほど離れたところにある一つの建物を指さして答えた。

「じゃあご主人様を呼びにいくことにしましょう。今の場所を動かれることを決して快くは思われないでしょうけれどね。」

こう言うと船客はフィックスにあいさつをして、蒸気船の船内へと戻っていった。

7 こと捜査に関しては、パスポートが用をなさないことが改めて証明される

刑事は再び桟橋の上におり、急ぎ足で領事館事務室に赴いた。ほどなくして彼は、執拗《しつよう》に懇願を繰り返したのちに、この官吏の部屋に通された。前置きを省略して、彼はこう領事に言った。

「領事さん、例の男がモンゴリア号に乗船している可能性が強いと判断されます。」それからフィックスは、男の召使と自分との間で、パスポートをめぐって何が起こったかを話した。

領事は答えた。「いいでしょうフィックスさん。その悪党の顔とやらを見ることにはやぶさかではありません。でも、男が本当にあなたの考えている人物だとしたら、彼が私の部屋に姿をみせることなどありえないでしょう。泥棒は自分のあとに足跡を残すことを好まないものです。それにパスポートの手続きは今はもう義務ではない。」

刑事が答えた。「領事さん。彼が、想像される通りのしたたかな男であれば、間違いなくや

ってきます。」

「パスポートの査証のためにですか。」

「そうです。パスポートというものはいつだって、真面目な人間たちを煩わせ、悪党たちの逃走にばかり手を貸してやるものだからです。問題のパスポートが正規のものであることは確かです。が、できれば、査証はお与えにならないでいただきたい。」

「なぜだめなのですか。もしもそのパスポートが正式のものならば、私に査証を拒む権利はありません。」そう領事は答えた。

「しかし領事さん、私はどうしても、ロンドンからの逮捕状を受け取るまでの間、この男をここに引き止めておかなくてはならないのです。」

領事は言った。「だがフィックスさん、それはあなたの問題だ。私には……」

領事はその言葉を最後まで言い終えることはなかった。ちょうどその瞬間に領事の部屋のドアがノックされて、部屋付きの使用人が二人の局外者を招き入れたからである。二人のうちの一方は、ほかでもない、さきほど刑事と言葉をかわしたあの召使であった。

通された二人は、まさしく一方が主人、もう一方が召使だった。主人の方は自分のパスポートを示し、手短に、そこに査証を押してもらうよう領事に頼んだ。

領事はパスポートを手にとってそれに注意深く目を通した。一方フィックスは部屋の片隅で、よそからやってきたこの男を観察していた。というかむしろ、彼のことを食い入るように見つめていたといった方がよい。

領事はパスポートに目を通し終わってからこう尋ねた。「あなたはフィリアス・フォッグさんですね。」

「そうです。」紳士が答えた。

「この男性はあなたの使用人ですか。」

「そうです。フランス人で名をパスパルトゥーといいます。」

「ロンドンからいらしたのですか。」

「はい。」

「どちらに行かれるのですか。」

「ボンベイまでです。」

「いいでしょう。で、こうした査証の手続きが不要で、パスポートの提示も今では義務ではないということはご存知でしたか。」

「存じております。」フィリアス・フォッグは答えた。「しかし私は自分がスエズに立ち寄ったことを査証によって証明しておきたかったのです。」

「わかりました。」

それから領事はパスポートに署名と日付を書き入れ、そこに判を押した。フォッグ氏は査証代を支払い、そっけなく会釈してから、使用人を従えて部屋を出た。

「で、いかがです。」刑事が聞いた。

「いや、申し分のない紳士の風貌をしておられましたが。」領事が答えた。

「そうかもしれません。でも問題にすべきはそれとは別のことなのです。領事さん、あの沈着な紳士が、私が人相書きを受け取ったあの泥棒に、特徴の一つ一つに至るまで似ているとはお思いになりませんか。」そうフィックスは言った。

「確かにそれは認めましょう。でもあなたもご承知の通り、人相書きというものはことごとくですね……」

「それについては、いずれはっきりする日がくることでしょう。」フィックスが答えた。「使用人の方は主人ほどには謎めいているように見えない。それにこちらはフランス人で、喋らないではいられない質《たち》のようだ。では領事さん、また近いうちに。」

そう言って刑事は外に出てゆき、パスパルトゥーを探し始めた。

その間フォッグ氏は領事館を後にして、埠頭の方角に向かっていた。埠頭で使用人にいくつかの指示を出してから、彼はランチに乗り込んだ。モンゴリア号船上に着いた彼は自らの船室に戻った。彼は自分の手帳を手にとった。そこには既に次のようなメモが記されていた。

「一〇月二日水曜日夜八時四五分ロンドンを出発。」

「一〇月三日木曜日朝七時二〇分パリ到着。」

「木曜八時四〇分パリ発。」

「一〇月四日金曜日朝六時三五分、モン＝スニ経由でトリノ着。」

「トリノ発、金曜朝七時二〇分。」

「ブリンディージ着、一〇月五日土曜日夕方四時。」

「土曜日五時、モンゴリア号に乗船。」

「一〇月九日水曜日午前一一時、スエズ着。」

「経過時間合計一五八時間三〇分。日数にして六日半。」


フォッグ氏はこれらの日付を、数行の欄が縦に並んだ旅程表に記入していた。そこには、一〇月二日から一二月二一日までの月、日、曜日と、パリ、ブリンディージ、スエズ、ボンベイ、カルカッタ、シンガポール、香港、横浜、サンフランシスコ、ニューヨーク、リヴァプール、ロンドンといった各主要都市への、到着予定日と実際の到着日が記されることになっており、これを見れば旅程のどの箇所でどれだけの時間が稼げたか、あるいはどれだけ損をしたかが計算できるはずだった。

このように、この系統立った旅程表ではあらゆる要素が考慮に入れられていた。そしてフォッグ氏は常に、自分が進んでいるか遅れているかを知ることができるのであった。

かくしてフォッグ氏はこの日一〇月九日水曜日にも、その旅程表にスエズへの到着を書き入れたのだった。それは予定の到着日にぴったりと一致し、得も損も生じていなかった。

それから彼は自分の船室に昼食を運ばせた。町の見学など彼の眼中にはなかった。彼もまた、自分が旅している国々の探訪は使用人に任せておく、あの英国人種の一人であったのだ。

8　パスパルトゥー、おそらくはいささか度をこして喋りすぎる

フィックスはただちに、埠頭にいるパスパルトゥーに追いついた。パスパルトゥーはぶらぶらと歩きながらあたりを眺めていた。彼の方は、景色を見る必要なしなどとは何ら思っていなかったのであった。

フィックスは彼に近づいてこう言った。「で、パスポートの査証は無事終えられましたか。」

フランス人が返事をした。「ああ、あなたでしたか。お世話になりました。手続きは完璧に終了しました。」

「それであなたは、この土地の風景を眺めておられるというわけですね。」

「そうなんです。私たちの旅行はあまりに急ぎ足で、私にはまるで夢の中を旅しているようにしか思えません。ところで、ここはスエズなのですか。」

「スエズです。」

「エジプトですか。」

「エジプトです。」

「アフリカにいるのですか。」

「ええアフリカに。」

「アフリカに！」パスパルトゥーは鸚鵡《おうむ》返《がえ》しにそう言った。「信じられません。思っても見てください。私はパリより先に行くなんてことは考えてもいなかったんですから。ところが私がかの名高き首都に再会できたのは、ほんの朝の七時二〇分から八時四〇分の間だけだった。それは北駅とリヨン駅の間を移動する辻馬車の窓ガラス越しに、しかも篠突《しのつ》く雨の中のことでした。私は残念でなりません。ペール＝ラシェーズ〔パリ東部にある有名な墓地〕にもシャン＝ゼリゼのサーカスにも立ち寄りたかったのに。」

「ずいぶん急いでいらっしゃるということですね。」

「私は急いではいません。私の主人が急いでいるんです。ああ、そういえば靴とワイシャツを買わなくてはいけなかったんだ。私たちはスーツケースも持たず、ボストンバッグひとつだけを提げて旅に出たものですから。」

「私がバザールにお連れしましょう。必要な物はそこで何でも見つかります。」

「いや、あなたはほんとうに親切な方だ。」パスパルトゥーは答えた。

こうして二人は歩き始めた。パスパルトゥーは相変わらず喋りつづけていた。「船に乗り遅れないようにだけは気をつけてないといけない。」そう彼は言った。

「時間はありますよ。まだ正午です。」フィックスが答えた。

パスパルトゥーは、彼の大きな懐中時計を取り出した。

「正午ですって。いえいえとんでもない。今の時刻は九時五二分ですよ。」

「あなたの時計は遅れてますよ。」フィックスが言った。

「私の時計がですって。これは私の曾祖父以来の、先祖伝来の懐中時計です。一年に五分の狂いだってありません。」正真正銘のクロノメーターです。」

「理由がわかりましたよ。あなたはスエズの時刻からおよそ二時間遅れの、ロンドンの時刻をそのまま変更しないできた。しかし実際は、それぞれの国の正午に時計を合わせ直すようにしなくてはならないのです。」

「この私に時計をいじれとおっしゃるのですか。それだけは絶対にしませんよ。」パスパルトゥーはそう叫んだ。

「ならばあなたの時計は、これ以後太陽とは一致しないことになるでしょう。」

「太陽には悪いけれど仕方ありません。間違っているのは太陽の方なんですから。」そう言ってこの好青年は重々しい仕草で懐中時計をチョッキのポケットにしまった。

ややあってから、フィックスは彼にこう聞いた。

「ロンドンを大あわてで後にされたとおっしゃっていましたね。」

「私の時計がですって．先祖伝来の懐中時計ですよ．」

「ええその通りです。先週の水曜日の夜八時のことでした。通常の習慣に反してフォッグ氏はこの時間にクラブから帰ってきました。そしてその四五分後には私たちはもう出発していたのです。」

「しかし、いったいどこにいらっしゃろうとしているのですか、あなたのご主人は。」

「ひたすら前に進むのみ。ご主人様は世界を一周しているのです。」

「世界一周ですって。」フィックスは叫んだ。

「そうです、八〇日間で。本人は賭けだと言っていますが、ここだけの話、私は全く信じていません。そんな話は常軌を逸しています。なにか他に訳があるのです。」

「なるほど！　変わり者なのですか、このフォッグ氏という人は。」

「そうだと思います。」

「お金持ちですか。」

「それは間違いありません。全くの新札で相当額を持ち歩いていますから。それに旅の途中でも金を使い惜しむということがない。例えばですよ、主人はモンゴリア号の機関士に、もしもボンベイに定刻よりもかなり早く着いた場合には相当の額の手当を与えると約束していました。」

「で、あなたはあなたのご主人とは長いお知り合いなのですか。」

「この私がですか。」パスパルトゥーは答えた。「私はまさに出発の当日に、この主人に仕えるようになったんです。」

これらの答えが、既に興奮のきわみに達していた刑事の心の上に、どれだけ大きな効果を及ぼしたかは想像にかたくない。

盗難の直後の、大あわてのロンドン出立。彼が持ち歩いているという巨額の金。急いで遠くの国にたどり着こうとしているあの様子。常軌を逸した賭けという口実。それら全てはフィックスの考えの正しさを裏付けているようだった。いや裏付けているに相違なかった。フィックスはさらになおフランス人を喋らせた。そして、この青年が彼の主人のことを全く知らないということや、彼の主人がこれまでロンドンでひっそりと暮らしていたということ、その財産がどこから来ているかは分からぬままに彼が金持ちだと言われていること、彼が謎めいた人物であるということ、等々についての確信を得ることができた。が同時にまたフィックスは、フィリアス・フォッグがスエズでは下船せず、ボンベイまで本当に行こうとしていることは確実だとも判断することができた。

「ボンベイは遠いのですか。」パスパルトゥーが尋ねた。

「ええ、かなりね。」刑事は答えた。「まだ更に一〇日ほど船旅を続けなくてはなりません。」

「ボンベイにはどの国で着くのですか。」

「インドです。」

「それはアジアですか。」

「勿論《もちろん》。」

「いやはやこれは困った。というのもひとつ頭痛の種がありまして、口のことなんですが。」

「何の口のお話ですか。」

「ガス灯のことなんです。実は消してくるのを忘れてしまい、今燃えている分が私の負担となってしまう。計算をしてみたのですが、二四時間で二シリングになる。私の稼ぐ金よりちょうど六ペンスだけ多いのです。おわかりでしょ、少しでもこの旅が長引けばどんなことになってしまうか……」

フィックスにこのガス灯の話が理解できたという可能性は少ない。フィックスはもうパスパルトゥーの話に耳を傾けてはいなかった。彼の中で考えは固まっていたのであった。フィックスとフランス人はバザールに着いた。フィックスは買い物をしている彼の同行者をその場に残し、船に乗り遅れないようにと彼に忠告してから、大急ぎで領事館の事務室へひきかえした。

今や確信はかたまり、フィックスはもとの冷静さを取り戻していた。

フィックスは領事に言った。「領事さん、もはや間違いありません。ついに私は自分の探していた男を見つけました。彼は自分を、八〇日間で世界一周しようとしている変人のように見せかけています。」

「それは狡猾《こうかつ》な男だ。」領事が答えた。「二つの大陸の警察という警察をまいたあとで、ロンドンに戻ろうという魂胆なのですね。」

「それもいずれはっきりする時がくるでしょう。」

「しかし本当に間違いではないのですね。」もう一度領事が尋ねた。

「間違いではありません。」

「でもなぜその泥棒が、スエズに立ち寄ったことを査証で証明することに、あんなにもこだわったのですか。」

「領事さん、それがなぜだかは私にも全くわかりません。」刑事は答えた。「しかしまあお聞き下さい。」

それから彼は手短に、彼と、この問題のフォッグ氏の使用人との間で交わされたやりとりの要点を報告した。

「なるほど、どのように推理してもこの男には不利なようだ。で、どうなさいますか。」

「ロンドンに電報を打ち、ボンベイに私宛で逮捕状を届けてもらうように頼みます。それからモンゴリア号に乗り込んで、あの泥棒のあとをインドまでつけ、インドに着いて英国の領土に入ったところで彼に丁重に近づき、逮捕状を片手にもち、もう一方の手を彼の肩にのせることにします。」

これらの言葉を冷たく言い放つと、刑事は領事に別れを告げて電報局に向かった。そこで彼は、読者もご存知のあの電報を本国の警察長官にあてて打ったのであった。

その半時あと、フィックスは手に軽い鞄を提げ、十分な金を持ってモンゴリア号に乗り込んでいた。そしてその直後、快速蒸気船はもう紅海の海上を全速で航行していた。

9　紅海とインド洋上の航行はフィリアス・フォッグの計画に好都合に運ぶ

スエズとアデンを隔てている距離はちょうど一三一〇マイル。船会社の契約明細では会社所有の大型客船に対し、この距離の渡航時間として一三八時間が与えられていた。モンゴリア号のボイラーの火は勢いよく焚かれ、定刻よりも早く到着できるほどの速度で順調に航行していた。

ブリンディージで乗船した客たちの大多数はインドを目的地としていた。ボンベイに行く者やカルカッタに行く者がいたが、後者の場合もボンベイを経由するのであった。鉄道がインド半島全域を横断して以来、もはやセイロンの先端をぐるりとまわっていく必要はなくなっていたのである。

モンゴリア号の乗客の中には様々な文官と、あらゆる等級の武官がいた。武官のうちのある者は正規の英国軍に所属しており、他の者はインド人傭兵軍の指揮にあたっていた。英国政府が、かつてのインド会社の権利と義務を引き受けるようになった今でもなお、彼ら武官たちは

皆高い給与を支払われていた。少尉の給与が七〇〇〇フラン、将校が六万フラン、将軍は一〇万フランの給与であった。†

モンゴリア号船上での生活は豪華だった。文官や武官たちにまじって、大金を持ち、遠隔の地に会社の支店を設立するために赴く何人かの若い英国人の姿も見られた。「パーサー」と呼ばれる、船長と同格の船会社の乗員が、贅《ぜい》を尽くした接待をくりひろげていた。朝食の時間、二時の昼食の時間、五時半の夕食の時間、そして八時の夜食の時間には、客船の食肉係や配膳室が供給する、新鮮な肉料理やアントルメの数々で、食卓はまさに撓《たわ》まんばかりだった。女性の船客たち(何人かは女性も乗っていたのである)は日に二度装いを変えた。音楽が演奏され、そして海の状態がそれを許す時には人々はダンスもした。

しかし紅海はまた実に気まぐれな海であった。それは、狭くて長いあらゆる湾の常として、実にしばしば荒れた。それがアジア側から吹く風であれ、アフリカ側からの風であれ、スクリューのついた長い紡錘にも等しいモンゴリア号は、舷側《げんそく》に風を受けてひどいローリングを起こした。そんな時には女性たちの姿は消えた。ピアノはおしだまり、歌と踊りは同時に止んだ。が、その力強い機関に動かされた客船は、突風にも大波にもお構いなしに、時間の遅れもなく、バブ・エル・マンデブ海峡にむけてひた走るのだった。

この間フィリアス・フォッグは何をしていたのであろうか。彼が、絶えず心配や不安を感じながら、船の運航を害しうる風向きの変化や、機械の事故の原因となりうる大波の不規則な動きや、さらにはまた、モンゴリア号がどこかの港に寄港せざるを得なくなるような、そしてそのために彼の旅そのものが危うくなりかねないような、様々な船の損傷の可能性を気づかっていたということも考えられよう。

ところが実際にはそのようなことは全くなかった。少なくとも、仮にこの紳士がこうした出来事の可能性に思いをはせていたとして、それを表にあらわすことは全くなかったのであった。そこにいるのは相変わらず、物事に動じることのないあの人物、いかなる事件にも事故にも驚くことのない、革新クラブのあの泰然とした会員であった。彼は航海用クロノメーターほどにも、ものに動じることがないように見えた。甲板で彼の姿が目撃されることは稀であった。彼には、かくも多くの過去の記憶にみちているこの紅海、人類史の最初のできごとの舞台となったこの海をじっくり眺めようという気はあまりないようであった。運河の両岸に点在し、時折その絵のように美しい輪郭が水平線の上に描き出される数々の興味深い市街にしても、彼がその姿を確かめにやってくることはなかった。アラビア海といえば、かつてストラボン、アリアノス、アルテミドロス、エドリージなどの古代の歴史家たちが常に恐怖をもって語り、船乗りたちは、贖罪《しょくざい》の犠牲《いけにえ》を捧げてその旅を聖化してからでなくては決してそこに乗り出すことのなかった危険な海である。しかし彼は、このアラビア海の危険についてすらも考えてはいなかったのである。

では、モンゴリア号の船室に閉じこもったきりのこの風変わりな人物は一体何をしていたのか。まず彼は日に四度食事をとっていた。横揺れも縦揺れも、かくも立派にできた彼の体軀の調子を乱すことはなかった。それから、彼はホイストをしていた。

そう、実は彼は、彼と同じようにホイストに目がないカード相手を見つけ出していたのであった。一人はゴアの任務先にむかう徴税人、一人は司祭で、ボンベイの任地に戻るデシムス・スミス師、そしてあともう一人はベナレスの部隊に戻る途中の英国軍の准将であった。これら三人の船客は、フォッグ氏と同じくらいホイストに対して強い情熱を持っていた。そして彼らは、フォッグ氏に劣らず黙々と、何時間もトランプに興ずるのであった。

パスパルトゥーはといえば、船酔いに襲われることも全くないまま、船首の一船室に場所をとっていた。彼もまた立派な食事に与《あずか》っていた。こうした条件のもとでなされるこの旅に彼の不満は全くなかった。彼はこの旅を受け入れることにした。食事もよし、ベッドもよし、あちこち見ることもできる。それに彼は、この気まぐれな旅もボンベイで終わるのだと自分で断定していたのであった。

スエズを出発した翌日の一〇月一〇日、彼は甲板で、エジプトで下船したときに自分が話しかけた、あの親切な人物と遭遇して喜びを覚えた。パスパルトゥーは、この上なく愛想のよい微笑《ほほえ》みを浮かべながらこの人物に近づいて、次のように言った。

「私の間違いでなければ、スエズでご親切に私の案内をしてくださった方でいらっしゃいますね。」

「いかにもその通りです。」そう刑事は答えた。「私もあなたのお顔を覚えています。あの風変わりな英国人の執事でいらした。」

「その通りでございます、ええと……」

「フィックス。」

「そう、フィックスさん。船上で再びお目にかかれて幸甚《こうじん》に存じます。どちらまでおいでなさるのですか。」

「あなたたちと同じで、ボンベイまでですよ。」

「それは望外の幸せです。この航路の旅はこれまでにもなさった経験がおありですか。」

「ええ何度か。」そうフィックスは答えた。「私はインド半島会社の職員なのです。」

「ではインドのことはよくご存知なのですね。」

「ええ、まあ……」フィックスはそう答えたが、彼としてはこの話題にあまり深入りすることは望んでいなかった。

「面白い所ですか、インドというところは。」

「とても面白い所です。モスクやミナレットや寺院、苦行僧にパゴダ、虎や蛇や舞姫などが見られます。でもそのためには、この国を訪れてみるだけの十分な時間をまず持とうとなさらなくてはなりません。」

「フィックスさん、私にはその気持ちはあります。お分かりでしょう、八〇日間で世界を一周するなどという口実のもと、一生を客船から鉄道、鉄道から客船へと乗り移りながら過ごすなどということが正常な精神の持ち主にできはしないということが。ええ、そんなこと、不可能です。こんな軽業まがいの芸当は、間違いなく全てボンベイで終わりにしてもらいます。」

「で、フォッグさんは元気にしておられますか。」フィックスはごくごく自然にそう尋ねた。

「ええ、とても元気です、フィックスさん。そして私自身もまた至極元気です。まるで腹を減らした鬼のような食欲なのです。海の空気のせいなのでしょう。」

「そのご主人ですが、甲板ではついぞお姿をお見かけしませんね。」

「ええ全くね。好奇心というもののない方なのです。」

「パスパルトゥーさん、この八〇日間の世界一周なるものが、もしかして、何かその裏に秘密の任務を隠しているといったことはありませんか。例えば外交上の任務であるとか。」

「いや、フィックスさん、正直言ってそれについては私は何も知りません。ただいずれにせよこの私は、そんなことを知るために、たとえ半クラウン金貨一枚だって犠牲にしたいとは思いませんけどね。」

この出会い以来、パスパルトゥーとフィックスはしばしば一緒に話をした。刑事はフォッグ氏の召使と懇意になろうと懸命だった。それは何かの時に役に立つはずだった。そのために彼は、モンゴリア号のカクテルラウンジで、しばしばパスパルトゥーにウイスキーやペールエールを何杯かごちそうした。気のいい青年は勿体《もったい》をつけずにそれを受け入れた。それればかりか、おごられるだけでは困ると、おごり返しさえもした。そもそもパスパルトゥーは、このフィックスのことを誠実な紳士だと思っていたのであった。

その間も客船は早足で進んでいった。一三日には人々はモカの町を認めた。町は廃墟となった城壁の囲みの中にその姿を現した。城壁の上には青々としたナツメ椰子《やし》の木が何本か、くっきりと浮かび上がっているのが見えた。遠方の山には広大なコーヒー畑が広がっていた。パスパルトゥーはこの名高い町を眺められたことに感激していた。彼は、円環状の城壁と、破壊された要塞の柄《え》のような輪郭線のために、この町全体が一つの巨大なデミタスカップに似ていると思ったほどだった。

次の夜モンゴリア号はバブ・エル・マンデブ海峡を越えた。その名はアラビア語で「涙の港」を意味していた。翌一四日、モンゴリア号はアデン錨泊地の北西にあるスティーマーポイントに寄港した。ここで燃料の補給を行う必要があったのである。

船はスティーマーポイントに寄港した.

原料の産出の中心地からかくも離れた場所で行わなくてはならない、この客船のボイラーのための燃料補給という問題は、きわめて深刻で重大なものとなっていた。インド半島会社にとってだけでも、それは年間八〇万ポンド(二〇〇〇万フラン)に及ぶ出費であった。実際、複数の港にこの種の備蓄基地を設けねばならなかったのだが、これら遠隔の海にあって、石炭の値段は一トンあたり八〇フランにまで達していたのであった。

モンゴリア号はボンベイに到着するまでにまだ一六五〇マイルを航行しなくてはならなかった。船の石炭倉庫を一杯にするために、四時間スティーマーポイントに停泊する必要があった。しかしこの遅れは、いかなる意味でもフィリアス・フォッグの計画の邪魔とはなりえなかった。そもそもそれはあらかじめ予定されていたことであった。それにモンゴリア号は、一〇月一五日の朝でなければアデンに到着しないはずだったのが、実際には既に一四日の夕刻には入港をはたしていた。つまり船は一五時間分を稼いでいたのであった。

フォッグ氏と彼の召使は船を下りた。紳士はパスポートの査証をもらおうと思っていた。フィックスは目立たぬように彼のあとをつけた。査証の手続きが終わると、フィリアス・フォッグは船に戻り、中断されていたホイストの勝負を再開した。

パスパルトゥーはいつもの彼の習慣に従って、二万五〇〇〇のアデン住人を構成しているソマリア人やインド商人、パールシー〔イスラム化したペルシャを逃れたゾロアスター教徒〕、ユダヤ人、アラビア人、ヨーロッパ人たちの間をさまよい歩いた。彼は、この町をインド洋のジブラルタルたらしめている要塞を、そしてまた、ソロモン王の技師たちから二〇〇〇年後、今なお英国人技師たちがその営繕にあたっている世にも見事な貯水槽を、感嘆の念とともに眺めた。

「これは興味深い。実に興味深い。」船に戻りながらパスパルトゥーはそうつぶやいた。「確かに、新しいものを見ようと思うならば旅することも無駄ではないようだ。」

夜の六時、モンゴリア号はアデン錨泊地の海の水をスクリューの羽根でたたきつけた。それから間もなく船はインド洋上を滑り出した。アデンからボンベイまでの航路を渡り切るためにモンゴリア号にはたっぷり一六八時間が与えられていた。しかもこのインド洋の海は船の味方をしてくれた。風が北西方向から吹き、帆が蒸気機関を助けた。

船は安定し、横揺れも少なくなった。乗客たちは身繕いをし直して、再びデッキに姿を現すようになった。歌や踊りが再開された。

かくして航海は理想的な条件のもとですすめられた。パスパルトゥーは、偶然が彼に与えてくれた、フィックスという名の感じのよい道連れを得て上機嫌であった。

一〇月二〇日日曜日の正午近く、インドの海岸線が見えた。その二時間後、水先案内人がモンゴリア号船上に乗り込んできた。はるかな地平線の上には幾つもの丘が広がり、青空を背景に調和ある輪郭線を浮かび上がらせていた。まもなく、町一帯に生い繁っている椰子の並木が

パスパルトゥーはいつもの彼の習慣に従って，
さまよい歩いた．

くっきりと見てとれるようになった。客船は、サルセット、コラバ、エレファンタ、バッチャーといった島々が形作る錨泊地の内部へと入っていった。そして四時半、船はボンベイの埠頭に接岸した。

その時フィリアス・フォッグは、丁度この日三三回目の三回勝負《ラバー》を終えるところだった。パートナーと彼は、大胆な作戦によって一三度トリックをとることに成功し、この美しい航海を見事なスラムで締めくくった。

モンゴリア号はボンベイに一〇月二二日に到着する予定だった。しかし実際には船は二〇日に到着した。つまりロンドン出発以来、二日を稼いだ計算になった。フィリアス・フォッグはその稼ぎ分を、彼の旅程表の利益欄にぬかりなく書き入れるのだった。

† 文官の給与は更に高額であった。等級の最も低い単なる助手でも一万二〇〇〇フラン、判事は六万フラン、裁判所長官が二五万フラン、植民地総督が三〇万フラン、植民地総監の給与は六〇万フラン以上であった。〔著者による注〕

10　パスパルトゥー、幸いにも片方の靴を無くしただけで事なきをえる

底辺が北、頂点が南の大きな逆三角形をしたインドが、一四〇万平方マイルの面積を持ち、そこに、不均等に分布した一億八〇〇〇万の住民がいるということを知らない者はいない。英国政府はこの広大な国の一部を実質的に統治している。英国政府はカルカッタに総監、マドラス、ボンベイ、ベンガルには総督、アグラには副総督をそれぞれ置いている。

しかしいわゆる英国領インドと呼ばれるものは面積にして七〇万平方マイルにすぎず、その人口は一億から一億一〇〇〇万ほどである。このことからも、領土の相当の部分がいまだに女王の統治を免れていることがはっきりとわかる。そして実際、内陸に住む藩王《ラージャ》たちの中には、他者をよせつけない残忍な者もおり、彼らにとってはいまだインドの独立性は絶対のものでありつづけている。

現在マドラスの町が置かれている場所にはじめて英国の商館が設けられた一七五六年〔実際に東インド会社がマドラスに本部を置いたのは一六四一年〕以来、セポイたちによる大反乱が勃発し

た年〔一八五七年〕までの期間、有名なインド会社は圧倒的権勢を誇ってきた。インド会社は年金と引き換えに藩王《ラージャ》たちから地方を買い取り、それらを徐々に併合していった。年金は実際にはわずかしか支払われることがなかった。時にはそれは全く支払われなかった。総監や、あらゆる文官、武官はインド会社が任命していた。が、そのインド会社も今はもう存在していない。インドにおける英国の領地は全て、今では直接王家の管轄下に置かれているのである。

こうした状況のもと、半島の外観や習俗、民族分布は日々変更を被りつつある。かつてはインドを旅するのに、ありとあらゆる古風な手段が用いられていた。人々はこの地を、徒歩で、馬で、二輪荷車で、手押し車で、輿《こし》で、はたまた人の背中に乗せられて、あるいはまたコーチ〔四輪大型馬車〕に乗って旅したものであった。しかし今では蒸気船がインダス川やガンジス川を急ぎ足で駆け抜けていく。そして細かく枝分かれしながらインド全土を貫いて走る鉄道は、ボンベイとカルカッタをたった三日で結んでいる。

この鉄道の路線はインド全土を直線で貫いているわけではない。直線であれば距離は一〇〇〇ないし一一〇〇マイルとなり、中程度の速度の列車なら三日もかけることなく走破できたであろう。しかし実際にはその距離は、北の方角にアラーハーバードまであがっていく鉄道が作る弦状の線のために、少なくとも三分の一は長くなっている。

以下が、「大インド半島鉄道」がたどる主要地点とその道筋である。鉄道はボンベイ島を出発してサルセット島を横断し、ターナ対岸で大陸に移り、西ガーツ山脈を越えて北東へブルハンプルまで進む。今でもほぼ独立を維持しているブンデールカンドの領域を走り抜けたあと、アラーハーバードまで北上し、そこから東へ折れてベナレスでガンジス川とぶつかる。川から少し逸《そ》れて再び南東方向に下り、バルドワンを経てフランス領の都市シャンデルナゴルに至り、カルカッタに着いて再びそこが始発となる。

モンゴリア号の乗客がボンベイで船を下りたのは夕方の四時半であった。カルカッタ行きの汽車の出発時刻は八時ちょうどだった。フォッグ氏はカード仲間に別れを告げて客船をあとにした。彼は召使に細々《こまごま》とした買い物の指示を与え、同時に八時前には駅に着いているようにとはっきり申し渡した。それから彼は、天文時計の振り子が秒を刻むような規則正しい足取りで、査証事務所の方に歩き出した。

要するに彼は、ボンベイ市役所も素晴らしい図書館も、フォート地区も荷役岸壁も、綿市場も、バザールも、モスクも、シナゴーグも、アルメニア教会も、マラバルの丘にたつ多角形の二つの塔で飾られた壮麗なパゴダも、すなわちボンベイの驚異のどれ一つも見ようとは思っていなかったのであった。エレファンタ島の傑作も、その錨泊地の南東部に隠されている神秘の地下墳墓も、仏教建築の素晴らしい遺構であるサルセット島のカンヘーリ洞窟も、彼には見るつもりはなかった。

何一つ、彼はそれらの何一つ見るつもりはなかった。査証事務所を出るとフィリアス・フォッグはゆっくりとした足取りで駅に向かった。そしてそこで彼は夕食をとった。レストランの給仕長は数ある料理の中でもとりわけ当地産兎のジブロットなる料理をほめあげて、それを彼にすすめようとした。

フィリアス・フォッグはジブロットを頼むことにした。そして彼はこの料理をじっくりと味わった。しかしスパイスのきいたソースにも関わらず、彼はこの料理をまずいと思った。

彼は鈴を鳴らして給仕長を呼んだ。給仕長をじっとみつめながら彼はこう言った。

「これを兎だとおっしゃるわけですか。」

「いかにも、旦那様。ジャングルの兎でございます。」このいかがわしい給仕人は、ずうずうしくもそのように答えた。

「この兎は殺されたときにニャーとは鳴きませんでしたか。」

「ニャーですと。いいえ、旦那様、兎でございますから、誓って申しあげますがそのようなことは……」

「給仕長さん。」フォッグ氏は冷やかな調子で言葉を継いだ。「誓っていただかなくても結構。ただこのことだけは覚えておいていただきたい。かつてインドでは猫は神聖な動物と見なされていたということをね。それはよい時代でしたよ。」

「猫たちにとって、という意味でございますか。」

「そう、そして多分旅行者たちにとってもね。」

こう指摘し終えてからフォッグ氏は悠然と夕食を続けた。

フォッグ氏のしばらく後、フィックス刑事もまたモンゴリア号を下りた。それから彼はボンベイ警察の長官のもとに走った。彼はそこで、刑事という自分の資格や自分に与えられている任務、窃盗事件の犯人と目されている男に対する自分の立場などを説明した。ロンドンからの逮捕状を受け取ってはおられないか。彼はそう尋ねた。何も受け取っていないというのがそれに対する返事だった。実際フォッグ氏のあとにロンドンを出た逮捕状が既に届いているはずがなかった。

フィックスはひどくうろたえた。彼は警察長官からじかにフォッグ氏に対する逮捕状を手に入れたいと望んだ。しかし長官はそれを拒んだ。事件はロンドンの本庁に関わることであり、法律的にいって唯一本庁だけが逮捕状を発行できるというのがその理由であった。こうした峻厳な原則、厳格な法の遵守《じゅんしゅ》は英国人の習慣を考えた時、完璧に説明がつく。彼らの習慣は、こと個人の自由に関する限り、いかなる自由裁量の余地も残してはいないからである。

フィックスはそれ以上固執することをやめた。彼は逮捕状が届くのをじっと待つ以外に方法がないことを悟った。ただし彼は、自分が追っているあの謎めいた悪党がボンベイにとどまっているかぎりは、彼から決して目をはなさぬようにしようと心に決めた。フィリアス・フォッグがボンベイにしばらく滞在することは確実だと彼はにらんでいた。それが同時にパスパルトゥーの確信でもあったことは既にみた。その間には逮捕状も届くことであろう。

しかしパスパルトゥーは、先程モンゴリア号を下りる時主人にいくつかの指示を言い渡されて以来、ボンベイもまたスエズやパリと同じ状況になりそうだということを、旅はここで終わるのではなく少なくともカルカッタまで、いやもしかするとさらに先まで続けられるかもしれないということをはっきりと悟っていた。そして彼は、フォッグ氏の賭けなるものが実は全くもって真面目な代物なのではあるまいかと、安穏に暮らすことを欲していた自分は、運命のいたずらから八〇日間で世界を一周するはめに陥ったのではあるまいかと自問するようになっていた。

が、さしあたりは何枚かのシャツと数足の靴の買い物をすませ、それから彼はボンベイの町を散策した。町はかなりの人出だった。あらゆる国籍のヨーロッパ人に混じって、とんがり帽をかぶったペルシャ人や、丸いターバンを巻いたバニアー〔商業に従事する職業集団〕たち、真四角の帽子のシンド人や、長い衣を身につけたアルメニア人、黒い僧帽をかぶったパールシーたちの姿がみられた。この日はちょうど、パールシー、あるいはゲーブルとよばれる人々の祝祭の日であった。彼らはゾロアスター信徒たちの直接の末裔《まつえい》で、インド人の中でも最も活動的で、最も教養や知性が高く、また最も規律に厳格な人々である。現在、ボンベイの富裕なインド商人たちは、彼らの一族から輩出しているのである。その日彼らは一種の宗教的な謝肉祭を祝っていた。行列が繰り出し、余興が演じられていた。金糸銀糸で織りあげられたバラ色の薄布に身を包んだ舞姫が、ヴィオルの調べやタムタムの音に合わせて見事な踊りを披露していた。その踊りはしかも、完璧に気品を保っていた。

パスパルトゥーがこれら興味をそそる儀式にながめ入り、彼の目や耳が、よく見よく聞こうとしてとてつもなく大きく開かれ、またその様子や容貌が、想像を絶するほどの、見たこともないまぬけ面《ブービー》と化したことについて、ここで縷々《るる》述べてみても無駄であろう。

ただ彼自身にとって、また彼のせいでその旅の遂行が危うくなりかけた彼の主人にとって不幸であったのは、彼の好奇心が節度の境を越え出てしまったという点であった。

パールシーの謝肉祭を見たあと駅の方角に向かいかけていたパスパルトゥーは、マラバルの丘の見事なパゴダの前を通りかかった。その時彼は、建物の内部を見学しようなどという不幸な考えをおこしてしまったのであった。

彼は二つのことに気づいていなかった。まず一つは、インドのパゴダの中にはキリスト教徒たちの入場を厳しく禁じている場所があるということ。そしてもう一つは、信徒たち自身ですら、入り口で靴を脱ぐことなくパゴダ内部に入ることはできないということであった。ここで

ボンベイの舞姫たち

注目しておかなくてはならないのは、英国政府が、当然の政治的理由から、当該国の宗教を、その最も無意味な細部に至るまで尊重し、また国民にも尊重させ、この習慣を侵す者は誰であれ厳しく処罰しているという点である。

パスパルトゥーは何の悪意も持たず、ただ一人の旅行客としてパゴダの中に入っていった。彼はマラバルの丘の内部を飾る、目もくらまんばかりの光り輝くバラモン装飾に見ほれていた。その時であった。彼は突然、神聖なる敷石の上に押し倒されたのである。激怒にあふれた目つきの三人のバラモン僧が彼に襲いかかり、彼の靴と靴下をはぎとった。それから彼らは、野蛮な叫びをあげながら彼をめった打ちにした。

しかし頑健で敏捷《びんしょう》なフランス人は勢いよく体を起こした。彼は拳骨《げんこつ》一発と足蹴りを一発与え、長い法衣を着て身動きがとれないでいる二人の敵たちを殴り倒した。それからパスパルトゥーは全速で走りながらパゴダの外に飛び出していった。三人目のインド人が群衆をけしかけながら彼のあとを追ってきたが、その男との距離もすぐにひろがった。

八時五分前、汽車の出発時刻のほんの数分前にパスパルトゥーは鉄道の駅に着いた。帽子もかぶらず、素足のままという格好であった。買った品物を入れていた紙包みは乱闘のさなかに無くしてしまっていた。

乗車ホームにはフィックスがいた。フォッグ氏のあとをつけて駅までやってきた彼は、この

彼は2人の敵を殴り倒した.

悪党がボンベイをあとにしようとしているということを理解した。彼の腹はすぐに決まった。この男のあとをつけてカルカッタまで行こう、いや必要ならばさらにその先までも。フィックスが物陰にいたため、パスパルトゥーは彼の存在に気づかなかった。しかしフィックスの方は、パスパルトゥーがわずかの言葉で彼の主人に語った冒険の顚末《てんまつ》を聞き漏らすことはなかった。

「この先また同じことが君の身にふりかからないことを祈るよ。」フィリアス・フォッグはただそのように答えて汽車の客席に身を落ちつけた。

あわれな青年の方は裸足のまま、すっかりしょげかえって、ひと言も言わずに主人のあとに続いた。

フィックスは別の客席に乗り込もうとしていた。が一つのアイディアが彼の足をとどめさせ、急遽彼の出発の計画を変更させた。

「いや、残ることにしよう。」彼は心の中でそう思った。「インド領土内で犯された違法行為というわけだ。これで男は俺のものだ。」

その時、蒸気機関車が勢いよく汽笛を鳴らした。それから汽車は闇の中に姿を消した。

11　フィリアス・フォッグ、とてつもなく高価な乗り物を買う

汽車は定刻に出発した。汽車の乗客たちのある者は武官、ある者は文官であった。通商のため半島東部に赴く阿片《アヘン》商人や藍《あい》商人たちも乗っていた。

パスパルトゥーは彼の主人と同じコンパートメントに席をとった。反対側の隅にはもうひとり乗客が座っていた。

この乗客は英国軍准将のフランシス・クロマティー卿で、スエズ―ボンベイの航海の間、フォッグ氏のカードのパートナーを務めた一人であった。クロマティー卿はベナレスに駐屯している部隊に戻るところだった。

フランシス・クロマティー卿は大柄でブロンドの髪、歳の頃五〇ほどの人物で、先のセポイの反乱で大いに勲功を立てていた。真の現地人と称されるにふさわしいような人間で、若い頃からインドに住み、自分の故国にはめったに姿を見せることがなかった。深い学識を備え、もしもフィリアス・フォッグが質問を好む人間であったならば、その彼の質問に答えてインドの習慣や歴史や国家の機構について喜んで情報を与えてくれたことであろう。が、この紳士は何

一つ質問をしなかった。この紳士は旅をしているのではなく、一つの円周を描いているにすぎなかった。彼は、理論力学の法則に従って丸い地球のまわりを軌道に沿ってまわる一個の重い物体なのであった。彼はその時、頭の中で、ロンドンを出発して以来今までに費やされた時間を計算していた。もしも彼に無駄な仕草をする癖があったなら、その時の彼は、しめしめと手をこすりあわせたことであろう。

フランシス・クロマティー卿がフォッグ氏の様子を観察しうるのは、カードを手にしながらか、さもなければ三回勝負《ラバー》と三回勝負《ラバー》の間のことでしかなかった。それでも彼は、彼の旅の同行者の風変わりな点に気づかないではいられなかった。従ってクロマティー卿が、フォッグ氏の冷たい外観の下に人間の心臓が鳴り響いているのかどうかと、そしてまた、フィリアス・フォッグがはたして、自然の美しさや道徳的希求を感じ取れる魂を持ち合わせているのかどうかと自問したのには根拠があった。そしてクロマティー卿にはそのことは疑わしく感じられた。この准将が出会ってきたあらゆる変人の中に、この精緻なる科学の産物に比べられるような存在は一人としていなかったのであった。

フィリアス・フォッグはフランシス・クロマティー卿に対して、彼の世界一周の計画のことや、いかなる条件のもとで彼がそれを遂行しつつあるかといったこと全てについて、何一つ隠さずに話した。准将は彼のこの賭けのうちに、あらゆる理性ある人間を導くべき「善ヲ施シツッ進ムベシ」の精神が間違いなく欠落している、無益な奇行だけを見て取った。この奇妙な紳士の物腰を見る限り、彼にも別の人間にも、「何一つ施すことなく」進んでいく人物としか映らないのであった。

ボンベイをあとにしてから一時間後、汽車は高架橋を越えてサルセット島を横断したのち、大陸を走り続けていた。カリヤンの駅では、カンダラー、プーナを経てインド南東部に下っていく支線を右手に残し、ついでパウエル駅に到着した。この地点から先、汽車は西ガーツ山脈のきわめて細かい支脈の中へと入り込んでいった。それは玄武岩のトラップや岩塊を基底とする山脈で、最高峰は深い木々で覆われていた。

時折フランシス・クロマティー卿とフィリアス・フォッグがわずかばかりの言葉を交わすことがあった。その時も准将が、しばしば途絶えてしまう会話をもりたてようと次のように言ったのであった。

「フォッグさん。いまから数年前であればこの場所で遅れが生じて、恐らくはあなたの旅程は狂ってしまったはずです。」

「なぜですか、フランシス卿。」

「当時は鉄道はこの山脈のふもとで終わっていました。山は輿《こし》や小馬の背に乗って越えなくてはならず、そうやって反対側の斜面に位置するカンダラーの駅まで行く必要があったからです。」

「たとえその遅れがあったとしても、私の旅程の計算は何ら狂いはしなかったろうと思いますよ。」そうフォッグ氏は答えた。「いくつかの事故のおこりうる可能性も私の予測の中に入っていますから。」

「だがフォッグさん。」准将は言葉を継いだ。「この青年の一件ではかなりの面倒を背負いこむことになりかねませんよ。」

パスパルトゥーは両足に彼の旅行用の毛布をまきつけながら深く眠り込んでいた。二人が彼の話をしているなどとは夢想だにしていない様子だった。

フランシス・クロマティー卿は更に続けた。「英国政府はこの種の違法行為に対してはきわめて厳格にのぞんでいます。それは理の当然というものです。英国政府は何にもまして、インド人たちの宗教的習慣を尊重することに心を砕いています。もしもあなたの召使が捕まることにでもなったらと思うと……」

「フランシス卿、もしも彼が捕まれば有罪となり刑を受けることでしょう。それから彼自身はゆっくりとヨーロッパに戻ればよい。この一件が彼の主人の旅をいかなる意味で遅らせうるか、私には皆目《かいもく》わかりませんが。」

そこで会話は再び途切れた。夜の間に列車はガーツ山脈を越えてナシクに至った。翌一〇月二一日、汽車はカンデイシュの領土が作る比較的平らな地域を走り抜けていった。よく耕された平地のあちらこちらに小さな村々が点在し、それらの村の上方には、ヨーロッパならば教会の鐘楼が見える場所にパゴダの尖塔が望めた。その大部分がゴダヴァリの支流や分流である数多くの水流が、この豊穣な地方に水をもたらしていた。

パスパルトゥーは目を覚ましてあたりを見まわした。彼には自分が今、あの「大半島鉄道」の列車に乗ってインドの国土を横断しているのだということが信じられなかった。彼にはそれが現実とかけはなれたことのように思えた。が実際にはこれ以上の現実はなかった。英国人の機関士の手によって動かされ、英国の石炭によって熱せられた蒸気機関車が、今や、綿やコーヒーやナツメグ、丁子《ちょうじ》や赤胡椒《こしょう》を植えた大農場の上に煙をあげながら走っているのであった。蒸気が、いくつもの椰子の林のまわりに螺旋《らせん》形を描きだしていた。椰子と椰子の間からは、美しいバンガロウ、修道院の廃墟を思わせるいくつかの仏教僧院、さらにはインド建築の無尽蔵の装飾によって豊かに飾られた見事な寺院が次々と姿をあらわした。次いで、広大な土地がはるか彼方にまで広がったかと思うと、今度は、汽笛のいななきにおびえる蛇や虎たちの棲《す》むジャングルが現れ、そして最後に森が広がった。汽車の路線によって裂け目を入れられた森にはいまだに象が出没し、彼らは髪ふり乱して通りすぎていく列車を、もの思いにふけるような目つきで眺めていた。

蒸気は螺旋形を描きだしていた.

その日の朝、マリガウム駅を過ぎたあと、旅客は、カーリー女神の信徒たちがしばしば血で染めてきたあの不吉な領域を横切ることとなった。そこから遠からぬところにはエローラ遺跡とその見事なパゴダがそびえていた。また同じくその近くには、有名なアウランガーバードの町があった。かつて剛猛な皇帝アウラングゼーブの帝都であったこの町は、いまではニザム王国から分離した一地方の州都にすぎなくなっていた。そしてまさしくこの地方において、タグ〔カーリー女神を祀るインドの狂信的宗教組織の一員〕たちの首長で絞殺団の王であるフェリンゲアがその支配力をふるっていたのであった。これらの暗殺者たちは容易には捕まることのない一結社を作って集まり、死の女神に対する崇敬から、あらゆる年齢の人間たちの首を絞めて殺していた。その際、血を流すことは全くなかった。一時期、この土地のどの地面を掘り返しても死体の出ないことはなかった。英国政府はこうした殺人を相当数へらすことに成功はした。しかしこの恐るべき結社はいまなお存在し、いまなおその活動を続けていたのであった。

一二時三〇分、汽車はブルハンプル駅に停車した。パスパルトゥーはこの駅でとてつもない金額を払って革スリッパを購入した。スリッパは模造真珠で飾られており、パスパルトゥーは明らかな虚栄心とともにこのスリッパを履いた。

旅客たちは急いで昼食をすませた。汽車は再び出発した。スラト近くでカンベイ湾に注ぐ小さな川であるタプチ川の岸を少しだけ進んだあと、汽車はアスルグール駅を目指した。

その時パスパルトゥーの心をどのような思いが占めていたかを述べておく方がよかろう。ボンベイに着くまでの間、彼は全てはそこで終わるものと信じていた、あるいはそう信じているふしがあった。しかし、自分が全速力でインドを走り抜けているということがわかった今、彼の心中には大きな変化が生まれていた。生まれつきの彼の本性が駆け足で戻ってきたのである。彼は自分の若さにふさわしい、あの途方もない思念の数々を取り戻していた。彼は今や主人の計画を真面目なものと考え、賭けの現実性を、つまりは世界一周や、超過してはならぬ最大限の時間なるものを、信じるに至っていたのである。既に彼は汽車の遅れの可能性や、途中で生じうる事故を思って気を揉《も》んでいた。彼はあたかもこの賭けに自分自身の利害までも関わっているように感じていた。そして、昨夜の自分の許しがたい野次馬根性のせいでこの賭けの成功を危うくしかねなかった、と考えるだけでもぞっとするのだった。こうして、フォッグ氏と比べるとはるかに沈着さを欠いている彼は、大いに心配をつのらせていた。彼はこれまでに過ぎ去った日数を何度も何度も数えてみた。汽車が停止するとそれを呪い、汽車ののろさを咎め、また内心で、フォッグ氏が機関士に手当を約束してやらなかったことを非難していた。この純朴な青年は、客船の上で可能であったことも、汽車の上ではそうではないということを知らなかった。汽車の速度は規則で定められていたのである。

夕方近く、汽車は、カンデイシュとブンデールカンドを隔てるストプール山中の隘路《あいろ》へと入っていった。

翌一〇月二二日、フランシス・クロマティー卿の質問に対して、パスパルトゥーは彼の時計をみてから、「三時半です」と答えた。その場所から西に七七度のところにあるグリニッジの子午線に常に合わせてあるという例のこの懐中時計は、理論上四時間の遅れを示しているはずだった。そして実際もそのようになっていた。

フランシス卿はパスパルトゥーが言った時刻を訂正した。そして彼に対し、既にフィックスが彼にしたのと同じ指摘を行った。フランシス卿は彼に、子午線が変わるごとに時刻を合わせていく必要があること、絶えず東に向かって、ということは太陽の方向に進んでいるのだから、日の長さは、一度進むごとに四分ずつ短くなっていくのだということを分からせようとした。が、その努力は実を結ばなかった。准将の指摘を理解し得たかどうかとは無関係に、この頑固な青年は、ロンドン時に合わせつづけたままにしてある彼の時計を、決して進ませようとはしなかったのである。もっともそれは、何人《なんびと》をも害することのない無邪気な偏執であった。

朝の八時、ロタール駅手前一五マイル地点の、いくつかのバンガロウと職人の仕事場が周囲に並ぶ広い土地の真ん中で汽車が停止した。列車の機関士が客車の列の前を通り過ぎながらこう告げていた。「乗客の方々にはここでお降り頂きます。」

フィリアス・フォッグはフランシス・クロマティー卿を見つめた。クロマティー卿はタマリンドとカジュール〔ナツメ椰子の一種〕の林のさなかで汽車がなぜ停止してしまったのか、全く理解できない様子だった。

パスパルトゥーもまた、ひどく驚いて線路に飛び出していった。と思うとすぐに戻ってきてこう叫んだ。

「線路がもうありません。」

「どういう意味ですか。」フランシス・クロマティー卿が尋ねた。

「汽車はこれ以上行けないということです。」

准将は直ちに客車を降りた。フィリアス・フォッグはあわてることなく彼のあとに続いた。二人は機関士に話しかけた。

「いったい我々はどこにいるのですか。」フランシス・クロマティー卿がそう聞いた。

「コルビーの集落です。」機関士が答えた。

「ここで止まってしまうのですか。」

「そういうことになりましょう。鉄道はまだ全く未完成ですから。」

「なんですって。全く未完成ですと？」

「ええ、この地点と、線路が再び始まるアラーハーバードの間には、まだ五〇マイルほど、線路のない区間が残されています。」

「しかし新聞は既に鉄道の全線開通を伝えていましたよ。」

「准将、そうおっしゃられても困ります。新聞が間違っていたということでしょう。」

「それを知っていながらボンベイからカルカッタまでの切符を発行なさるというのですか。」

フランシス・クロマティー卿は熱くなりながらそう続けた。

「おっしゃることはわかります。でも乗客の方は皆、コルビー―アラーハーバード間は鉄道以外の手段で移送されねばならないということをちゃんとご存知ですよ。」

フランシス・クロマティー卿はかんかんだった。パスパルトゥーは機関士を殴り倒してやりたい気持ちだった。もっとも機関士とて何らなす術《すべ》はなかった。パスパルトゥーは主人の方を見ることができなかった。

「フランシス卿。」フォッグ氏は短くそう語りかけた。「よろしければアラーハーバードまで行く方法を一緒に検討してみませんか。」

「フォッグさん。この遅れはあなたにとって、とても大きな損失を意味するのでしょうか。」

「いいえ、フランシス卿。これははじめから予測していました。」

「なんですって、ではご存知だったのですか、線路がまだ……」

「それは全く知りませんでしたよ。ただ遅かれ早かれ、私の進む道の上になんらかの障害が生じるであろうことはわかっていました。このことによる影響は全くありません。これまでに稼いだ二日分を使うことができます。二五日正午にカルカッタを出て香港に向かう汽船がある。今日はまだ二二日です。その船に間に合うようにカルカッタに着けばよいのです。」

これほど完璧な確信にみちた返答に対しては、何も言うべきことはなかった。

鉄道の工事がこの地点で止まってしまっていることは否定しようのない事実であった。しかし新聞は進み癖のある時計のようなもので、路線完成のニュースを早まって伝えてしまったのであった。旅客のほとんどはこの路線の中断のことを知っていた。彼らは汽車から降りるや、「パルキ＝ガリ」という四輪車や、こぶ牛の一種であるゼビュに牽引された荷馬車、移動するパゴダにも似た旅行用荷車や、輿や小馬など、その村が所有していたあらゆる種類の乗り物を我がちに手に入れていた。そのためフォッグ氏とフランシス・クロマティー卿は、村中さがしまわっても乗り物をなにひとつ見つけられないまま戻ってきたのであった。

「私は徒歩で参ります。」フィリアス・フォッグはそう言った。その時パスパルトゥーが主人のもとに戻ってきた。彼は自分の、立派ではあるが用をなさない革スリッパを見ながら、何かもの言いたげに不満の表情を浮かべた。が、幸い、彼は彼で乗り物探しに出かけていたのであった。そして少しためらいながら彼はこう切り出した。「あの、交通手段をひとつ見つけはしたのですが。」

「どんな交通手段だね。」

「象です。ここから歩いてすぐの場所に住むインド人が所有している象です。」

「ではその象を見にいくことにしよう。」フォッグ氏は答えた。

それから五分後、フィリアス・フォッグ、フランシス・クロマティー卿、パスパルトゥーの三人は、高い柵の取り巻く囲い地に隣接した、とある小屋の近くに着いた。小屋の中にはインド人が一人いて、囲い地の中には一頭の象がいた。三人に頼まれて、インド人は、フォッグ氏と彼の二人の連れ合いを囲い地の中に案内した。

そこで彼らが目にしたのは、所有者の手によって、荷運び用ではなく、闘争用の動物に仕立てるべく育てられてきた、半ばしか飼い馴らされていない一頭の動物であった。この目的のために所有者は、三カ月間餌として砂糖とバターを与え続けることで、この動物が本来備えている穏やかな性格を変えて、次第にこの動物が、インド語で「マッチ」と呼ばれるあの怒りの爆発に至るように育てようとしていた。この方法は、望まれる結果をもたらすためには不適当とも思えたが、にもかかわらず飼育者たちは皆、この方法を用いて成果をあげているのであった。フォッグ氏にとってきわめて幸いなことに、彼らの前にいる象はこの食餌法をまだ始めたばかりであり、「マッチ」はまだ一度も表れていないということであった。

キウニ——それが象の名前だった——は、彼の仲間の皆と同じく、長い時間早足で歩行することが可能だった。他の乗り物となる動物を手に入れることは不可能であったため、フィリアス・フォッグはキウニを雇い入れることに決めた。

しかし象の数はインドでも減少しており、その値は高かった。とりわけ、競技場での闘争に唯一適している雄の象には大きな需要があった。これらの動物は人間に飼われた状態のもとでは稀にしか子供をつくらない。そこで象を手に入れる機会は唯一狩だけということになる。かくして象は人々の切望の的となっていた。そしてフォッグ氏がインド人に彼の象を貸してくれないかと頼んだときも、インド人はきっぱりと断った。

フォッグ氏はひきさがらず、動物の借り賃として、一時間につき一〇ポンド(二五〇フラン)という途方もない額を申し出た。答えはノーであった。二〇ポンドではどうか。やはりノー。四〇ポンドでは。相変わらずノー。パスパルトゥーは値がつりあがるたびに、とびあがるほど驚いた。しかしインド人はなかなかその気になってくれなかった。

しかしながら提示された額は相当のものだった。象が一五時間かけてアラーハーバードに着いたとして、象の所有者に入ってくる額は六〇〇ポンド(一万五〇〇〇フラン)にも及ぶはずだった。

とフィリアス・フォッグは、全く動ずることなく、インド人に彼の動物を買おうと申し出た。そして彼はまず一〇〇〇ポンド(二万五〇〇〇フラン)という金額を提示した。

ところがインド人は、売りたくないと返事をした。おそらくこの悪党は、何か大儲けできそ

そこで彼らは，1頭の動物を目にした．

うな取引をそこにかぎつけていたのであろう。

フランシス・クロマティー卿はフォッグ氏を脇に呼び、これ以上値をつりあげる前によく考えるよう促した。フィリアス・フォッグはこの旅の友に、自分には熟考しないで行動する習慣はないということ、結局のところ重要なのは二万ポンドの賭けの方なのであって、この象は自分にとってどうしても必要なのであるということ、そしてたとえその価値の二〇倍の金額を払わねばならないとしても、自分はこの象を手に入れるのだということを伝えた。

フォッグ氏はインド人のところに戻った。男の小さな目は渇望に輝いており、彼にとって問題は金額だけであることをはっきりと窺わせていた。フィリアス・フォッグはまず一二〇〇ポンド、次いで一五〇〇ポンド、それから一八〇〇ポンド、そして最後に二〇〇〇ポンド(五万フラン)と、次々と高い値段を提示していった。通常はとても赤いパスパルトゥーの顔が、気持ちのたかぶりで青くなっていた。

二〇〇〇ポンドでインド人は折れた。

「俺の革スリッパにかけて誓うが、象の肉にしてはこれはとてつもない値段だ。」そうパスパルトゥーは叫んだ。

取引が成立すると、あとは道案内を探すだけであった。こちらはもっと簡単だった。賢そうな顔だちの若いパールシーがこの仕事を引き受けようと申し出てきた。フォッグ氏はその申し出を受け入れ、彼に高額の給料を約束した。それは必ずや若者の賢さを倍増させるはずであった。

象が連れてこられ、ただちに装備が施された。パールシーの若者は「マハウト」、すなわち象使いの仕事を完全に知り尽くしていた。彼は象の背の上にシートカバーのようなものをかぶせた。象の両脇には、あまり座り心地のよくない鞍《くら》のようなものが二つ置かれた。

フィリアス・フォッグはインド人に銀行券で代金を支払った。銀行券は例の鞄から取り出された。あたかもそれらは、パスパルトゥーのはらわたから引っ張り出されたかのように見えた。それからフォッグ氏はフランシス・クロマティー卿にアラーハーバードの駅まで送り届けることを申し出た。准将もその申し出を受け入れた。乗る者が一人ふえるくらいで、この巨大な動物を疲れさせることにはなりそうもなかった。

コルビーの町で食糧が買い入れられた。そしてフランシス・クロマティー卿が一方の鞍に、フィリアス・フォッグがもう一方の鞍にまたがった。パスパルトゥーは、主人と准将の間のシートカバーの上に馬乗りになった。パールシーの青年が象の首の上に乗り、それから九時に象は村を離れた。象は、最短の距離を進もうと、奥深いラタニア林の中に突進していった。

12　フィリアス・フォッグとその同行者たちはインドの森林の中を突き進む。またその結末

道案内の青年は踏破すべき道のりを短縮しようと、建設途中の道路を右手に残して林の中を進んでいった。この道路はヴィンディヤ山地の不規則な支脈のために工事をひどく妨げられており、フィリアス・フォッグにとって意味のある最短距離とはなっていなかったのである。この地方の大小の道によく通じているパールシーの青年の話では、森を突ききって進むことでおよそ二〇マイルの短縮になるということだった。皆は彼の意見に従うことにした。

首まで鞍にしずめたフィリアス・フォッグとフランシス・クロマティー卿は象の激しいトロットにひどく揺さぶられていた。象使いは象を早足で進ませていたのであった。しかし二人はこの状況をきわめて英国的な冷静沈着さをもって耐え忍んだ。二人はおしゃべりもあまりしなかったし、顔を見かわすこともほとんどなかった。

パスパルトゥーはといえば、象の背にまたがりながら前や後ろへの揺れを直接身体に受けていた。彼は主人に言われたとおり、舌を歯と歯ではさむことがないように気をつけていた。さ

もないとすっぱりと舌が切れてしまうという話だったのである。実直なこの青年はある時は象の首に抱きつき、ある時は象の尻の上に投げ出されながら、サーカスのピエロがトランポリンの上でやるように飛び跳ねていた。しかし彼はこうしたとんぼ返りの最中も、ふざけたり笑ったりしていた。そして時折彼が袋から砂糖のかけらを取り出すと、それを賢いキウニが長い鼻の先でつかまえた。その間もしかし、キウニが規則正しい彼のトロットを中断することはなかった。

二時間進んだところで案内人は象の歩みを止め、象に一時間の休息を与えた。象はまず近くの池で喉の渇きをいやし、それからむさぼるように小枝や低木を食べた。フランシス・クロマティー卿もこの休息を喜んで受け入れた。彼もまたへとへとだったのである。しかしフォッグ氏はといえば、まるで今起き出してきたばかりのような元気の良さであった。

「鉄のような人だ。」准将は驚嘆の目で彼を見つめながら言った。

「そう、錬鉄のような強さです。」パスパルトゥーはそう答えると簡単な昼食の準備にかかった。

正午になると案内人は出発を告げた。ほどなくしてあたりは野生の相貌を帯びてきた。広々とした森林のあとにタマリンドや背の低い椰子の林が続いた。それから、まばらな灌木《かんぼく》の林がそそり立つ、大きな閃長岩の塊が点在する広大な荒野が現れた。旅人もほとんど訪れることの

とんぼ返りの最中も，彼は笑っていた．

ないこのブンデールカンド高地地方には、ヒンズー教の中でも最も恐ろしい宗教慣習をかたくなに維持しつづけている狂信的な一群が住んでいた。ヴィンディヤ山地中の人を寄せつけぬ山奥に住む藩王《ラージャ》たちとの接触は困難をきわめ、これら藩王《ラージャ》たちの影響下に置かれている地方については、いまだ英国の支配は正式には確立されていなかったのである。

一頭の四足獣が早足に通りすぎていくのを見て、恐ろしい形相で怒りの仕草をあらわしているインド人たちの群れが幾度となく目撃された。パールシーの案内人は彼らを危険な人物と考えていたため、できるかぎり彼らと出くわさぬようにしていた。この日は一日中、動物の姿もほとんど見かけられなかった。わずかに何匹かの猿が、様々に体をひねり顔をゆがめながら逃げていく姿が見られただけであった。それを見てパスパルトゥーは大いに笑った。

様々な考えの中で、ひとつだけ彼の気にかかっている事柄があった。それは、アラーハーバードの駅に到着したときにフォッグ氏が象をどうするつもりであろうかということであった。その先まで連れていくのだろうか。それは不可能であった。購入の代金に加えて輸送の代金まで支払わなくてはならないとしたら、我々はこの動物のために破産してしまう。では売り払おうというのか。それとも自由の身にしてやろうというのか。いずれにせよこの素晴らしい動物には目をかけてやるだけの価値があった。あるいはひょっとして、もしもフォッグ氏がこの動物を下さるということにでもなったなら、そうこの私、パスパルトゥーに下さるということにでもなったなら、その時自分はどう返事をしたらよいのか。彼の心配はいつまでも続くのだった。

ヴィンディヤの主要な山々を越えたあと、夜の八時に、一行は山の北側斜面ふもとのこわれかけたバンガロウで足を休めた。

この日一日に踏破した距離はおよそ二五マイルであった。アラーハーバードの駅に着くまでに、まだ同じだけの距離を進まなくてはならなかった。

夜は冷たかった。バンガロウの中ではパールシーの青年が乾いた柴で火をおこした。皆は火の熱を大いにありがたがった。夜食はコルビーで調達した食料品を食べた。食卓についた一行は皆疲労困憊《こんぱい》していた。会話は言葉少なに始められ、その言葉も途切れがちとなり、ほどなくして鈍い鼾《いびき》の音で終わった。案内人はキウニの番をしていた。キウニは大きな木の幹に体をもたせて、立ったままで眠った。

この夜はとりたてて何のできごとも起きなかった。時折チータや豹《ひょう》の咆哮《ほうこう》が沈黙を破り、そこに甲高い猿たちの笑い声が混じった。しかし肉食獣たちはただ咆哮をあげるだけにとどまり、バンガロウの客人たちに対する敵対的な様子は一切見せなかった。フランシス・クロマティー卿は疲れ切った真面目な一軍人のように、ぐっすりと眠った。パスパルトゥーは落ちつかぬ眠りのさなか、前日の大揺れを夢の中でもう一度体験していた。フォッグ氏はといえば、彼はまるでサヴィル＝ロウの静かな屋敷にいるかのように穏やかに眠った。

朝六時、再び旅が始まった。案内人はその日の夕方にはアラーハーバードの駅に着けるものと見込んでいた。もしその通りになれば、フォッグ氏は、旅を始めてからこれまでに節約してきた四八時間のうち一部を失っただけですむ。

一行はヴィンディヤの最後の坂を下った。キウニもその早足をとり戻していた。正午近く、案内人はガンジス川の支流の一つのカニ川沿いに位置する、カレンジャーの集落の外側をぐるりとまわった。彼は絶えず人の住む場所を避けて進んでいた。大河の河床のはじめての低地を形作っている人気《ひとけ》のない平原を進む方が、より安全であると彼は感じていたのであった。アラーハーバードの駅までは北東方向に一二マイルもなかった。一行はバナナの木の下で休息をとった。パンと同じくらい体にもよく、旅人たちの言を借りれば「クリームほどに美味」なバナナの実を、彼らは心ゆくまで賞味した。

午後二時、案内人は深い森の茂みの中へと入っていった。これから数マイルの区間、この森を通り抜けなくてはならなかった。彼としてはこのように森に守られながら旅をする方が好ましいと考えたのであった。いずれにせよここまでは、いかなる忌《い》まわしい出会いも経験しないですんでいた。そしてこのままいけばこの旅は、いかなる事故もなく終えられるように見えた。が、その時であった。象が不安を表す仕草を幾度か繰り返したかと思うと突然足を止めてしまった。

時刻は午後の四時であった。

「何が起きたのか。」フランシス・クロマティー卿はそう尋ねて、鞍の上に顔を出した。

「分かりません、准将殿。」そうパールシーが答えた。彼は密生した枝の下から聞こえてくる定かならぬつぶやきに耳を傾けていた。

しばらくして、つぶやきはよりはっきりと聞き取れるようになってきた。それは、いまだかなり遠くに鳴り響いてはいるものの、人間の声と金管楽器からなる合奏のように思われた。

パスパルトゥーは全身耳目と化して事態を見守った。フォッグ氏はひと言も発することなく、じっとして待った。

パールシーは地上に飛び下りて象を木につなぎ、林の奥深くに入り込んでいった。数分の後、戻ってきて彼はこう言った。「バラモン僧の行列がこちらに向かってきています。できれば彼らに姿を見られないようにしましょう。」

案内人は象の綱をほどき、一行には決して下におりないように忠告して、象を茂みの中に連れていった。彼自身も、もしも逃げる必要が生じたならば、すぐにでも象にまたがれるような状態で身構えた。が実際には彼は、信徒たちの集団は自分の姿に気づくことなく通りすぎるだろうと思っていた。というのも、深い葉の茂みによって彼の姿はすっかり隠されていたからである。

人の声と楽器の音からなる不協和な物音が近づいてきた。単調な歌が、太鼓やシンバルの音に混じり合っていた。ほどなくして行進の先頭が、フォッグ氏と彼の一行のいる位置から、ほんの五〇歩ほどの木の下に姿を現した。木々のむこうに、宗教的儀式をとり行う、この風変わりな一団の姿が容易に見分けられた。

第一列目には僧帽をかぶり、けばけばしい色の長い衣装を身にまとった祭司たちが進んでいった。彼らのまわりを男や女、子供たちが取り囲み、葬送のための朗誦のようなものをあたりに響かせていた。歌は等間隔を置いて、タムタムとシンバルの音で断ち切られた。彼らの後ろには、大きな車輪をつけた山車《だし》が一台続いた。山車の車輪の輻と車縁には、からまりあう何匹もの蛇が描かれていた。山車の上にはおぞましい形相の彫像が乗せられ、派手な飾りをつけた四頭のこぶ牛がそれを牽いていた。この彫像には腕が四本あった。体は暗い赤で彩色され、目は血走り、髪はもつれあい、舌はたれさがり、唇はヘンナ染料とキンマで色付けされていた。その首には髑髏《どくろ》が、その脇腹には切断された手が巻き付けられていた。彫像は、打ち倒されて首を欠いた一体の巨人の上にすっくと立っていた。

フランシス・クロマティー卿にはこの彫像が何であるかが分かった。

「カーリー女神だ。愛と死の女神だ。」そう彼はつぶやいた。

「死の女神ということなら分かります。でも愛の女神というのは全く納得できません。」パスパルトゥーが言った。「何て不細工な婆さんなんだ。」

パールシーは黙るように合図した。

彫像をとり囲んで年老いた托鉢僧の一群が、動き、暴れ、ひきつったように身をよじらせていた。彼らは黄土色の帯を縞状に巻き付け、体中に十字の切開を施していた。切り口からは血が一滴一滴と落ちていた。それは、ヒンズー教の大祭礼には今でもジャガンナート〔ヴィシュヌ神の一化身であるクリシュナの異名。「世界の支配者」を意味する〕の山車の車輪の下に我がちに身を投げだそうとするおろかな狂信徒たちなのであった。

その後ろには絢爛《けんらん》たるオリエントの衣装を着た何人かのバラモン僧がいて、彼らは、自分の体を支えることもままならぬ状態の一人の女性を引き連れていた。

この女性は若く、ヨーロッパの女性のように色白だった。彼女の頭や首、肩、耳、腕、手、足の指は、一杯の宝石や首輪、腕輪、耳輪、指輪で飾られていた。薄いモスリンで覆われた金のラメの上衣が、彼女の全身の輪郭をくっきりと示していた。

見る者の目にどぎつい色彩のコントラストを描き出しているこの女性の背後には、抜身の剣をベルトにさし、金銀の象嵌《ぞうがん》を施した長い銃で武装した衛兵たちが続いた。これら衛兵たちは輿に乗せて一体の亡骸《なきがら》を運んでいた。

それは一人の老人の亡骸で、豪華な藩王《ラージャ》の衣服を纏《まと》い、生きていた時と同じく、真珠の装飾を施したターバンを巻き、絹や金糸の衣を身につけ、ダイヤの鏤《ちりば》められたカシミアのベルトをして、インド王侯の立派な武器を携えていた。

さらにその後に音楽家と狂信徒たちの後衛隊が続いて、行列の最後をしめくくっていた。狂信徒たちの叫びは時に、耳をつんざく楽器の大音響をもかき消すほどであった。

フランシス・クロマティー卿はこの行列をひどく悲しげな表情をして見守っていた。それから彼は案内人の方を向いてこう言った。

「殉死《サティー》の儀式ですね。」

パールシーはそうですとばかりにうなずいてから唇に指を押し当てた。長い行列は木々の下をゆっくりと進んでいった。ほどなくして行進の最後の列が森の奥に消えた。

少しずつ歌声も消えていった。まだ時折遠くの方では叫びがわきおこっていたが、こうした喧騒《けんそう》も最後には深い沈黙にとってかわった。

さきほどフランシス・クロマティー卿が口にした言葉がフィリアス・フォッグの耳に残っていた。行列が見えなくなるや、彼はすぐにこう聞いた。「サティーとは何ですか。」

「フォッグさん。」准将は答えて言った。「サティーとは人身御供《ひとみごくう》のことです。ただそれは自らの意志に基づく犠牲《いけにえ》なのです。たった今あなたが目にされた女性は、明日の早朝には体を焼かれてしまうのです。」

「ならず者たちめ。」パスパルトゥーが叫んだ。彼はどうしても怒りの叫びを抑えることができなかったのである。

「で、あの亡骸は？」フォッグ氏が聞いた。

「あれはあの女性の夫だった王侯の亡骸です。」案内人が答えた。「ブンデールカンドの独立領の藩王《ラージャ》だった人です。」

「なんということだ。」フィリアス・フォッグは言った。彼の声はしかし何らの動揺もあらわしていなかった。「こんな野蛮な習慣がいまでもインドに残っていたのか。英国人はこの習慣を絶やすことができなかったのか。」

フランシス・クロマティー卿が答えた。「インドのほとんど全ての領域にあってはこうした犠牲はもはや行われていません。しかし我々も、この未開の地域までは影響を与えきれません。とりわけこのブンデールカンドの領域についてはそうです。ヴィンディヤ山地の北側一帯は、絶えざる殺戮《さつりく》と略奪の舞台になっているのです。」

「生きたまま焼かれてしまうとは。可哀相な女性だ。」パスパルトゥーがつぶやいた。

「その通り、焼かれてしまうのです。」准将は答えた。「そしてもしも焼かれることを免れた場合、この女性が彼女の近親者によっていかに惨《みじ》めな状況に追いやられるか、それは想像を絶するほどです。彼女の髪の毛は剃《そ》られ、食糧といっては、いく摑《つか》みかの米がようやく与えられるのみ、人々からは冷たくあしらわれ、汚らわしい生き物のような扱いを受け、ついには疥癬《かいせん》にかかった犬のようにどこかの片隅で死ぬことになる。従って、これら不幸な女性たちが火刑台へとせきたてられるのは、愛や宗教的熱狂によって以上に、しばしば、こうした無残な暮らしを思い浮かべてのことなのです。もっとも時にこの犠牲が全く自らの意志に基づいてなされることもある。そして、こうした犠牲を止めさせるには、政府が執拗に介入することが必要となります。例えば今から何年か前のこと、私がボンベイに住んでいたときに、若い寡婦《かふ》が植民地総督に、自分の体を夫の体と一緒に焼く許可を与えてほしいと申し出たことがありました。総督は勿論申し出を退けました。すると寡婦は町を離れ、独立領の藩王《ラージャ》のもとに逃げ込んで、そこで犠牲をなし遂げたのでした。」

准将の話の間、案内人は首をふりながら聞いていた。そして話が終わると、こう言った。

「明日の明け方に行われる犠牲は意志に基づくものではありません。」

「どうしてそれがわかるのだ。」

「それはブンデールカンドでは誰もが知っている話です。」案内人は答えた。

「だがこの不幸な女はいかなる抵抗もしていないように見えるが。」フランシス・クロマティー卿はそう指摘した。

この不幸な女はいかなる抵抗もしていないように見えた.

「それは女性を大麻や阿片の煙で酔わせてあるからです。」

「で、女が連れて行かれる先はどこなのだ。」

「ここから二マイル先のピラジのパゴダです。そこで女は一夜を過ごし、犠牲の時を待つのです。」

「で、その犠牲が行われるのは……」

「明日です。夜が明けはじめるとすぐにです。」

そう答えると案内人は象を深い茂みから外に出し、それから象の首によじ登った。しかし彼が、独特の口笛で象を駆り立てようとしたまさにその時、フォッグ氏がそれを止めた。そしてフォッグ氏はフランシス・クロマティー卿に向かってこう言ったのである。

「あの女性を助け出してみませんか。」

「あの女性を助け出すですって、フォッグさん。」准将はそう叫んだ。

「まだ私には一二時間の余裕があります。このためにその一二時間を使うことは可能です。」

「いやはや。あなたも情の厚い方だ。」フランシス・クロマティー卿が言った。

「時によってはそうです。」フィリアス・フォッグはあっさりそう答えた。「時間に余裕があるときにはね。」

13　パスパルトゥー、幸運は大胆な者たちに微笑《ほほえ》むことをまたしても証明してみせる

計画は大胆で困難に満ちており、実現不可能であるかもしれなかった。フォッグ氏は彼の生命を、少なくとも彼の自由を、ということは結局は彼の計画の成功を、危険にさらそうとしていた。だが彼は躊躇《ちゅうちょ》しなかった。それにまた彼は、フランシス・クロマティー卿という、堅い決意を持った一人の助っ人を見出してもいたのであった。

パスパルトゥーはといえば、彼の気持ちはかたまっていた。彼はすぐにでも二人に仕えられる状態だった。主人の考えが彼の気持ちを高ぶらせていた。彼は主人の氷のような表皮の下に一つの心、一つの魂を感じとったのだった。彼はフィリアス・フォッグのことが好きになりはじめていた。

残るは案内人であった。いったいこの一件においてどのような態度を彼がとるだろうか。彼がヒンズー教徒側につくことはないだろうか。たとえ彼の協力が得られないとしても、少なくとも彼の中立が保証されている必要があった。

フランシス・クロマティー卿は案内人に率直に質問してみた。

それに対して案内人は答えた。「准将殿。私はパールシーです。あの女性もパールシーです。どうか何なりと私にお命じください。」

「わかった、ガイド君。」フォッグ氏が答えた。

「ただこれだけはご承知おき願います。もしもつかまった場合、私たちは単に生命を危険にさらすだけでなく、恐ろしい拷問もまた受けることになりましょう。このことはしかとご了解願います。」

「了解した。」フォッグ氏が答えた。「ところで、行動に移るのは夜を待つべきだと私は考えるが。」

「私も同じ考えです。」案内人が答えた。

それからこの実直なインド人は、犠牲《いけにえ》の女性について、いくつかの詳細な情報を与えた。彼女はパールシー族出身の名高い美女で、ボンベイの裕福な商人の娘だということだった。ボンベイで完璧な英国風の教育を受け、その作法や教養だけを見ればヨーロッパ女性と見なされかねないほどであった。名前はアウダといった。

両親に先立たれた彼女は、意に反して、かのブンデールカンドの老藩王《ラージャ》と結婚することとなった。結婚後三カ月で彼女は寡婦となった。自分を待ち受けている境遇を知った彼女は逃げ出そうとしたが、ただちに捕まってしまう。彼女の死が自分たちの利益となる藩王《ラージャ》の親族たちは彼女にこの責め苦を強いた。そして彼女がこの責め苦を免れることは、およそできそうになかった。

この話を聞いて、フォッグ氏とその一行たちの無私なる決意はより一層堅固なものとなった。案内人に象をピラジのパゴダまで導いてもらい、パゴダにできる限り接近してみようということになった。

三〇分の後、パゴダから五〇〇歩ほど離れた林の中で一行は足を止めた。パゴダはまだ見えていなかった。しかし狂信徒たちの叫ぶ声ははっきりと聞き取ることができた。

犠牲の女性のところまでどのように到達したらよいかということがそこで問題になった。案内人はこのピラジのパゴダを知っていた。彼によれば、若い女性が幽閉されているのは間違いなくこのパゴダの中であるとのことだった。はたして一味が陶酔の眠りに沈み込んでいる時に、扉の一つから中に入り込むことができるだろうか。あるいはむしろ、壁に穴を穿《うが》つべきだろうか。しかしこれはその時、その場所に臨んでしか決定できない問題だった。ただし間違いないのは、この略奪の計画が今夜のうちに実行されねばならず、夜が明けて、犠牲の女性が火刑台に運ばれてからでは遅すぎるということであった。その時になっては、いかなる人間の力の介入をもってしても、もはや女性を救い出すことは不可能であった。

フォッグ氏とその一行は夜の訪れを待った。夜の六時頃、暗闇があたりに広がるとただちに、彼らはパゴダのまわりの偵察を行うことを決めた。苦行僧たちの最後の叫びもようやく消えようとしていた。これからヒンズーたちは彼らの習慣に従って、煎じた大麻を混ぜた液状の阿片である「ハング」の深い陶酔に浸るはずであった。そうすれば恐らく、彼らの中に忍び入って、寺院まで進むことも可能になる。

パールシーはフォッグ氏、フランシス・クロマティー卿、パスパルトゥーの三人を導いて音をたてずに森の中を進んだ。小枝の下を匍匐《ほふく》で一〇分すすんだところで彼らは、とある小川のほとりにたどり着いた。その場所からは、うずたかく積まれた木の山が、先端に樹脂が燃えている鉄製の松明《たいまつ》の光に照らし出されているのが見えた。それは火刑用の高価な白檀《びゃくだん》の薪であった。そして薪には既に芳しい油がしみ込ませてあった。木の山の上にはその寡婦と同時に焼かれるはずの藩王《ラージャ》の遺体が、防腐処置を施されて置かれていた。この薪から一〇〇歩ほどのところにパゴダが建っていた。その尖塔は黒闇の中で木々の頂を貫くようにそそり立っていた。

「こちらに。」低い声で案内人が言った。

それから彼は、繰り返し注意を与えながら、一行の先頭に立って、丈の高い草と草の間を音もなく進んでいった。

沈黙を破るものはもはやただ、枝をわたる風のささやきだけであった。

ほどなくして案内人は、林間の空き地の突先《とっさき》まできて足を止めた。いくつかの樹脂の火が空き地を照らし出していた。地面のそこかしこに眠り込む人の群れがあった。彼らの体は陶酔のためにぐったりと重くなっていた。それはあたかも、死者たちで覆われた戦場のようであった。男性、女性、子供の全てが渾然《こんぜん》と混じり合っていた。何人かの者はいまだ酩酊したままの状態で、そこここで喘《あえ》ぎ声をあげていた。

その背後には、数多くの木と木の間に、ぼんやりとピラジの寺院がそそり立っているのが見えた。しかし、松明の煤《すす》けた明かりに照らされて、藩王《ラージャ》の衛兵たちが、門を警護し、抜身の剣を携えて歩き回っている姿が認められた。案内人は大いに失望した。寺院の内部でも、祭司たちが同様の警護を行っていることは想像に難くなかった。

パールシーはそれ以上先には進もうとしなかった。彼には寺院の正面入り口を突破することが不可能であると分かった。彼は一行に道を引き返させた。

フィリアス・フォッグとフランシス・クロマティー卿もまた彼同様、こちらの側からは何の攻撃もしかけられないことを理解した。

彼らは立ち止まって小声でささやきあった。

「待ちましょう。まだ夜の八時だ。あの衛兵たちもいずれ眠気に負けるかもしれない。」そう准将が言った。

藩王《ラージヤ》の衛兵たちは松明の明かりの下…

「ええ、それはありうることです。」パールシーは答えた。

こうしてフィリアス・フォッグとその一行は一本の木の下で意見の一致に達した。そして彼らは待った。

彼らには何と時の経つのがゆっくりと感じられたことか。案内人は時折彼らのもとをはなれて、森のはずれの場所を調べに行った。藩王《ラージャ》の衛兵は相変わらず松明の明かりの下で警護を続けていた。一筋の弱い光がパゴダの窓から洩れ出ていた。

こうして彼らは真夜中まで待った。しかし状況は変わらなかった。パゴダの外では相変わらず監視が続けられていた。もはや衛兵たちのまどろみに期待をかけることができないことは明らかだった。恐らくは彼らはハングの陶酔を免れていたに相違ない。従って別のやり方で行動する必要があった。つまりパゴダの外壁に穴を開けて、そこから侵入することが必要なのだった。問題は、はたして祭司たちが、寺院の扉を守る兵士たちと同じくらい注意深く、犠牲の女性の監視を行っているかどうかであった。

もう一度一行の間で会話のやりとりがあった。それから案内人は自分はすぐにでも出発できる状態であることを告げた。フォッグ氏、フランシス・クロマティー卿、パスパルトゥーが彼のあとに続いた。パゴダの後陣に到達するために、彼らはかなり長い回り道をした。

零時半頃、彼らは誰にも出会うことなく、外壁の下に到着することができた。こちらの側ではいかなる監視も行われていなかった。もっとも監視すべき窓や戸が一切なかったことも事実であった。

暗い夜だった。厚い雲でかき曇らされた下弦の月がようやく地平線を離れたところであった。背の高い木々が、あたりの暗さをいやましていた。

が、外壁の下に到達しただけではまだ十分ではない。壁に穴を開けることが必要だったのである。この作業を行うためにフィリアス・フォッグとその一行が所持していた道具は、ポケットナイフをおいて他に全くなかった。しかし実に運のよいことに、寺院の壁はレンガと木を組み合わせてできていた。そこに穴を開けるのが難しいはずはなかった。ひとつレンガをはずすことができれば、あとは容易にこわせるはずだった。

皆はできるだけ音をたてないようにしながら、作業にとりかかった。一方の側にパールシーが、もう一方にパスパルトゥーが場所をとり、二ピエ〔一ピエは約三二・五センチメートル〕の広さの開口部を作るためにレンガを抜き取る作業を行った。

作業は進んでいった。が、その時、寺院の内部で叫び声があがり、そのほぼ直後、それに呼応するように寺院の外からも別の叫びが起こった。

パスパルトゥーと案内人は作業を中断した。見つかってしまったのだろうか。警報が発せられたのだろうか。ごく当たり前の警戒心から、ふたりはその場から遠ざかるべきであると考えた。そして実際にそれを実行に移した。フィリアス・フォッグとフランシス・クロマティー卿も同じ行動をとった。彼らは再び木の影に隠れて身をかがめ、警報が解かれて——実際警報が発せられていたとしての話であるが——再び彼らの作業が始められるようになるまで待とうとした。

しかし実に具合が悪かったのは、衛兵たちがパゴダの後陣に姿を現して、そこに近づく者全てを妨げようとその場に居すわってしまったことであった。

作業を中断された四人の男たちの失望は、筆舌に尽くしがたいほどであった。犠牲の女性がいる場所までたどり着くことができなくなった今、いったいどうやって彼女を救い出したらいいというのか。フランシス・クロマティー卿はほぞを噛む思いだった。パスパルトゥーは頭に血がのぼり、案内人は彼の気持ちを静めるのに一苦労だった。一方、不感無覚のフォッグは、感情をあらわにすることなく待ちつづけていた。

「もはやこの場を去らざるを得ないのではないでしょうか。」准将が小声で尋ねた。

「この場を去るしかありません。」案内人が答えた。

「まあ待ちなさい。」フォッグが言った。「私は明日の正午までにアラーハーバードに着いていればよいのです。」

「でもどんな希望が残されていると言われるのですか。」フランシス・クロマティー卿が言った。「数時間もすれば夜が明けてしまいます。そうすれば……」

「ぎりぎりの瞬間に、我々の手からすりぬけていた運が、また戻ってきてくれるかもしれない。」

准将はフィリアス・フォッグの考えを、その目の中に読み取りたい気持ちであった。いったいこの冷静沈着な英国人は何に期待をよせているのか。彼は火刑の瞬間にあの若い女性のもとに駆けよって、人々の眼前で彼女を執行人たちの手から奪い取ろうという気なのか。そんなことは正気の沙汰ではない。それに、この男性がそこまで正気を欠いているとは認めがたかった。ともかくフランシス・クロマティー卿は、この恐ろしい情景の結末まで立ち会うことに同意した。しかし案内人は、一行を彼らがそれまで身を隠していた場所にはとどまらせず、空き地の前の方へと連れ戻した。そこならば、木々の茂みに守られて、眠り込んでいる人々の群れを監視しつづけることができるからであった。

その間パスパルトゥーは、一本の木の最も高い枝の上に乗って、一つの考えを何度も繰り返し思い描いていた。その考えはまず彼の心を稲妻のように貫き、やがて彼の頭の中に焼き付けられた。

はじめは彼はこんな風につぶやいた。「それはあまりの気違い沙汰だ。」しかし今ではこう繰り返すのだった。「いや、悪くない考えかもしれん。ああした馬鹿者たちを相手にする時には、これは一つの、いやひょっとして唯一のチャンスかもしれない。」

いずれにせよパスパルトゥーには、これとは異なる表現で自分の考えを表すことはできなかった。ほどなくして彼は、蛇のようなしなやかさで木の下枝の方に体を滑らせていった。下枝の先端は地面の方に垂れ下がっていた。

何時間かが経過した。しばらくして、すこし明るんだ色調が空に現れ、夜明けの近いことを告げた。しかし依然闇は深かった。

その時が来たのだった。眠り込んでいた人々の群れの中に、復活のような動きが生じた。人の群れに活気が生まれた。タムタムの音が鳴り響いた。歌と叫びが再び炸裂《さくれつ》した。あの不運な女性の死ぬべき時がついに訪れたのだった。

はたして、パゴダの扉という扉は開かれた。今までよりも明るい光がその内側から洩れ出てきた。フォッグ氏とフランシス・クロマティー卿は、明るい光に照らし出された犠牲の女性の姿を目撃することができた。女性は二人の祭司の手で外に連れて行かれるところだった。彼らの目には、最後の自己保存本能の力で陶酔による痺《しび》れを振りほどこうとしているこの不幸な女性が、執行人の手から逃れようと試みているようにすら見えた。フランシス・クロマティー卿の心は興奮に高鳴った。ひきつるような動きで、彼はフィリアス・フォッグの手をつかんだ。その手に抜身の短刀が握られていることを彼は感じた。

その時、群衆が動きだした。犠牲の若い女は、再び大麻の煙が引き起こす麻痺状態の中に沈み込んでいた。女性は行者たちの間を彼らの狂信的怒号を浴びながら進んでいった。フィリアス・フォッグと彼の仲間たちは群衆の最後の列に混じってその後を追った。

それから二分後、彼らは川のほとりに到着し、藩王《ラージャ》の遺骸が横たえられている薪から五〇歩もはなれていない場所で足をとめた。薄暗がりの中、彼らは、犠牲の女性がぐったりとなって彼女の夫の遺骸の近くに寝かされているのを目にした。

それから松明が近づいてきた。油をしみ込ませてある薪はすぐに燃え上がった。

フランシス・クロマティー卿と案内人は、無私なる興奮から火刑台に向かって突進しようとしていたフィリアス・フォッグを制した。

しかしフィリアス・フォッグは彼らを押し退けて進んだ。その直後のことであった。情景が急変したのである。恐怖の叫びがあがり、おびえた群衆たちは誰も皆我がちに体を地に伏せた。

老藩王《ラージャ》は死んでいなかったのか。彼が突如幽霊のごとく身を起こし、若き妻をその腕に抱き上げ、彼に亡霊のような外観を与えているうずまく靄《もや》の中を、火刑台から下りていく姿が見えたではないか。

行者も衛兵も祭司も突然の恐怖にとらわれて地に顔を伏せたままでいた。目を開いてこの驚異を見ようとする勇気は彼らにはなかった。

恐怖の叫びがあがった.

死んだようにぐったりとした犠牲の女性は、彼女の重みなどまるで感じていないかのような、力強い腕の中に抱かれていた。フォッグ氏とフランシス・クロマティー卿は突っ立ったままだった。パールシーは頭を垂れていた。パスパルトゥーは、そう恐らくは彼もまた、仰天していたに違いない。

こうして件《くだん》の蘇生した人物は、フォッグ氏とフランシス・クロマティー卿が立っている場所の近くまでやってきた。そしてそこで短くこう言った。

「逃げましょう。」

それはパスパルトゥーその人であった。あのパスパルトゥーが、濃い靄が立つ中を火刑台までしのびよっていったのであった。あのパスパルトゥーが、いまだ深い闇を利用して若い女性を死から引き離してやったのだった。あのパスパルトゥーが、大胆かつ見事にその役割を果たし、居並ぶ人々の驚愕のさなかを通り抜けてきたのであった。

その一瞬ののちに四人は全員森の中に姿を隠した。象が彼らを早足のトロットで運んでいった。しかし巻き起こる叫びや喧騒、さらにはフィリアス・フォッグの帽子を射抜いた一発の弾丸によってもまた、彼らの策略が発覚したことは知られた。

実際、燃え上がる火刑台の上には、その時、老藩王《ラージャ》の遺体がくっきりと浮かび上がっていた。恐怖から我に返った祭司たちは、たった今、略奪が遂行されたのだということを理解した。

すぐに祭司たちは森の中に駆け込んでいった。衛兵たちが彼らのあとに続いた。そして一斉射撃が行われた。が略奪者たちの逃げ足は速く、ほんのわずかの後には、もう彼らは弾丸や矢の届かぬ場所にたどり着いていた。

14

フィリアス・フォッグ、ガンジス川の美しい渓谷に沿う道を、その眺めを見ようともしないままひたすら下っていく

大胆な略奪は成功をおさめた。その一時間後にもまだパスパルトゥーは、彼の成功にほくそえんでいた。フランシス・クロマティー卿はこの大胆不敵な若者の手を握りしめた。若者の主人は彼に対して「よくやった」とだけ言ったが、それはこの紳士の口から発せられた時には、高い評価に相当していた。それに対しパスパルトゥーは、この一件の栄誉の全ては主人のフォッグ氏にこそあると答えた。彼にとっては、自分は単に「愉快な」アイディアを思いついただけなのであった。そして彼は、かつて体操教師や消防隊長も務めた自分パスパルトゥーが、しばしの間、一人の魅力的な女性の亡き夫に、防腐処置を施された老藩王《ラージャ》に変身したことを思って笑いがこみあげてきた。

若いインド女性はといえば、彼女はいったい何が起こったのかよく分からないでいた。彼女は旅行用の毛布にくるまれたまま、鞍の一つに乗せられていた。

この間、案内人にきわめて着実に操られた象は、いまだ暗い森の中を早足で駆けていった。ピラジのパゴダをあとにしてから一時間後、象は広大な平原を駆けぬけていた。朝の七時になって一行は足を休めた。若い女性はいまだ完全な脱力状態のうちにあった。案内人は彼女に何杯かの水とブランデーを飲ませた。しかし女性の体をうちのめしていた麻薬の効果はまだしばらくは持続するはずであった。

大麻の煙の吸入によってもたらされる陶酔の効果を知っていたフランシス・クロマティー卿は、女性の状態についてはいかなる心配も感じていなかった。

しかし、たしかにこの若い女性の回復が准将の頭の中で疑いえない事実と感じられていたとして、こと彼女の今後の話となると、彼にはそれほどの確信は持ちえなかった。准将はフィリアス・フォッグに、もしもアウダ夫人がインドに残っていれば、必ずや彼女は再び執行人たちの手に落ちることになるだろうと、単刀直入に述べた。この狂信者たちはインド半島のいたるところにつながりを持っており、たとえ英国警察が介入したとしても、彼らがマドラスで、ボンベイで、カルカッタで、再びこの犠牲の女性を捕まえうるであろうことは確実であった。フランシス・クロマティー卿はこの話の裏付けとして、最近起こった同種の出来事の例をあげた。彼の考えでは、この若い女性はインドを離れないでいる限りは全く安全ではありえないのだった。

フィリアス・フォッグは彼の意見を斟酌《しんしゃく》して、どうしたらよいか考えると答えた。

一〇時頃、案内人はアラーハーバードの駅に到着したことを告げた。中断されていた鉄道の線路はここから再びつながっていた。そしてそこから列車はアラーハーバード―カルカッタ間を一昼夜もかけずに走り抜けるのであった。

フィリアス・フォッグは従って、翌日の一〇月二五日正午に香港に向けて出発するはずの客船に乗るために、余裕を持って到着できるはずであった。

若い女性は駅の寝室に寝かされた。パスパルトゥーは彼女のための様々な身繕いの品を買ってくるように言われた。それはワンピースやショールや毛皮のコートといった品々で、見つけられる限りを買ってくるように言われたのであった。主人はまた彼に予算の限度を設けないで金を使うことを許していた。

パスパルトゥーはただちに出発して町の通りを探し歩いた。アラーハーバードは神の都市である。ガンジス川とジャムナ川という二つの神聖なる川の合流地点に建設されているという理由によって、それはインドで最も敬われている都市の一つである。二つの川の水は半島中から巡礼を招き寄せている。また、ラーマーヤナの伝説に従えば、ガンジス川はその源を天に発し、そこからブラフマンの力によって大地に川がおりてくるというのである。

買い物をしながらパスパルトゥーはすぐに町全体を見終えてしまった。町はかつては見事な要塞に守られていたが、その要塞も現在では国の監獄となっていた。かって産業や商業の栄えたこの町に、いまは商業も産業もなかった。パスパルトゥーは、まるで自分が今リージェント・ストリートのファーマー商会のすぐ近くにでもいるようなつもりで、流行の衣服を売る店を探したが、それは見つからなかった。ようやく気難しい老ユダヤ人の営む小売店で彼は必要な品を見つけることができた。それはチェック地のワンピースと大きな外套と見事なラッコの毛皮であった。この毛皮に彼は、躊躇なく七五ポンド(一八七五フラン)を支払った。そうして彼は意気揚々と駅に戻っていった。

アウダ夫人は意識を取り戻しはじめていた。ピラジの祭司たちの手で彼女の上に及ぼされた大麻の効力も徐々に消えていった。そして彼女の美しい目はそのインド人らしいやさしさの全てを再び取り戻しはじめていた。

詩人にして王であったウサフ・ウドールがアーメナガラ妃の魅力をほめたたえた時、彼は次のようにそれを表現した。

「彼女のつややかな髪の毛は正確に二つの部分に分けられ、光沢とさわやかさとに輝く、きめこまやかで白いその頰のまわりを、諧調ある輪郭で取り囲んでいる。彼女の黒檀《こくたん》の眉は愛の神カーマが手に持つ弓の形と力を備えている。そして彼女の長く絹のように柔らかな睫毛の下では、その澄んだ大きな目の黒い瞳の中に、ちょうどヒマラヤの神聖な湖の中と同じく、天上の光のこの上もなく澄んだ反映が泳ぐようにして浮かんでいる。彼女の歯はきめ細かく、歯並びもよく、色も白く、微笑をたたえた唇と唇の間でそれが輝いている様子は、さながら柘榴《ざくろ》の花の半ば開かれた内奥に見える何滴かのしずくのようであった。左右対称の曲線を描きだす可愛らしいその耳や、血色のよいその手や、白蓮の蕾《つぼみ》のようにやわらかくふくらんだその小さな足は、セイロンのこの上もなく美しい真珠やゴルコンダのこの上もなく美しいダイヤモンドのような光沢を放ちながら光り輝いている。一本の手で十分だきしめることのできる彼女の痩せてしなやかな胴は、丸みを帯びた腰の優雅な反り身の曲線と、花と咲く彼女の若さがその完全完璧なる宝をうち広げる豊かな胸部を一層際立たせている。そして、やわらかな襞《ひだ》のついたチュニックを身につけている彼女の姿は、まるであの永遠の彫像家ヴィスヴァカルマが、その神のような手で、純粋な銀を用いて造形したかのよう。」

しかしながら、こうした誇張を何ら用いるまでもなく、ブンデールカンドの藩王《ラージャ》の未亡人であるアウダ夫人は、その語のヨーロッパ的意味の全てにおいて、魅惑的と呼べる女性であったとだけ述べればそれで足りた。彼女は実に純粋な英語を話した。案内人が、このパールシーの女性が教育によって別人となったと主張したことも、あながち誇張ではなかった。

その間にも汽車はアラーハーバードの駅を出発しようとしていた。パールシーの青年は待っていた。フォッグ氏は彼に、一ファージング〔英国の旧硬貨。四分の一ペニー〕もはみ出すことなく、定められた額ちょうどの給料を支払った。このことはパスパルトゥーを少しばかり驚かした。パスパルトゥーは彼の主人がこの案内人の献身にどれだけ世話になっているかをよく知っていたからである。実際パールシーはピラジの出来事に関しては進んで命を賭《と》して働こうとした。そしてこれからのち、もしもヒンズー教徒たちがこの事実を知ったなら、彼らの復讐の手を逃れることは困難に思えるほどであった。

残るはキウニの問題であった。これほど高い金を払って購入した象を一体どう処理したらよいというのだろう。

しかしフィリアス・フォッグは、この件に関してはすでに腹を決めていた。

「パールシーの青年よ。」彼は案内人にむかってそう言った。「君は立派に奉仕し、献身的に働いてくれた。君の奉仕についてはもう支払った。だが献身についてはまだお礼をしていなかった。この象がほしくはないか。これを君にあげよう。」

案内人の目が輝いた。

「閣下が下さろうとおっしゃっているのは大いなるお宝でございます。」案内人は大声でそう言った。

「ガイド君、どうかこれを受け取ってくれたまえ。そうしてくれてもまだ私は君に借りがあるほどだ。」フォッグ氏は答えた。

「そいつはすごい。」パスパルトゥーが叫んだ。「君、受け取りなさいよ。キウニは気立てのよい勇気ある動物だ。」

それから彼は動物のところまで歩み寄って、砂糖の塊をいくつか見せながらこう言った。

「ほら、キウニ、お取り。ほら、ほら。」

象は幾度か満足げな鳴き声をあげた。それからパスパルトゥーの胴の部分をつかまえて、その長い鼻で彼の体をまきつけ、自分の頭の高さにまで持ち上げた。パスパルトゥーは全くこわがることなく動物をたっぷりとなでまわしてやった。それから動物は彼をそっと地面の上に置いた。そして、実直なるキウニの長い鼻による握手に、実直なる青年の熱烈な握手が応えた。

しばしののち、フィリアス・フォッグ、フランシス・クロマティー卿、パスパルトゥーは快適な客車に身を落ちつけていた。アウダ夫人がその客室の一番よい席に座っていた。皆を乗せた汽車は、ベナレスに向かって全速力で走っていった。

ベナレスの町とアラーハーバードの町を隔てている距離はせいぜい八〇マイルで、汽車はこの距離を二時間で走破した。

この旅の途中で、若い女性の意識は完全にもとに戻った。ハングによる催眠性の酩酊ももはや消え去っていた。

自分がヨーロッパ風の服を身にまとい、自分の全く知らない旅客に混じって汽車の客室の中

パスパルトゥーは全くこわがることなく…

に身を置いていることを知った彼女の驚きは、いかばかりであったろうか。

まずはじめに、彼女の同行者たちは彼女に、出来る限りの手当てをほどこした。それから彼らは何滴かのリキュールで彼女を正気づかせた。その後で、准将は女性に、彼女の身に何が起きたかを話してやった。彼は、彼女を救出するために命を賭することもいとわなかったフィリアス・フォッグの献身ぶりについて力をこめて話した。またパスパルトゥーの大胆な想像力のおかげでもたらされた、この冒険譚の結末についても話した。

フォッグ氏は自分からはひと言も発せずに、准将に話をつづけさせた。パスパルトゥーはすっかり照れて、「それほどのことではないのです」を連発した。

アウダ夫人は思いのたけをこめて、そして言葉によって以上にその涙を通じて、彼女を救ってくれた人々に感謝の気持ちを表した。彼女の目はその唇以上に彼女の謝意をよく表していた。それから彼女の思いは再びサティーの情景へと戻った。彼女の目は、いまだに数多くの危険が待ち構えているインドの大地を見ていた。彼女は恐怖におののいた。

フィリアス・フォッグはアウダ夫人の心の中で何がおきているかを理解した。そして彼女を安心させるため、例のきわめて冷静な口調で、彼女を香港まで送り届けようと申し出た。この一件のほとぼりがさめるまで、彼女は香港に留まればよいというのであった。

アウダ夫人は感謝をこめてこの申し出を受け入れた。まさしく香港には彼女の親戚の一人が住んでいるのであった。彼女と同じパールシーであるこの親戚は、中国沿岸の一地点という場所を占めながら一〇〇パーセント英国のものであるこの町の、主要貿易商の一人であった。

一二時半に汽車はベナレスの駅に停車した。バラモンの伝説によれば、この町は、古代のカーシー国のあった場所に位置しているという。そしてこの町は昔、マホメットの墓のごとく天頂と天底の間の空間に宙づりになっていたという。しかし、東洋学者の言い方に従えばインドのアテネであるはずのこの町も、より現実主義的なこの時代にあっては、ただ何の趣もなく地面に横たわっているだけであった。パスパルトゥーはほんの一瞬、この町のレンガづくりの家々や、網代《あじろ》づくりの小屋を目にした。それは彼の目には、何の地方色も持たない全くさびれただけの光景と映った。

この駅でフランシス・クロマティー卿は汽車を降りなくてはならなかった。クロマティー卿が合流する部隊はベナレスの町の北数マイルの場所で野営しているのであった。准将はフィリアス・フォッグに別れを告げた。彼はフォッグ氏に今後の成功を祈り、また引き続く旅行が今までほどには独創的でなく、むしろ、より有益に進むことを祈念すると伝えた。フォッグ氏は旅の友の手の先を軽く握った。アウダ夫人の挨拶はもっと熱烈なものであった。彼女は決してフランシス・クロマティー卿への恩を忘れないと述べた。パスパルトゥーは、准将から本式に握手をされて光栄の至りと感じた。感激で一杯となった彼は、いつ、どこで准将のために奉仕することができるかと尋ねた。それから彼らは別れた。

ベナレスの後、鉄道の線路は一部ガンジス川の谷間に沿って進んだ。かなりよく晴れた天候のもと、客車の窓の向こうに、まず変化に富むベハールの風景が現れ、次いで緑に覆われた山々、大麦やトウモロコシや小麦の畑、緑がかった色をしたアリゲーターの棲《す》む池や川、手入れの行き届いた村々、まだ青みを帯びている森などが次々と姿を見せた。何頭かの象や、大きなこぶをつけた牛が、神聖な川の水を浴びにやってきている姿が見えた。そこではまた、季節の深まりや既に低い気温にもかかわらず、男性と女性のインド人の群れが、うやうやしく禊《みそ》ぎを行っていた。これら敬虔なる信徒たちは、太陽神ヴィシュヌ、自然力の権化シヴァ、司祭や立法者たちの最高指導者ブラフマンの三神に具現される、バラモンの教えの熱烈な信奉者であり、仮借なき仏教の敵たちであった。しかし、汽船がいなきながら通りすぎてはガンジスの神聖な水をかき乱し、水面を飛ぶ鷗《かもめ》や、水辺にひしめく亀たちや、川岸に沿って体を横たえる信者たちをこわがらせているこの「英国化した」インドの姿を、一体ブラフマンは、シヴァは、ヴィシュヌは、どんな眼差しで見つめていたことであろうか。

こうした絵図の全てが一瞬の稲妻のごとくに通りすぎていった。そしてしばしば、白い蒸気の雲がその細部を覆い隠した。旅客たちの前を、ベナレスの南東二〇マイルに位置する、ベハールの藩王《ラージャ》の古い要塞であるチュナールの砦が、ガジプールとその大規模な薔薇《ばら》水《すい》の製造工場

男性と女性のインド人の群れ

が、ガンジス川左岸にたつコーンウォリス卿の墓やブクサルの要塞都市が、インドの主要阿片市場が開かれる大きな産業・商業都市であるパトナの町が、きわめてヨーロッパ的で、マンチェスターやバーミンガムのような英国風の町モンギールが、瞬《またた》く間に通りすぎていった。モンギールは、鉄の鋳造や刃物、刀剣の製造によって名高く、その高い煙突は、あたかもこの夢の国にふりおろされた拳の真の一撃のごとく、ブラフマンの空を黒煙で汚していた。

それから夜が訪れた。そして、蒸気機関車を見て逃げようとする虎や熊や狼の咆哮のさなかを、汽車は全速力で駆け抜けた。その後はもう、ベンガルの見事な遺構の数々も目にすることはかなわなかった。ゴルコンダも、グールの廃墟も、かつての首都ムルシダバードも、バードワンもフーグリーも、シャンデルナゴルも見ることはできなかった。中でもシャンデルナゴルはインド領内のフランスの根拠地であり、そこに祖国の旗が翻っているのを目にすれば、パスパルトゥーは鼻が高かったであろう。

ようやく朝の七時に一行はカルカッタに到着した。香港行きの客船が錨をあげるのは正午のはずであった。フィリアス・フォッグには、したがってまだ五時間の余裕があった。

この紳士の旅程に従えば、インドの首都に到着するのはロンドンを離れてから二三日目の一〇月二五日のはずであった。したがって彼は予定されたその日にそこへ着いたことになる。遅れもなければ予定より早い到着でもなかった。残念だったのはロンドン―ボンベイ間で稼いだ二日分を、このインド半島横断に際して、我々も知る例の出来事ゆえに失ってしまったことであった。しかしフィリアス・フォッグがこの損失を惜しんでいるようには見えなかった。

15　紙幣を入れた袋は更に数千ポンド分軽くなる

列車が駅に着いた。はじめに客車から降りたのはパスパルトゥーであった。そのあとにフォッグ氏が続いた。そして彼に手助けされて若い女性の同行者もホームに降りた。フォッグ氏はそのまま香港行きの客船に乗り込もうと考えていた。アウダ夫人の身をそこに落ちつかせてやるためであった。この女性が、彼女にとって危険のあるこの国にいる限り、フォッグ氏はひときも彼女のそばを離れたくはなかったのである。

フォッグ氏が駅をあとにしようとしたその時、ひとりの警官が彼に近づいてきてこう言った。

「フィリアス・フォッグさんでいらっしゃいますか。」

「ええ。私がフィリアス・フォッグです。」

「この男性はあなたの召使ですか。」警官はパスパルトゥーを指さしながらそう聞いた。

「そうです。」

「おふたりとも私のあとについてきてください。」

フォッグ氏は彼の内面の驚きを表すようないかなる仕草も見せなかった。この警官は法の代理人なのであり、あらゆる英国人にとって法は神聖なものなのであった。パスパルトゥーの方は、フランス式の習慣にならって理屈をこねようとした。しかし警官は棍棒で彼にふれた。フィリアス・フォッグはパスパルトゥーに、おとなしく従うように合図をした。

「この若いご婦人が我々に同行されることは構いませんか。」フォッグ氏が聞いた。

「構いません。」警官が答えた。

警官はフォッグ氏、アウダ夫人、パスパルトゥーの三人を「パルキ＝ガリ」の方へ連れていった。パルキ＝ガリとは四輪馬車の一種で、四つの座席があり、二頭の馬に引かれた乗り物である。一行は出発した。およそ二〇分を要した道のりの間、誰一人として口を開く者はいなかった。

馬車はまず「黒い町」を通り抜けた。狭い通りにはあばらやが並びたち、その中ではうす汚れ、ぼろを身にまとった様々な国の人々が、ひしめくようにして暮らしていた。それから馬車は、レンガ造りの家々が明るい印象を与えているヨーロッパ風の町を通り抜けた。ココ椰子の木が影をつくり、そこここに船のマストが突き出て見えた。まだ朝はやいにもかかわらず、馬に乗ったおしゃれな男性たちや、華麗な馬車が、すでに町中を走っているのが見えた。

パルキ＝ガリは、とある建物の前で止まった。外観は簡素に見えたが、住宅用の建物ではなさそうだった。警官は彼の虜囚たちを馬車から降ろした。そう、まさに、「虜囚」という名がぴったりの状態だったのである。警官は彼らを格子窓の部屋に連れて行くと、彼らにむかってこう言った。「八時半にあなたたちはオバディア判事のもとに出頭しなくてはなりません。」

そう言うと彼は立ち去り、部屋の扉を閉めた。

「いやはや、我々は捕まってしまったというわけだ。」パスパルトゥーは椅子に体を委ねながら大きな声でそう言った。

アウダ夫人はただちにフォッグ氏に話しかけた。必死に抑えようとしても動揺を隠しきれない声で、彼女はこう彼にむかって言った。

「どうか私を残してお逃げ下さい。私のためにあなた様まで追われているのです。それは私を助け出して下さったからなのです。」

フィリアス・フォッグはただ、そんなことはありえないとだけ答えた。サティーの一件で警察に追われるなどということは、断じてあろうはずがない。そもそも告訴人たちはどうやって人前に姿を見せようというのか。これは何かの間違いなのだ。フォッグ氏はさらにまた、いずれの場合でも、彼がこの若い女性を見捨てることはないということ、自分は彼女を香港まで送り届けるつもりであるということを付け加えた。

「ただ、船は正午には出発いたします。」パスパルトゥーがそう指摘した。

「正午以前に我々はその船に乗り込んでいる。」不感無覚の紳士は簡単にそれだけ答えた。

その断言があまりに確固たるものであったため、パスパルトゥーは内心でこうつぶやかざるをえなかった。

「そうだとも、間違いなくそうなんだ。正午前には我々は船に乗っているんだ。」がその実、彼には何の自信もなかった。

八時半、部屋の扉が開かれた。例の警官が再び姿を現し、虜囚たちを隣の大部屋に連れて行った。それは審問のための大部屋で、ヨーロッパ人と現地人とからなるかなりの数の聴衆が既に法廷を埋めていた。

フォッグ氏、アウダ夫人、パスパルトゥーの三人は、裁判官と書記のために用意された座席の目の前にある長椅子に腰をおろした。

間もなくその裁判官、すなわちオバディア判事が入場してきた。そのあとから書記が入ってきた。判事はまるまると太った男だった。彼は釘にかけてあったかつらをはずし、それをすばやく頭にかぶった。

「では第一の案件から。」彼はそう言った。

しかし、頭に手をやった彼はこう叫んだ。「おい、これは私のかつらじゃないぞ。」

「おっしゃる通りです、オバディア様。それはわたくしのでございます。」書記がそう言った。

「オイスターパフ君。裁判官が書記のかつらをかぶって、正しい判決を言い渡すことが可能だと思われるかね。」

それからかつらの交換が行われた。この前置きの時間中、パスパルトゥーはいてもたってもいられない気持ちだった。彼の目には、法廷の大時計の文字盤の上を、針がすさまじい勢いでまわっていくように見えた。

その時オバディア判事が繰り返して告げた。「では最初の案件から。」

「フィリアス・フォッグ君。」オイスターパフ書記が言った。

「ここにおります。」フォッグ氏が答えた。

「パスパルトゥー君。」

「ここです。」パスパルトゥーが答えた。

「さて。君たちは二日前から告発されており、ボンベイから来た汽車という汽車を見張って君たちの行方を探していたところだ。」

「でも何のために訴えられているのですか。」待ちきれなくなってパスパルトゥーがそう叫んだ。

「すぐにわかる。」裁判官が答えた。

「裁判官殿、私は英国の市民であります。そして私には権利というものが……」そうフォッグ氏が言いかけた。

「しかし、あなたに対し、何か礼を失するようなことをいたしましたかな。」オバディア氏が尋ねた。

「いいえ全く。」

「よろしい。訴えている者たちを中に入れなさい。」

裁判官の命令を受けて、扉が開かれ、三人のヒンズー僧が守衛によって導き入れられた。

「思った通りだ。」パスパルトゥーがつぶやいた。「我々の若きご婦人の体を焼こうとしていたのは、このならず者たちだ。」

祭司たちは裁判官の前で突っ立ったままでいた。そして書記が大声で、フィリアス・フォッグと彼の召使に対して提出された、冒瀆《ぼうとく》に関する訴状を読み上げた。二人はバラモン教の聖地を侵したかどで告発されていたのであった。

「お聞きになりましたか。」裁判官がフィリアス・フォッグに尋ねた。

「ええ、聞きました。」フォッグ氏は腕時計を見ながら答えた。「訴状の内容を私は認めます。」

「ははあ、お認めになる。」

「認めます。そのかわり私も、これら三人の祭司の方々の口から、彼らがピラジのパゴダで何をなさろうとしていたかをしっかりと伺っておきたい。」

祭司たちは顔を見合わせた。彼らにはこの被告の言葉が皆目理解できないようであった。

「間違いない。」パスパルトゥーが激しい勢いで叫んだ。「あのピラジのパゴダの前で、彼らは犠牲《いけにえ》の女性の体を焼こうとしていたんだ。」

祭司たちはまたまた啞然《あぜん》とした。オバディア判事もすっかり驚いてしまった。

「犠牲とは何のことですか。焼くっていったい誰を。それもボンベイの町の中でですか。」

「ボンベイですって。」パスパルトゥーが大声で聞いた。

「その通り。私が話しているのはピラジのパゴダのことではなく、ボンベイのマラバルの丘のパゴダのことですよ。」

「そして証拠物件として、冒瀆者が残したこの靴があります。」書記はそう付け足して、机の上に一足の靴を置いた。

「僕の靴だ。」パスパルトゥーが叫んだ。彼の驚きはこの上もなく、制することもできぬまま、自分でも意識しないうちにこの叫びを発してしまったのであった。

主人と召使の頭の中に生じた混乱がどんなものであったかは想像がつく。あのボンベイのパゴダでの出来事を彼らは忘れてしまっていたのだった。そしてまさにその出来事のせいで彼らは今カルカッタの裁判官の前に連れて来られているのだった。

実はフィックス刑事は、この折悪《おりあ》しく生じた出来事から自分がどれだけの利益を引き出せる

「僕の靴だ.」パスパルトゥーが叫んだ.

かを理解したのだった。自分の出発の時刻を一二時間延長して、彼はマラバルの丘の祭司たちの相談役を買って出た。英国政府がこの種の違法行為に極めて厳格な態度をとることをよく知っていた彼は、祭司たちに相当の額の損害賠償をさせることを約束した。それから、次の列車に彼らを乗り込ませ、冒瀆者たちのあとを追わせた。しかし若い未亡人を救出するために費やされた時間があったため、フィックスとヒンズー僧たちはフィリアス・フォッグと彼の召使よりも前にカルカッタに到着してしまったのであった。二人の方が先に着いた場合には、既に電報で知らせを受けている判事たちが、汽車を降りてきた二人を逮捕しているはずであった。フィリアス・フォッグがまだインドの首都に到着していないと知らされた時のフィックスの失望が目に浮かぶようである。フィックスはおそらく、彼の追っている泥棒が半島鉄道のどこかの駅で汽車を降り、インド北部のどこかの地方に逃亡してしまったと考えたに相違ない。二四時間の間、えも言えぬ不安の中でフィックスは男を待ち伏せた。従って今朝、男が客車を降りてくる姿を目にした時の彼の喜びはいかばかりであったろう。もっとも男は若い女性を連れて降りてきた。そしてフィックスにはこの女性の存在理由を説明することができなかった。フィックスはただちに警官を送った。こうしてフォッグ氏、パスパルトゥー、そしてブンデールカンドの藩王《ラージャ》の未亡人の三人がオバディア判事の前に差し出されたのであった。

もしもパスパルトゥーの頭の中が訴訟のことで一杯になっていなかったのなら、彼は法廷の片隅にいる刑事の姿を目撃できたであろう。刑事が法廷の議論を強い関心を抱いて傍聴していたことは容易に察しがつく。ボンベイやスエズにおけるのと同じく、ここカルカッタでもまだ彼は逮捕状を受け取っていなかったのである。

さてそんな中、オバディア判事はパスパルトゥーの口からもれた自白のことばを書き留めていた。パスパルトゥーは自分の迂闊《うかつ》な発言を変更できるのであれば、自分の所有しているもののすべてを投げ出してもよいほどの気持ちであった。

「訴訟事実についての自白があったと認めてよろしいですね。」

「はい、確かに自白がなされました。」フォッグ氏は冷たくそう答えた。

「判決文を読み上げる。」判事が言った。「英国の法はインド住民のあらゆる宗教を等しくまた厳格に保護せんと望むものであるがゆえに、またパスパルトゥー氏自身、一〇月二〇日日中、ボンベイのマラバルの丘のパゴダ内敷石をその足によって侵犯する冒瀆を犯した事実を認め、この罪を自白せしがゆえに、同氏を禁固一五日、罰金三〇〇ポンド(七五〇〇フラン)の刑に処する。」

「三〇〇ポンドだって。」罰金の方にしか実際には関心のないパスパルトゥーは大声でそう叫んだ。

「静粛に。」守衛が金切り声をあげた。

判事が判決文の朗読を続けた。「さらにまた、召使と主人との間に結託が存在しなかったとは実質的に証明されぬがゆえに、そしていずれにせよ後者は自らが雇用せる使用人の行為および振る舞いに関し責任を負うべきものと見なしうるがゆえに、同フィリアス・フォッグを拘禁し、この者を八日間の拘留および一五〇ポンドの罰金の刑に処すものとする。書記君、次の案件に移りなさい。」

片隅で傍聴していたフィックスは言い表せぬほどの満足を味わっていた。フィリアス・フォッグがカルカッタで八日間拘留される。それは逮捕状が彼に届くのに必要な時間をさらに上回るほどであった。

パスパルトゥーは茫然自失の状態であった。この刑のために自分の主人は破産に追いやられる。これで二万ポンドの賭け金が失われてしまう。そして全ては、自分が全くの野次馬根性であの忌まわしいパゴダの中に入っていったせいなのだ。

フィリアス・フォッグの方は、まるでこの有罪判決が自分とは関係のない出来事であるかのように、いささかも取り乱さず、眉をひそめることすらなかった。しかし書記が次の案件に移ろうとした時に、彼は立ち上がってこう言った。

「保釈金を支払おうと思います。」

「その権利を認めます。」判事が答えた。

フィックスは背筋の寒くなるのを感じた。が、判事が「フィリアス・フォッグとその召使両人の外国人という身分に鑑《かんが》み」て、保釈金をおのおのについて一〇〇〇ポンド(二万五〇〇〇フラン)という多大な額に決めたのを耳にして、再び安心をとりもどした。

もしもフォッグ氏が刑に服さなかった場合、支払うべき金額は二〇〇〇ポンドになる計算であった。

「支払います。」そうこの紳士は言った。

そしてパスパルトゥーの持っていた財布から紙幣の束を取り出し、それを書記の机の上に置いた。

「このお金はあなたが監獄を出られた時にお返しします。」判事がそう言った。「それまでの間、この保釈金と引き換えにあなたは自由の身です。」

「行こう。」フィリアス・フォッグは彼の召使に言った。

「でもせめて靴は返していただきたいもんですね。」パスパルトゥーは身振りによって怒りをあらわしながらそう叫んだ。

靴は彼に返された。

「全く高くついた靴だ。」彼はそうつぶやいた。「それぞれについて一〇〇〇ポンド以上とは。それに今となっては、とんだお荷物だ。」

パスパルトゥーは全く悄然《しょうぜん》たる様子でフォッグ氏の後に続いた。フォッグ氏は若い女性に腕を差し伸べた。フィックスは、彼の盗人《ぬすっと》がこの二〇〇〇〇ポンドという額を捨ててしまう決心などせずに、八日間監獄で暮らしてくれないかという望みをいまだに持っていた。そのため彼はフォッグの後をつけた。

フォッグ氏は馬車を止めた。アウダ夫人、パスパルトゥーと彼の三人はすぐにその馬車に乗り込んだ。フィックスは馬車のあとを追った。馬車はまもなく町の埠頭の一つに停車した。沖合半マイルの停泊地には、ラングーン号が錨を下ろしていた。出発旗がマストの頂上に掲げられていた。一一時の鐘が鳴った。フォッグ氏は一時間早く到着したのであった。フィックスは彼が馬車を降り、アウダ夫人と召使と一緒に小舟に乗り込むところを見た。刑事は地団駄をふんだ。

「悪党め、やはり出発するのだな。」彼はそう叫んだ。「二〇〇〇〇ポンドを無駄にするとは。泥棒のごとき無駄遣いだ。こうなったら、必要とあらば世界の果てまでもやつのあとをつけていってやるぞ。ただしこの勢いでやつが浪費を続けていれば、盗んだ金もすべてなくなってしまうぞ。」

刑事のこの推察には確かに根拠があった。実際、ロンドンをあとにしてから、旅費や手当、象の購入費、保釈金や罰金などのため、フィリアス・フォッグはすでに五〇〇〇ポンド（一二万五〇〇〇フラン）以上を彼の途上にばらまいてきたことになる。ということは、盗んだ金が回収された際に探偵たちに支払われるはずの歩合金もまた、絶えず減っているのであった。

16　フィックスは彼が耳にする話について、皆目《かいもく》知らないという顔をする

ラングーン号はインド半島・オリエント会社がシナ海、日本海を航行するために使用している客船のひとつで、総トン数一七七〇トン、定格出力四〇〇馬力のスクリュー付きの鉄製の汽船であった。ラングーン号は速さではモンゴリア号にひけをとらなかったが、快適さでは及ばなかった。したがってアウダ夫人は、フィリアス・フォッグが望んだように、気持ちよく船室に身を落ちつけることはできなかった。しかしいずれにせよこの旅は、距離三五〇〇マイル、日数一一日から一二日だけの短い航行であり、この若い女性がその間、気難しい振る舞いを見せることはなかった。

航行の初めの何日かの間で、アウダ夫人はフィリアス・フォッグのことをそれまでよりもよく知るようになった。ことあるごとに夫人はフォッグ氏に心からの感謝の念を伝えた。沈着な紳士の方は彼女の言葉を、少なくともうわべは、この上なく冷静に聞いていた。彼の抑揚や仕草からは彼の心が動かされている形跡はこれっぽちもうかがえなかった。彼はこの若い女性に、

彼女は彼に心からの感謝の念を伝えた.

必要なものが全て揃えられているかどうかを気遣った。ある時刻になると彼は規則正しく姿を現した。それは彼女とお喋りをするためとまではいわないにせよ、少なくとも彼女の話に耳を傾けるためではあった。彼は彼女に対し、きわめて厳格な礼儀をもってその義務を遂行した。しかし彼の仕草の優美さと唐突さは、あたかも礼儀正しく振る舞おうとして様々な動きを組み合わせる自動人形のそれを思わせた。アウダ夫人はどう考えたらよいかが分からなくなってしまっていた。パスパルトゥーは彼女に、自分の主人の奇矯な性格について若干の説明をしてやった。彼は彼女に、この紳士がどんな賭けのために世界一周を行うはめになったかを教えた。アウダ夫人は微笑を浮かべた。いずれにせよ彼女にとって彼は命の恩人だった。そしてこの自分の恩人は、自分から感謝の念で見つめられることで、いかなる損失も被るはずがなかった。

アウダ夫人はインド人の案内人が語っていた話を、自らの感動的な身の上話によって裏付けてみせた。実際彼女はインド原住民の中では最高位を占める一族の出なのであった。インドには木綿取引で大いに財をなしたパールシーの商人が何人かいる。そのうちの一人、ジェームズ・ジェジーブホイ卿は、英国政府によって爵位まで与えられている。そしてアウダ夫人は、ボンベイに住むこの富裕な人物の親戚にあたっていた。そしてまた、彼女が今香港で再会しようとしている名士ジェジーは、このジェジーブホイ卿のいとこなのであった。はたしてこのいとこの許《もと》に身を寄せ、彼の援助にすがることができるかどうか。彼女にも確信はなかった。一方この問いに対するフォッグ氏の答えはといえば、心配するには及ばない、全ては数学のように的確に片づくであろうというものであった。そう、数学のように、というのが彼自身の用いた言葉なのであった。

若い女性がこの恐ろしい副詞の意味を理解しえたかどうかは分からない。しかし彼女の大きな目が、すなわち、かの「ヒマラヤの神聖な湖のように澄んだ」その大きな目が、フォッグ氏の目にじっと釘づけにされたことは事実であった。しかし容易に心を動かされないフォッグ氏はこれまで以上に鎧で身をかため、およそこの湖に身を投げ出すような人物とは見えなかった。

ラングーン号の航海第一幕は最高の条件のもとで終えられた。天気も航海に適した穏やかなものであった。船乗りたちが「ベンガルの千尋《ちひろ》」と呼ぶ深く広大な湾のこの一帯は、すみずみまで客船の航行に好都合な状態にあった。ほどなくして、ラングーン号は列島中核部をなす大アンダマン諸島を視野におさめた。標高二四〇〇ピエの絵のように美しいサドルピーク山が、島々の存在をかなり遠くからでも船乗りたちに知らせてくれるのであった。

海岸線は船のかなり近くにまで迫ってきていた。パプア島の未開人たちの姿は見えなかった。彼らは人類の階梯《かいてい》の最下位に位置する存在である。しかし彼らを食人種とするのはあやまりである。

これらの島々の眺望の広がりは見事なものであった。ラタニヤ、ビンロウ、竹、ナツメグ、チーク、巨大なネムノキ、喬木状のシダ類が島の前面を覆い、背後には、山々の優雅な輪郭がくっきりと浮かび上がっていた。海岸には、珍しい海燕《うみつばめ》たちが何千という群れをなしていた。海燕の巣は食べることができ、中国では御馳走として珍重されている。しかし、アンダマン諸島が人々の視線に供したこれら変化に富む光景も、たちまちのうちに過ぎ去ってゆき、ラングーン号は早足でマラッカ海峡へと進んでいった。そしてその先はシナ海へと通じているはずであった。

この航海の間、実に折悪しくも世界一周の旅をせざるを得ないはめとなったフィックス刑事は一体どうしていたのであろう。カルカッタを出航するに際し、彼はもしも逮捕状が届いたあかつきには、それが香港の彼のもとに届けられるように指示を出した。それから彼はパスパルトゥーに気づかれることなくラングーン号に乗り込むことができた。彼は客船が香港に着くまで、自分が乗っていることを隠していたいと望んでいた。実際彼のことをボンベイにいると信じていたパスパルトゥーに対して、彼の疑念を目覚めさせることなく、自分がいま船上にいる理由を説明することは困難であったろう。がフィックス刑事は、事態の成り行きから、結局この実直な青年と再度まみえることになる。それがいかなる状況のもとであったか、それをこれからお話ししよう。

刑事の希望と絶望の全ては今、世界のただ一点、香港に集中していた。というのも、客船はシンガポールにはごくわずかな時間しか停泊せず、この町で行動を起こすことは不可能であったからである。従って泥棒の逮捕は香港でなされねばならなかった。さもなければ泥棒はいわば、もはや取り返しのつかぬ形で自分の手から逃れ去ってしまうことになるのだった。

事実香港まではまだ英国の領土だった。がそれはしかし、この周航の途上に存在する最後の英国領土でもあった。その先の中国、日本、アメリカは、フォッグ氏に、ほぼ心配のない隠れ家を提供してしまうはずであった。香港でならば、もしもいま明らかに彼のあとを追いかけてきているはずの逮捕状をそこで受け取ることができれば、フィックスはフォッグを逮捕して地元警察の手に彼を引き渡すことができるはずだった。それは造作無いことだ。しかし香港をすぎてしまうと逮捕状だけでは十分でなく、もうひとつ、犯人の引き渡し状も必要となるのであった。それゆえにあらゆる種類の遅れや滞り、障害が生じ、それに乗じて悪人は決定的に姿をくらましてしまうだろう。したがってこの行動が香港でもしも失敗したら、何らかの成功の可能性とともにそれを再度実行に移すことは、不可能とまではいえないにせよ、少なくとも相当困難になるはずだった。

「しかるがゆえに」とフィックスは、船室ですごす長い時間の間中繰り返すのだった。「しかるがゆえに、もしも逮捕状が既に香港に届いていれば、この手であの男を逮捕することになろうが、もしも逮捕状がまだ届いていない時、その時はなんとしてでも彼の出発を遅らせなくてはならない。すでに俺はボンベイでしくじった。カルカッタでもしくじった。もしも香港でもやつの逮捕に失敗したら、俺の評判はまるつぶれだ。何としてでも成功させなくてはならぬ。しかし、もしもあのいまいましいフォッグの出発を遅らせなくてはならない事態になった場合、いかなる手段を用いたらよいものか。」

あれこれと思案した挙げ句、フィックスはパスパルトゥーに全てを打ち明け、彼の仕えている主人のことを彼に教えてやろうと心に決めた。明らかにパスパルトゥーは彼の主人の共犯者ではなさそうだったからである。この事実を明かされたパスパルトゥーは、かかり合いになることを恐れて、おそらくは自分、フィックスの側《がわ》についてくれることだろう。だがしかしこれは一か八かの手段であって、他に手がないときにしか用いることはできなかった。パスパルトゥーがひと言でも彼の主人に漏らせば、それで事態はもはや取り返しのつかないものとなってしまうはずだったからである。

ラングーン号船上でフィリアス・フォッグに同行していたアウダ夫人の存在は、彼にとって事態の新たな展開を意味した。そして刑事はこの展開を前に、すっかり当惑していた。

あの女性はいったい誰なんだ。どんないきさつから彼女はフォッグに同行することになったのか。二人の出会いがあったのは明らかにボンベイ─カルカッタ間のことだ。しかしそれは半島のどの地点でのことだったのか。フィリアス・フォッグとあの若い女性の旅客をひきあわせたのは単なる偶然だったのか。それとも逆に、このインド横断の旅こそは、あの魅力的な女性と出会う目的であの紳士によって企てられたのではなかろうか。魅力的？　そう彼女は魅力的な女性であった。そしてフィックスはそのことをすでに、カルカッタ裁判所の傍聴席ではっきりと確かめていた。

刑事がどれだけ事態をいぶかしがったかは推測がつく。彼はこの事件に何か犯罪的な略奪がひそんでいるのではないかと自問した。そうだ、そうであるに違いない。この考えはフィックスの頭にしっかりと刻み込まれた。そして彼はこうした事態から自分がどれだけの利益を引き出しうるかを理解した。この女性が結婚していたか否かにかかわらず、略奪があったことは事実だ。そして香港に着いてから、この略奪を行った男に対して、金を支払うだけではすまされないような厄介《やっかい》な状況をつくり出してやることも可能だ。彼はそう考えたのであった。

しかしラングーン号が香港に到着するまで待っていてはだめであった。あのフォッグという男は船から船へと飛び移るという厄介な習性をもっている。そしてフィックスが行動に着手する前に、彼がすでに遠くへ行ってしまっている可能性もあった。

重要なのは従って、英国の当局に通報し、フォッグが下船するよりも前に、香港へのラングーン号の寄港を知らせておくことであった。じつはこれほど容易なことはなかった。客船はシンガポールに立ち寄ることになっており、シンガポールと中国沿岸とは電信線で結ばれていたからである。

がフィックスは、行動に移るよりも前、この作戦がより確実に行われるようにするため、まずパスパルトゥーの気持ちを探ってみようと腹を決めた。彼にはこの青年の口を開かせることがさほど困難でないことが分かっていた。そこで彼はそれまで伏せてきた自分の身許をついに明かすことを決心したのであった。無駄な時間はなかった。今日は一〇月三〇日で、明日にもラングーン号はシンガポールに寄港するはずだった。

かくしてその日、フィックスは船室から出てデッキに上った。これ以上はないという驚きの表情を浮かべながら自分の方からパスパルトゥーに近づいていく心づもりであった。パスパルトゥーは船首のデッキを散歩していた。刑事はその彼の方に早足で歩み寄って大声でこう話しかけた。

「あなたとラングーン号でお会いするとは。」

「フィックスさんが船にいらしたとは。」パスパルトゥーが答えた。パスパルトゥーはモンゴリア号の航海の際の同行者の姿を認めて、すっかり驚いていた。「ボンベイでお別れしたはずが、香港への航路上で再びお会いするとは。もしかしてあなたも世界一周の旅をなさっているのではないですか。」

「いえいえ。」フィックスは答えた。「私は香港にとどまる予定です。少なくとも数日間は。」

「そうですか。」パスパルトゥーは答えた。一瞬驚きの表情が浮かんだ。「しかしカルカッタを出発してから、どうして船上でお姿をお見かけすることがなかったんでしょうかね。」

「それはその、具合が悪くて……そう、少し船酔いをしていたもので、それで船室でずっと横になっていたんです。ベンガル湾はどうも私にはインド洋のようなわけにはいきませんでした。で、あなたのご主人のフィリアス・フォッグ氏はどうしておられますか。」

「元気そのものです。旅程も生活も同じように規則正しくこなしておられます。一日の遅れもありません。そういえばフィックスさん、まだあなたはご存知ないと思いますが、今や我々の一行には若いご婦人も一人いらっしゃるのです。」

「若いご婦人ですって。」刑事は完璧に、自分の話し相手が言わんとしていることが理解できないという様子で答えた。

パスパルトゥーはすぐに、自分の身におこった出来事をフィックスに教えてやった。彼はボンベイのパゴダでの出来事、二〇〇〇ポンドで購入した象のこと、サティーの一件、アウダの奪取、カルカッタ裁判所での有罪判決、保釈金を支払ったのちの解放について語った。フィックスはこれらの出来事の最後の部分は知っていたが、それらことごとくについて知らないふりをしていた。パスパルトゥーはこれほど自分に関心を示してくれる聞き手を前に、自らの冒険譚を語る魅力に無我夢中になってしまった。

「しかし結局のところ、あなたのご主人はあの若いご婦人をヨーロッパまで連れて行かれるおつもりなのですかね。」そうフィックスが尋ねた。

「いいえ、フィックスさん。それは違います。我々はただ、あの方の親戚の一人で香港の裕福な商人のもとに、あの方をお届けしようと考えているだけです。」

「これでは打つ手はない。」刑事はそう独《ひと》り言《ごと》を言った。しかし彼は自分の失望を表にはあらわさなかった。「ジンでも一杯いかがですか、パスパルトゥーさん。」

「喜んで、フィックスさん。ラングーン号での我々の再会を祝して、せめてジンぐらいは飲まなくては。」

17　シンガポールから香港までの航海中におきた色々なこと

この時以来、パスパルトゥーと刑事は頻繁に会うようになった。しかし刑事のほうは彼の旅の友に対して極めて控えめな態度を保っていた。刑事は彼にすすんで話をさせようともしなかった。ほんの一、二度だけ刑事はフォッグ氏の姿を見かけた。フォッグ氏は、アウダ夫人に付き添うため、あるいは彼の変わることのない習慣に従ってホイストをするために、ラングーン号の大広間にいることが多かったのである。

パスパルトゥーはといえば、いままたフィックスが彼の主人の進む途上に現れたこの奇妙な偶然について、真剣に思案を始めていた。それは全く驚かずにはいられない話であった。この慇懃《いんぎん》で愛想のよい紳士と初めて出会ったのはスエズだった。彼はモンゴリア号に乗船してボンベイで船を下りた。そこに滞在する予定だと彼は言っていた。ところがその彼とラングーン号船上で再会した。彼も香港に向かっているという。つまりは彼はフォッグ氏の進む道を一歩一歩あとから追ってきているのだ。これは一考に値することがらだった。少なくともそこには、奇妙な符合が見られた。一体このフィックスは誰に用があるのだろうか。パスパルトゥーは、

ほんの一, 二度だけ彼は見かけた…

フィックスがこのあと自分たちと同時に、しかも恐らくは同じ客船で香港を離れることになるであろうという方に、自分のトルコ・スリッパを(彼はそれを大切にとっておいたのだった)賭けてもいいいような気持ちであった。

パスパルトゥーがたとえ一世紀の間考え続けても、この刑事がどんな任務を帯びているかを想像することはできなかったであろう。彼にはフィリアス・フォッグが泥棒のごとく、地球のまわりを「尾行」されているなどとは思いも及ばなかったろう。しかしながら人間の本性はあらゆるものごとに説明を与えたがるものである。パスパルトゥーの頭にも突然のひらめきが浮かび、彼はフィックスが絶えずそこにいる理由を以下のように説明した。そしてその説明は実に的を射たものであった。彼によればフィックスは、革新クラブの面々が、フォッグ氏の世界一周の旅が定められた経路に従って規則的に遂行されているかを確かめるため、フォッグ氏のあとを追うべく派遣した探偵に他ならず、それ以外ではありえないのだった。

「間違いない。間違いない。」自分の炯眼《けいがん》ぶりにすっかり得意になったこの好青年は何度もそう繰り返した。「彼はクラブの紳士方が我々のあとをつけさせようと送り込んだスパイなのだ。全く堂々としないやり方だ。フォッグ氏はあれほど廉直で、あれほど立派な方だというのに。その方を探偵に見張らせるとは何ということだ。革新クラブの会員諸氏よ、このことはいずれ皆さんにとって高くつくことになりますよ。」

自分の発見に有頂天となったパスパルトゥーであったが、このことについては何一つ主人には漏らすまいと心に決めた。賭けの相手が示したこの不信感によって主人が傷つくのではないかと恐れたためであった。ただフィックスについては、機会があればそれとなく、面倒が生じない程度にからかってやろうと思った。

一〇月三〇日水曜日の午後、ラングーン号はマラッカ半島とスマトラの陸地を隔てているマラッカ海峡の中に入っていった。高く切り立った山からなる美しい島々が手前に並び、そのために船客たちの視界には、大きなスマトラ島の光景は入ってこなかった。

ラングーン号は正規の航海時間より半日早く、翌日の朝四時、備蓄用石炭の補給のためにシンガポールに寄港した。

フィリアス・フォッグは稼いだ時間を、「利益」欄に書き入れた。そして今回はアウダ夫人に付き添って船を下りた。夫人が何時間か外を歩いてみたいと望んだからである。

フォッグのあらゆる行動を疑わしいと感じているフィックスは、気づかれることなく彼のあとをつけた。パスパルトゥーはこのフィックスの動きを見て内心で笑い、それからいつもの通りの買い物に出かけていった。

シンガポール島は広くもなく、威圧的な外観も持っていない。山々が、すなわち明瞭な輪郭をつくる要素が、そこには欠けているのである。しかしこの島は貧弱な中にも魅力を欠いてはいなかった。それはあたかも美しい街道から離れて存在する一つの公園のようであった。ニュー＝オランダ〔北西部オーストラリアの古名〕から取り寄せられたすらりとした馬たちが引く美しい馬車に乗って、アウダ夫人とフィリアス・フォッグは、輝くような葉をつけた椰子の木や、その半ば開かれた花の蕾《つぼみ》から丁子をつくるクローブの木々の密生する中を進んでいった。そこには、ヨーロッパの田園の棘《とげ》の多い生け垣の代わりに、胡椒の木の灌木が立ち並んでいた。また、サゴ椰子や見事な枝ぶりの背の高いシダが、この熱帯地方の光景に変化をつけていた。艶のよい葉をつけたナツメグの木々は、大気を強い芳香で満たしていた。森の中にはすばしこい皺くちゃ顔の猿たちの群れも棲《す》んでいたし、ジャングルには恐らく虎すらもいた。どちらかといえばかなり小さなこの島で、この恐ろしい肉食獣がいまだ最後の一頭に至るまで駆逐されていないことを知って驚くむきには、虎たちがマラッカから海峡を泳いで渡ってきているのだという答えが与えられることであろう。

二時間自然の中を散策したあと、アウダ夫人と、いささかうわの空であたりを眺めていたその同伴者は町に戻ってきた。町は、重たく、押しつぶされたような家々の広大な集合体のようであった。家々のまわりはマンゴスチンやパイナップルや、世界でも最も美味なありとあらゆる果物の植えられた、美しい庭で囲まれていた。

一〇時に二人は客船に戻った。実は気づかぬうちに二人はずっと刑事にあとをつけられてい

しかしこの島は貧弱な中にも魅力を欠いては
いない.

たのであった。刑事もまた高額を支払って馬車をしつらえたのである。

パスパルトゥーは二人をラングーン号のデッキで待っていた。この好青年は何十個ものマンゴスチンの実を購入していた。実の大きさは中くらいのリンゴ程度で、色は外側が暗い褐色、内側が鮮やかな赤色だった。その白い果肉は唇と唇の間で柔らかく溶けて、真の食通たちにこの上もない喜びを提供するのであった。パスパルトゥーは喜んでこの果物をアウダ夫人に差し出した。夫人はうやうやしく彼に礼を言った。

一一時、石炭を一杯に積んだラングーン号がもやい綱を解いた。その数時間後には既に旅客たちの目には、地上で最も美しい虎たちの棲む森がある、あのマラッカの高い山々の姿は見えなくなっていた。

シンガポールと、中国沿岸に突き出た小さな英国領の香港島を隔てている距離はおよそ一三〇〇マイルである。フィリアス・フォッグにとって、日本の主要な港の一つである横浜にむけて一一月六日に出発するはずの船に香港で乗船するためには、最大でも六日間でこの距離を航行する必要があった。

ラングーン号には実に大勢の乗客がいた。乗客の多くはシンガポールで乗り込んできたインド人やセイロン人、中国人、マレー人、ポルトガル人で、彼らの大部分は二等船室に座をしめていた。

それまで続いたかなりの好天は月が下弦の時期に入ると変化した。高潮が訪れ、時に風は突風となって吹いた。が、それは幸運にも南東の方角から吹く風で、船の運行にはむしろ好都合であった。順風が吹いている間、船長は帆を張った。二本マストのラングーン号は、しばしばその二つの中檣帆《トップスル》と、前檣帆《フォースル》を使って航行した。その速度は、蒸気と風の二重の推進力によって増した。かくして一行は、小刻みな波を越えながら、安南、コーチシナ沿岸を進んでいった。しかしその波はまた時に多大の疲労をもたらした。

実はこの疲労の原因は潮よりもむしろラングーン号にこそあった。大部分の旅客が船酔いし、彼らは、自分たちの疲労はこの客船のせいなのだと言って責めようとした。

確かにシナ海沿岸を巡航するインド半島・オリエント会社の船舶には重大な設計上の欠陥があった。荷を積んだ吃水部分と、吃水線より上の、竜骨から上甲板までの長さとの比の計算が的確でなく、それゆえに船は高潮に対してはわずかの耐性しか持っていなかったのである。船全体の中の、水をかぶることのない遮蔽《しゃへい》部分の容積が十分でなく、海洋用語を使うなら、それらの船はいわば「溺れた」状態にあった。この構造ゆえに、何度かの大波を受けただけで船はもうその歩みを変化させてしまうのであった。それゆえこれらの船舶は、エンジンや蒸気機関についてはともかく、少なくともその構造に関しては、「アンペラトリス号」や「カンボジア号」といったフランス海運所有の船のタイプと比べて相当に劣っていた。技師の計算によると、フランス海運の船が、その重さと等しいだけの水をかぶらなければ沈むことがないのに対して、「ゴルコンダ号」「コリア号」そして「ラングーン号」などのインド半島会社の船舶は、それ自身の重さの六分の一の水をかぶっただけで船底から海の中に沈んでしまうだろうということだった。

従って天候の悪い時には十分に注意をする必要があった。時には帆を最小限に張って、出力も落としてやる必要があった。この時間のロスをフィリアス・フォッグは何ら気に留めてはいない様子だった。がパスパルトゥーの方は、そのために大いに苛立《いらだ》っていた。彼は船長を、機関士を、また船会社を責めた。旅客運搬に関与している全ての人間を、彼は悪《あ》しざまに罵《ののし》った。彼のこの苛立ちにはおそらく、サヴィル＝ロウの家で、彼が支払う使用料を嵩《かさ》ませながら今も燃えつづけているであろうあのガス灯もまた、大いに関係していたに違いない。

「これはまた、ずいぶん香港到着を急いでおられるようですね。」刑事はある日、彼にそう尋ねた。

「とても急いでいますとも。」パスパルトゥーは答えた。

「フォッグ氏が急いで横浜行きの船に乗られようとしているとお考えなのですか。」

「恐ろしいほどの急ぎようです。」

「じゃああなたは、今ではあの奇妙奇天烈《きてれつ》な世界一周の旅なるものを信じておられるのですか。」

「全くもってその通り。でフィックスさん、あなたは。」

「私ですか。私はそんなもの信じてはいませんよ。」

「冗談が好きな方ですね。」パスパルトゥーはそう言って目配せした。

この言葉を聞いて刑事は考えこんだ。自分でも理由はよくわからなかったが、この形容語は彼を不安にさせた。このフランス人は自分の意図を見抜いたのだろうか。どう考えたらよいのか彼にはわからなくなっていた。ただ自分だけしかその秘密を知り得ない自分の刑事という身分について、パスパルトゥーが見抜いているはずはなかった。が、自分にあのような言葉で話しかけてきた以上、パスパルトゥーが腹になにごとか隠していることは確かだった。

別の日には好青年はもっと大胆にものを言ってきた。それは彼にも抑えられない衝動からだった。パスパルトゥーは口をとざしていることができなかったのである。

彼は皮肉っぽい調子で、彼の旅の同行者に話しかけた。「ねえフィックスさん。香港に着いたあとは、残念なことにそこでお別れなんですか。」

「いや、それはなんとも。うーん、そうですね……」フィックスは困惑して答えた。

「さらにご同行ねがえれば私にとっては望外の幸せなのですがね。そもそもインド半島会社職員たるもの、途中で旅をやめるなどということがあってはなりませんよ。はじめはボンベイまでしかいらっしゃらないはずが、もうすぐ中国だというところまで来てらっしゃる。アメリカだって遠くはありませんよ。そしてアメリカからヨーロッパは、もう目と鼻の先だ。」

フィックスは、この世で最も愛想のよい顔をした彼の話し相手をまじまじと見つめた。が、つぎからつぎへと考えが浮かんでくる。それから自分もこの男と一緒に笑うことに腹を決めた。が、つぎからつぎへと考えが浮かんでくるらしいパスパルトゥーの方はフィックスにこう尋ねた。「この仕事はずいぶんと儲かるんですか。」

「そうともいえるし、そうでないともいえますね。」フィックスは眉一つ動かさずにそう答えた。「金になる仕事とそうでない仕事があるのです。ただ、旅の費用は自分で払っているわけではありませんよ。」

「いや、それはそうでしょうとも。」パスパルトゥーは更にいっそう高らかに笑った。

話が終わるとフィックスは自分の船室に戻って考え始めた。自分の身分が割れたことは明らかだった。どのような方法であれ、このフランス人は自分の刑事という身分を見抜いてしまったのだ。が、やつは主人にそのことを既に知らせただろうか。この一件全体の中でやつの果たしている役割は何なのだろうか。やつも共犯なのか、そうではないのか。自分の計画は露顕し、従って失敗に終わったということなのか。刑事はこうして船室で何時間も苦悩の時を過ごした。ある時には全てが水泡に帰してしまったと思い、ある時にはフォッグがまだ状況を知らされていないのではと期待を抱いた。そして結局は、そのどちらの立場をとったらよいか分からなくなってしまった。

しかしやがて彼の脳内に平静がもどった。彼はパスパルトゥーに対して、率直にふるまうことに腹を決めた。もしも香港でフォッグを逮捕できるための条件が整わず、フォッグが英国領土を今度こそは最終的に離れる構えを見せたならば、その時には全てをパスパルトゥーに話すことにしよう。もしもこの召使が彼の主人の共犯者で、主人の方も全てを知っていたとしたら、その時には計画は決定的に台無しとなろう。がもしも召使の方は全く盗みに関わっていなかったとしたら、彼にとっては泥棒を見捨てて逃げる方が得と思われることだろう。

こうしたところが、これら二人の人物それぞれの状況であった。そしてフィリアス・フォッグは、彼ら二人の頭上を、いわば威厳ある無関心とともに飛翔していた。彼は自分の周囲を回る小惑星などには気を留めることなく、計算に基づきながら世界のまわりに彼の軌道を描き出していた。

がしかし彼のすぐ近くには、続けて天文学の用語を用いるならば、この紳士の心の上に何らかの摂動《せつどう》〔天体が他の惑星の引力のために軌道からずれること〕をもたらしかねない一つの気掛かりな天体の姿があった。いやしかし、それはありえない話だった。パスパルトゥーが大いに驚いていたのは、アウダ夫人の魅力の作用が何ら及んでいないということなのであった。摂動がもしもありえたとして、それは海王星の発見へと導いた天王星に対する摂動よりも更に計算の困難なものであったことであろう。

確かに、女性の目の中に主人に対する一杯の感謝の念を見て取っていたパスパルトゥーにとって、それは日々感じられる驚きであった。全くフィリアス・フォッグが意を用いるのは、いかにして英雄的にふるまうかということだけなのであって、いかにして恋する人間としてふるまうかなど、彼の眼中にはないのだった。同時にまた、この旅の様々な機会に彼のうちに生じた数々の心配ごとも、その片鱗すらもはや残ってはいなかった。これに対してパスパルトゥーの方は、相変わらず気が気でない状態がつづいていた。ある日彼はエンジン室の手すりにもたれかかって力強い機械装置を見ていた。時に激しい縦揺れが起きてスクリューが波の外で空転すると、機械は激しく唸った。そんな時、排気弁から蒸気が吹き出し、それがこの好青年の怒りを引き起こした。

「この弁の内部には十分な蒸気が充塡《じゅうてん》されていない。」そう彼は叫んだ。「これじゃあ前に進まない。英国人てやつはこれだから困るんだ。これがアメリカの船だったら、たしかに波の上をはねまわる乗り心地かもしれないが、今よりは速く進むはずだ。」

18　フィリアス・フォッグ、パスパルトゥー、フィックスは、めいめいそれぞれの仕事にかかる

航海の最後の数日は天気もかなり悪かった。風も相当に強く吹いた。ひたすら北西の方角から吹いてくるその風は客船の進行の妨げとなった。あまりにも不安定な構造のラングーン号はそのためにひどく横揺れした。船客たちが、風が沖合から運んでくる、延々と続くむかつくような大波を恨めしく思ったのも当然であった。

一一月三日、四日の二日間は嵐となった。突風が激しく海をたたいた。未明の薄暗がりの中、ラングーン号は最小限に帆を張り、スクリューを毎分一〇回転だけさせたままにして、波にまかせて斜行した。使わない帆は全てたたまれていた。しかしそれでもなお多くの船具が強風の中でひゅうひゅうと音をたてていた。

想像されるように、客船の速度は相当に落ちた。そして、香港到着は定刻より二四時間遅れることが予想された。嵐がこのまま止まなければ遅れはさらに大きくなるはずだった。

フィリアス・フォッグは、いつものあの動じることのない表情で、あたかも彼自身と直接戦

っているかのようなこの猛り狂う海の光景を眺めていた。彼の表情はひとときも曇ることはなかった。が、二四時間の遅れが生じれば横浜行きの客船の出発時刻に間に合わなくなり、それが彼の旅に支障を来すことにもなりかねないのであった。しかし悠揚《ゆうよう》迫らぬこの人物は、あせりも不安も感じることがなかった。それはあたかも、この嵐も全く計画のうちであり、予測されていたかのごとしであった。この不測の事態についてこの旅の友と語り合ったアウダ夫人もまた、彼の様子をそれまでと変わりなく平静であると感じた。

フィックスはこうした事態に対して同じ見方をしてはいなかった。逆にこの嵐は彼を喜ばせていた。もしもラングーン号が嵐を避けて遠回りせざるを得ないことにでもなれば、彼の満足はそれこそ際限のないものとなったことであろう。こうした遅れは彼にとって好都合であった。なぜなら、それによってフォッグ氏は香港に数日間足止めされることになるからだった。結局のところ天空は、突風や強風を引き起こして、彼の側についてくれた。たしかに彼は多少の船酔いはした。がそんなことは気にならなかった。彼は数えきれないくらいの嘔吐《おうと》を経験した。しかし彼の肉体が船酔いのもとでのたうつ時、彼の精神は大いなる喜悦を味わうのだった。

一方パスパルトゥーについては、彼がどれほどの怒りのうちにこの苦難の時を過ごしたか、想像がつこうというものである。その怒りを彼はほとんど隠そうともしなかった。それまでは全てがあんなにもうまくいっていた。大地も水も、自分の主人にその身をささげているように見えた。汽船も汽車も自分の主人につき従っていた。風も蒸気も一体となって主人の旅の手助けをしていた。しかしついに、誤算の時が告げられてしまったのか。パスパルトゥーはまるで二万ポンドの賭け金を自分の懐から出さねばならないかのようで、生きた心地ではいられなかった。この嵐が彼を憤らせ、この強風が彼を激怒させた。彼はこの不従順な海を、鞭でたたくことさえしかねない様子だった。青年は何とも可哀相に見えた。フィックスは自分の感じている満足を彼には注意深く隠した。隠しおおせたことはよかった。なぜならもしもパスパルトゥーが、フィックスが内心で感じている満足を見抜いてしまったとしたら、フィックスはしばし手荒い応対を受けることになったであろうからである。

突風が吹き荒れている間、パスパルトゥーはずっとラングーン号のデッキにいた。彼には船室に残ってなどいられなかったのである。彼はマストによじ登った。乗組員たちも目を見張った。彼は猿のような身軽さであらゆる作業に協力した。幾度となく彼は船長や航海士や水夫たちに質問をした。彼らはこれほどまでにあわてふためいている青年の姿を見て、笑い出さずにはいられなかった。パスパルトゥーがどうしても知りたかったのは、嵐がどれだけの間続くかであった。そこで船員たちはパスパルトゥーに、一向に上がろうとしない気圧計を見せた。パスパルトゥーは気圧計を揺さぶった。しかし揺さぶってみても、また、何の責任もないこの道具に悪態を浴びせかけても、何をやってみても効果はなかった。

彼は乗組員たちの目を見張らせ，あらゆる作業に協力した．

とうとう嵐のおさまる時がきた。一一月四日の一日のうちに海の状態は変化した。風は南に二ポイント〔羅針盤上で一ポイントは一一度一五分〕逸《そ》れ、前のように順風となった。

パスパルトゥーも徐々にもとの落ち着きを取り戻していった。高い帆も低い帆も再び張ることが可能になった。そしてラングーン号は見事な快速で再び航路を進んでいった。

しかしながら、失った時間の全てを取り戻すことは不可能だった。この事実は受け入れる他はなかった。ようやく陸地が認められたのは六日の朝五時になってからのことであった。フィリアス・フォッグの旅程表には客船の到着は五日と記されていた。が実際には六日にしか着くことができなかったのである。つまり二四時間の遅れが生じていたのであり、横浜行きの船の出発にはもはや絶対に間に合わない時刻だった。

朝の六時、水先案内人がラングーン号に乗り込んできた。彼は、タラップに場所をとって、暗礁の間の水路をぬいながら船を香港の港まで導いていった。

パスパルトゥーはこの人物に質問したくてたまらなかった。どうしても彼に、横浜行きの客船が既に香港を出航してしまったかどうか尋ねたくて、いてもたってもいられない気持ちだった。けれど結局彼には聞く勇気が出なかった。彼はむしろ、最後の瞬間までわずかな希望を残しておきたいと望んだのであった。彼は自分の心配をフィックスに打ち明けた。すると狡賢《ずるがしこ》いフィックスは彼を慰めようとして、フォッグ氏は次の客船に乗ればよいだけのことだと言った。

パスパルトゥーもこれには青ざめるほど怒った。

パスパルトゥーが案内人についに質問することができなかったのに対し、フォッグ氏は、彼の『ブラッドショー』を調べてから、穏やかな様子で件《くだん》の水先案内人に、香港から横浜に向かう船がいつ出発するか知っているかと尋ねた。

「明日の朝の満潮時です。」水先案内人はそう答えた。

「そうですか。」フォッグ氏は何の驚きも表さずに言った。

そこにいあわせたパスパルトゥーは案内人を抱擁せんばかりであった。逆にフィックスがそこにいれば、案内人の首を絞めあげたいと思ったことであろう。

「その汽船の名は何というのですか。」フォッグ氏が尋ねた。

「カーナティックという名です。」案内人は答えた。

「が、その船は昨日出航するはずだったのではないですか。」

「その通りです。が、ボイラーの一つを修理する必要が生じて、出発が明日に延期されたのです。」

「教えてくれてありがとう。」フォッグ氏はそう答えると、機械のような足取りで再びラングーン号の談話室へと下りていった。

パスパルトゥーは案内人の手を握り、彼の体を抱きしめてこう言った。

「案内人さん。あんたはいい人だ。」

おそらく案内人は、なぜ彼の答えがこれほどの友情にみちた心情の表出に値したのかが全くわからなかったに違いない。汽笛が一つ鳴り、案内人は再びタラップにのって、船を、ジャンクやボートや漁船、それに香港の狭い海峡を一杯に埋めつくしているあらゆる種類の船舶の間を導いてすすませた。

一時にラングーン号は埠頭に着いた。そして乗客たちは船を下りた。

こうした状況において、偶然の力が大いにフィリアス・フォッグの味方となったことは認めざるをえない。ボイラーを修理するという必要が生じなければ、カーナティック号は一一月五日に出発していたであろうし、そうすれば日本にむかう客たちは、次の船の出発まで八日間またなくてはならなかっただろう。

無論それでもフォッグ氏が二四時間遅れていたことは確かだった。が、これだけの遅れならば残りの旅程に面倒な結果を及ぼすことはありえなかった。

実際、横浜とサンフランシスコを結んで太平洋を横断している汽船は、香港から来る船との間に直接の接続があり、後者が到着しない限り前者は出発できなかった。無論横浜ではまだ二四時間の遅れは残る。しかし、太平洋横断に要する二四日の間に、この遅れを取り戻すことは容易であると思われた。フィリアス・フォッグは従って二四時間の遅れを除けば、当初の計画通りの状況にあった。ロンドンを発ってから三五日が経過していた。

カーナティック号は翌日の朝五時にならなければ出発しなかった。ということはフォッグ氏は彼の仕事、つまりアウダ夫人に関わる仕事を済ませるために一六時間を使うことができた。下船に際して彼はこの若い女性に腕をさしのべ、彼女を輿《こし》まで導いた。彼は担ぎ手たちにどこかホテルを教えてほしいと頼んだ。担ぎ手たちは彼にクラブ・ホテルを教えた。輿が動き出し、その後にパスパルトゥーが続いた。二〇分後には輿は目的地に着いていた。

アパルトマンが一つ女性のために確保された。フィリアス・フォッグは彼女の必要なものが全てそろっているかどうか注意を払った。それから彼はアウダ夫人に、自分はただちに彼女の親戚の人物を探しはじめるつもりであると告げた。彼女を香港に残すにあたっては、この人物に彼女の世話を託すはずであった。同時に彼はパスパルトゥーに、女性が一人っきりになることがないよう、自分が戻るまではホテルに残っているようにと命じた。

紳士は御者に、証券取引所まで連れていくように言った。そこならば、この町の最も裕福な商人の一人である誉れ高きジェジー氏のような人物の名は、必ずや知られていると考えたからである。

事実フォッグ氏が尋ねたブローカーはこのパールシーの仲買人のことを知っていた。しかし既に二年前からこの人物は中国にはもう住んでいないとのことだった。一財産を築いた彼はヨーロッパに定住したというのだった。オランダではないかということであった。彼が商売をしている間、この国との間に数多くの商取引があったことを思えばそれも当然だった。

フィリアス・フォッグはクラブ・ホテルに戻った。ただちに彼はアウダ夫人に面会の許可を申し入れた。そして前置きを全て省いて、彼は夫人に、かの誉れ高きジェジー氏がもう香港には居住していないこと、恐らく彼はオランダに住んでいるだろうことを知らせた。

彼の言葉にアウダ夫人ははじめは何も答えなかった。彼女は手を額にあててしばらくの間考え込んだ。それから彼女はその穏やかな声でこう言った。

「フォッグさん。私、どうしたらよろしいでしょう。」

「全く簡単です。」紳士は答えた。「ヨーロッパにいらっしゃればよい。」

「そこまでご好意に甘えることは……」

「甘えているなどということはありません。あなたがいらっしゃることは何ら私の旅程の支障にはなっていません。パスパルトゥー君。」

「はい。」パスパルトゥーが答えた。

「カーナティック号まで行って船室を三つ確保してきなさい。」

パスパルトゥーはすぐにクラブ・ホテルを後にした。自分にとてもやさしくしてくれるこの若い女性と一緒に更に旅を続けることができて、彼は大いに満足していた。

19　パスパルトゥー、自分の主人に強すぎる関心を抱く。そしてその結末

香港は小さな島で、一八四二年の戦争〔アヘン戦争〕のあと、南京条約によって英国の所有となることが決まった。数年の間に英国の植民地土木技術によってこの地に立派な都市が築かれ、港が一つ開かれた。ビクトリア港がそれである。この島は広東川の河口に位置し、対岸にたつポルトガルの町マカオとの間は六〇マイル〔六〇キロメートルの誤りと思われる〕の距離で隔てられているだけである。香港は通商の戦いでマカオを破る必要がどうしてもあった。そしていまでは、中国の貨物の大半は、この英国の町の方を経由している。建ち並ぶドックや病院、埠頭、倉庫、ゴチック様式の大聖堂や総督官邸、それにマカダム舗装を施された通りを目にすると、まるで、ケント伯爵領かサリー伯爵領の商業都市の一つが地球の球を突き抜けて、ほとんどそれらの対極に位置するこの中国の一地点に姿を現したかのように思われるほどである。

パスパルトゥーはポケットに手をつっこんで、いまだこの天上の帝国においては好んで用いられている輿《こし》や幌つき手押し車を、また、通りにひしめく中国人や日本人、ヨーロッパ人の群

れを眺めながら、ビクトリア港に向かった。若干の違いを除いて、この実直な青年が彼の途上にいま見出したのは、再びあのボンベイ、カルカッタ、シンガポールと同じ光景であった。このようにイギリスの都市は、世界中に点々と長く続いているのであった。

パスパルトゥーはビクトリア港に着いた。そこ、広東川の河口には、あらゆる国の船がひしめきあっていた。英国船、フランス船、アメリカ船、オランダ船がいた。戦艦もいれば商船もいた。日本や中国の小舟やジャンク、サンパン、ボートが見られた。さらにはまた、まるで海上に浮かぶ花壇のような、花々で飾られた船もあった。パスパルトゥーはぶらぶらと歩きながら、黄色い服を身にまとった何人かの現地人の姿を見かけた。どの人物も相当歳をとっていた。「中国風」にひげを剃《そ》ってもらおうと思った彼は中国人の床屋に入って行き、そこでかなり上手な英語を話すこの土地のフィガロから、これらの老人が皆少なくとも八〇歳にはなっていることを知らされた。この歳になると、皇帝の色彩である黄色を身につける特権が与えられるというのだった。パスパルトゥーはなぜかはよくわからないが、このことを面白いと感じた。

顎ひげの処理が終わると彼はカーナティック号乗船用の波止場に赴いた。フィックスが波止場を行ったり来たりしている姿が目にとまった。そのこと自体は彼にとって何らの驚きではなかった。しかし刑事はその顔に、強い落胆の色を漂わせていた。

「どうやら革新クラブの紳士面々にとっては面白くない展開のようだぞ。」パスパルトゥーは

パスパルトゥーは何人かの現地人の姿を見かけた．

そう内心で思った。

そして彼は、同行の友のむっとした様子を見ないようにしながら、陽気な笑いを浮かべてフィックスに近寄った。

実は刑事には、彼につきまとう地獄のごとき不運を呪うだけの当然の理由があった。逮捕状がここにも届いていなかったのである。逮捕状が自分のあとを追いかけてきていることは明らかだった。そして数日間この町に滞在しさえすればそれが彼の手元に届くはずだった。香港は全行程中最後の英国領であった。したがってもし彼がここでフォッグ氏を取り抑えることができなかったら、フォッグ氏は永遠に彼の手元を離れてしまう危険があった。

「で、フィックスさん。我々と一緒にアメリカまでいらっしゃる決心はおつきになりましたか。」パスパルトゥーが聞いた。

「ええ。」フィックスは歯噛《はが》みしながら答えた。

「それは結構。」パスパルトゥーは大きな笑い声をあたりに響かせながら言った。「あなたが我々と離れられないことはよくわかっていましたよ。さあ、席を予約しに行きましょう。さあさあ。」

こうして二人は船会社の事務所に入っていって、四人分の船室を確保した。すると事務員は、カーナティック号の修理が終わったので、客船は予告されていたように明日の朝ではなく、今晩の八時に出発することになったと知らせた。

「それはいい。それは私の主人にとっては好都合だ。さっそくお知らせすることにしよう。」

パスパルトゥーはそう答えた。

この時フィックスは一か八かの決断をした。彼は全てをパスパルトゥーに打ち明けることに決めた。恐らくはそれが、数日間フィリアス・フォッグを香港に足止めできる唯一の手段だった。

船会社の事務所を出ながら、フィックスは彼の旅の友に、居酒屋で冷たいものをおごると申し出た。パスパルトゥーも時間はあった。彼はフィックスの申し出を受け入れた。

居酒屋は波止場に面していて、感じのよさそうな外観をしていた。二人は中に入った。中は装飾豊かな大部屋で、奥にクッションつきの折り畳み式ベッドが置かれていた。このベッドの上に何人かの男たちが一列に体を横たえて眠っていた。

広間には三〇人ほどの客がいて、彼らは、藺草《いぐさ》を編んで作ったいくつかの小さな机を取り囲むように座っていた。彼らのうちのある者は、一パント〔約〇・九三リットル〕入り容器に注《つ》がれた、エールやポーターなどの英国ビールを、また他の者はジンやブランデーなどのアルコール類の酒壺を飲み干しているところだった。そして彼らのほとんどが、薔薇《ばら》の香油の混じった小さな阿片の球を一杯に詰めこんだ、赤く長い陶製のパイプを吸っていた。そして時折、ぐったりとなって机の下にころがる吸飲者が出ると、店の従業員が彼の足や頭をつかんで折り畳み式ベッドの上に運んで行き、彼と同じような状態にある他の者のかたわらに置いた。そこには、この種の酔っぱらいたちが二〇人ほど隣り合わせに寝かされていた。彼らの意識はこれ以上はありえないほどに朦朧《もうろう》としていた。

フィックスとパスパルトゥーは自分たちが足を踏み入れたのが、あの阿片と呼ばれる危険な薬を服用して感覚が麻痺し、体も痩せ細り、知能も衰えてしまった惨めな人間たちが出入りしている喫煙所の一つであることをさとった。商売に目のない英国はこうした人々に阿片を売りつけて、年二億六〇〇〇万フランもの収入を得ているのであった。この何億という金はなんと悲しい金であったろうか。それは、人間の本性の、この上もなく有害な悪徳の一つを利用してせしめた金なのだ。

中国の政府は、厳しい法律によってこうした悪弊を断とうと努力を重ねてきた。しかし効果はあがらなかった。はじめ阿片の服用は裕福な層だけに厳しく限定されていた。しかしやがてその使用は下層階級にまで及び、荒廃はもはやとどめようがなくなった。この中華の帝国においては至る所で、いつ何時《なんどき》でも人々は阿片を吸っていた。男性も女性もこの嘆かわしい熱狂のとりこになっていた。そして一度吸飲の習慣がついてしまうとそれを断つことはできなかった。無理に断とうとすればひどい胃痙攣《いけいれん》を経験することになるのだった。大量に吸う人の場合には一日でパイプ八つ分を服用することもあった。が、こうした人間の命は五年でなくなるのだった。

さて、フィックスとパスパルトゥーが冷たいものを飲もうと思って入っていったのは、香港においてすらも増殖をはじめた、多数の阿片喫煙所のひとつであったのである。パスパルトゥーは金をもっていなかった。が彼は、しかるべき時と場所で返礼をしようと心に決めて、彼の旅の友の「好意」をすすんで受け入れることにした。

二人はポルト酒を二本注文した。主として酒を飲んだのはフランス人の方だった。これに対してフィックスの方は控えめにしか酒を飲まず、この上もなく注意深く彼の友を観察していた。様々な事柄が話題になった。とりわけフィックスが思いついてくれた、カーナティック号に乗船するという素晴らしい考えについて二人は話した。そして丁度、この汽船の出発が何時間か早まったという話題になったとき、酒の瓶が空になったこともあって、パスパルトゥーは、自分の主人にそのことを知らせに行くと言って立ち上がった。

フィックスは彼をひきとめた。

「ちょっと待って下さい。」そうフィックスは言った。

「何ですか、フィックスさん。」

「あなたに真面目な話をしなくてはならないのです。」

「真面目な話ですって。」パスパルトゥーはグラスの底に残っていた何滴かの葡萄酒《ぶどうしゅ》を飲み干しながらそう言った。「いや、それなら明日話しましょう。今日は時間がありません。」

「そうあわてずに。実はあなたのご主人の話なのです。」

主人という言葉を聞いて、パスパルトゥーは彼の対話の相手の顔を凝視した。

フィックスの顔の表情が、彼には普通ではないように見えた。パスパルトゥーは再び腰掛けた。

「私におっしゃりたいこととは一体何なのですか。」そう彼は聞いた。

フィックスは彼の手を友の腕の上に置き、声をひそめてこう尋ねた。

「私が何者か、あなたはもう見抜いていらっしゃいますか。」

「勿論ですよ。」パスパルトゥーは笑いながら言った。

「ではすべてあなたに打ち明けることにしよう。」

「大将、いまじゃ私は何から何まで知っていますよ。でもありゃあ賢いやり方とはいえないね。まあこのままおやりなさいよ。でも前もって言わせてもらいますがね、あの紳士たちはずいぶんと無駄に散財なさったことですね。」

「無駄にですって。いやに落ち着いておっしゃいますね。どうやら金額の高さをご存知ないようだ。」

「知っていますとも。二万ポンドでしょ。」パスパルトゥーは答えた。

「それが五万五〇〇〇ポンドなんです。」フィックスがフランス人の手を強く握りながら言った。

「なんですって。」パスパルトゥーが大声をあげた。「フォッグさんがそこまでやるとはねえ。五万五〇〇〇ポンドですか。」それから彼は再び立ち上がりながらこう言い足した。「それならばなおさら一刻もむだにすることはできない。」

「五万五〇〇〇ポンドですよ。」フィックスはブランデーをもう一瓶注文してから、そう言ってパスパルトゥーを今一度すわらせた。「もし成功すれば、私は二〇〇〇ポンドの報酬を得ることができる。私を助けるという条件で、報酬のうち五〇〇ポンド（一万二五〇〇フラン）を手に入れたくはないですか。」

「あなたを助けるですって。」パスパルトゥーは叫んだ。その目はとてつもなく大きく開かれていた。

「ええ、私を助けてフォッグ氏を数日間香港に引きとどめていただくという話です。」

「一体あんた何言っているんだ。」パスパルトゥーが言った。「なんてことだ。あの紳士連中ときたら、私の主人のあとをつけさせ、主人の誠実さを疑うだけではまだ満足できずに、その行く手を邪魔しようとまで考えているのか。全く恥ずかしい連中だ。」

「それは何のことをおっしゃっているのですか。」フィックスが尋ねた。

「全くもって不誠実だと言いたいんですよ。まるでフォッグさんの身ぐるみはいで、ポケットの金を奪い取るのと同じようなものですよ。」

「いやまさしくそこまでできればと我々は考えているのです。」

「そりゃあ陰謀だ。」フィックスの注ぐブランデーを知らぬうちに飲んでいたパスパルトゥーは、酒の効果でますます勢いづいてそう大声で言った。「そりゃあ正真正銘の陰謀だ。何が紳士だ。何が会員だ。」

フィックスにはわけが分からなくなりはじめてきた。

「何が会員だ。何が革新クラブの会員だ。ねえフィックスさん。私の主人は誠実な方ですよ。あの方が賭け事をなさる時、あくまでも正々堂々としたやり方でその賭けに勝とうとなさいますよ。」

「あなた、一体私のことを誰だと思っていらっしゃるのですか。」フィックスはパスパルトゥーにじっと視線を注ぎながら聞いた。

「勿論、私の主人の旅程を監視する任務を帯びた、革新クラブ会員諸氏の代理人でしょう。ずいぶんと失礼な話だ。だから、しばらく前から私にはあなたの身分について察しがついていたが、フォッグさんにはそれを言わないようにしていたんだ。」

「じゃあ彼は何も知らないのですか。」フィックスは勇んでそう尋ねた。

「ええ何も。」パスパルトゥーはまたも一杯飲み干しながらそう答えた。

刑事は自分の額に手をあてた。もう一度語り出す前に彼は逡巡《しゅんじゅん》した。自分は今どうすべきなのか。パスパルトゥーの誤解は偽りのものではなさそうだった。しかしこの誤解は自分の計画をますます困難にしてしまう。この青年が全くの誠意をもって話をしていること、そして青年が、フィックスが恐れたようには、彼の主人の共犯者などでは全くないことは明白だった。

「そうか、彼がやつの共犯でない以上、彼は私の手助けの方を選ぶだろう。」フィックスはそう考えた。

刑事は改めて意を決した。それに、もはや待っている時間はなかった。何としてもフォッグを香港で逮捕する必要があった。

フィックスは短く言った。「いいですか。私の言うことをよく聞いて下さい。私はあなたの考えている人間ではない。つまり革新クラブの代理人ではないのです。」

「なんだって。」パスパルトゥーは小馬鹿にした様子で彼を見ながら言った。

「私は刑事だ。内地警察の任務を帯びてここにいるのだ。」

「あんたが、刑事だって。」

「そうだ。その証拠をお見せしよう。」フィックスは言った。「これが委任状だ。」

フィックスは短く言った.「私の言うことをよく聞いて下さい.」

それから刑事は札入れから書類を一枚取り出し、彼の友に、中央警察署長の署名入りの委任状を見せた。パスパルトゥーは仰天して、言葉を発することもできぬままフィックスを凝視した。フィックスが言葉を継いだ。「フォッグ氏の賭けは単なる口実にすぎません。あなたも、革新クラブの面々も、皆それにだまされてきたのです。彼にとって、あなたたちがそれと知らず共謀してくれていることは得になることだったからです。」

「でもまたどうして。」パスパルトゥーが叫んだ。

「こういうことです。さる九月二八日、英国銀行において五万五〇〇〇ポンドの窃盗事件が起きました。そして窃盗を働いた者の人相書きが作られました。これがその人相書きですが、一つ一つの特徴に至るまでフォッグ氏の人相と一致しています。」

「何ということだ。」パスパルトゥーは彼の堅いげんこつで机をたたきながら叫んだ。「私の主人はこの世で最も篤実な方だ。」

「どうしてそれがわかる。」フィックスが答えた。「君は彼が誰であるかも知らないじゃないか。君は彼が出発するその当日に彼に仕えるようになった。彼は常識では考えられないような理由を言って、トランクも持たずに、巨額の銀行券と一緒にあわてて家を出た。それでも君は彼が篤実な人間だと言い切れるのか。」

「ええ。ええ。」みじめにも青年はただ同じ言葉を機械のように繰り返すだけだった。

「じゃあ君はやつの共犯として逮捕されたいというのか。」

パスパルトゥーは両手で頭をかかえた。彼にはもはやそれまでの面影はなかった。彼は刑事の顔をまともに見ることもできなかった。フィリアス・フォッグが泥棒とは。アウダを助けた、寛大で勇敢なその彼が。しかしながら逆に、彼に不利な推理はいくつも行うことが可能だった。パスパルトゥーは彼の心の中に忍び込む疑惑をはねのけようと努力した。彼は自分の主人の犯罪など信じたくもなかった。

「で、結局あなたは私に何をお望みなのですか。」残る力をふりしぼって自らを制しながら、彼は刑事に聞いた。

「次のことだ。」フィックスが答えた。「私はここまでフォッグ氏を尾行してきた。しかしいまだに、ロンドンに頼んである逮捕状が手元に届いていない。だから君に手伝ってもらって香港に引き止めておく必要がある。」

「私がそれを……」

「英国銀行が約束している二〇〇〇ポンドの報酬は君と山分けしようと思っている。」

「絶対に御免だ。」パスパルトゥーは答えた。彼は立ち上がろうとした。しかし再び倒れた。彼は意識と力がいっしょに自分からぬけおちていくのを感じた。

口ごもりながらも彼は言った。「フィックスさん。あなたがおっしゃったことが仮にすべて本当だったとしても――そんなことはありえないと私は思っているが――仮に私の主人があなたが探しておられる泥棒だったとしても――私はこれまでも、今も、あの方にお仕えしているし――あの方は善良で寛大な方だと思ってきたし――あの方を裏切るなどということは、絶対にない――世界中の黄金と引き換えでもない。私の生まれた村ではそういうことは絶対に許されないことだ。」

「私の申し出は断られるということだな。」

「お断りする。」

「では何も聞かなかったことにしてくれ。」フィックスは答えた。「まあ飲もうじゃないか。」

「そうだ。飲もう。」

パスパルトゥーは次第に酩酊が自分の身を満たしていくのを感じていた。何としても彼を彼の主人から引き離しておく必要をさとったフィックスは、彼を酔いつぶれさせようとした。テーブルの上には阿片を詰めたパイプがいくつか置かれていた。フィックスはパイプの一つをそっとパスパルトゥーの手の中にすべりこませた。彼はそれを手に取り、唇に運び、火をつけ、何回か煙を吹き出した。それから、麻薬の効果で頭が重くなり、彼は再び倒れ落ちた。

ぐったりとなっているパスパルトゥーを見ながらフィックスが言った。「これでフォッグ氏はカーナティック号の出発を、時間までに知ることはできなくなる。またもし仮に彼が出発できたとしても、このあわれなフランス人が同行することはあるまい。」

それから彼は飲み代を残して外に出ていった。

20 フィックス、フィリアス・フォッグとじかに接触を持つ

下手をすると彼の今後の計画に重大な支障をもたらしかねないこの出来事が起こっていた間、フォッグ氏はアウダ夫人のお供をして英国領のこの町を散策していた。アウダ夫人が、ヨーロッパまで送り届けるという彼の申し出を受け入れて以来、彼は、これほどの長旅に必要となるであろう品々についてこまごまと考えなくてはならなかった。彼のような一英国人男性が手提げ鞄一つで世界一周を行うのはまだしも可能であったが、同じ状況のもとで、このような周遊を行うことは女性にはできなかった。そのために、旅行に必要な衣服や品物を購入する必要が生じた。フォッグ氏は彼を特徴づける冷静沈着さをもってこの義務を履行《りこう》した。これほどの心遣いに恐縮した若い未亡人が詫びを言い、申し出を断ろうとするたびに、彼はいつも同じ返事を繰り返した。

「これは私自身の旅のためにしているんです。これは計画の中に入っていることなのです。」

買い物が終わると、フォッグ氏と女性はホテルに戻って定食用のテーブルで夕食をとった。

食事は豪華な内容だった。食事の後アウダ夫人は少し疲れたからと、沈着冷静な彼女の命の恩

人と「英国式」に握手をかわしてから自分の部屋に戻った。

誉れ高き紳士の方はその夜はずっと、タイムズ紙とイラストレイテド・ロンドン・ニューズを読むのに没頭した。

もしも彼が何事かに驚きを感じうる人物であったなら、就寝の時刻になっても彼の召使が姿を見せないことはそのきっかけとなりえたであろう。しかし横浜行きの客船が翌朝より前には香港を出発しないと知っていた彼は、このことをさほど気には留めなかった。さてその翌朝、パスパルトゥーはフォッグ氏が鈴を鳴らしても姿を現さなかった。

この誉れ高き紳士が、彼の召使がホテルに帰らなかったと知って何を思ったか、それは誰にもわからない。とにかくフォッグ氏は鞄を手にとってアウダ夫人に出発を知らせ、輿を呼びにやった。

時刻は八時だった。カーナティック号が暗礁を通り抜けていくために必要な満潮の訪れは九時半と告げられていた。

輿がホテルの戸口に到着し、フォッグ氏とアウダ夫人はこの快適な乗り物に乗り込んだ。その後ろに荷物を運ぶ一輪の手押し車が続いた。

その三〇分後、二人の乗客は乗船のための波止場で輿を降りた。そこでフォッグ氏はカーナティック号が既に前の晩に出航してしまったことを知らされた。

客船と召使の両方を同時にそこに見出せると思っていたフォッグ氏は、その両方とも得られぬ状況に追い込まれた。が、彼の顔にはいかなる失望の色も表れなかった。アウダ夫人が心配して彼の顔を見つめると、彼はただこうとだけ答えるのだった。

「これは些細な事故にすぎません。それ以上のことではありません。」

この時、彼のことを注意深く見守っていた一人の人物が彼に近寄ってきた。それはフィックス刑事であった。彼はフォッグ氏に会釈してこう言った。

「あなたはたしか私と同じように、昨日到着したラングーン号に乗っていらした方ではありませんか。」

「ええそうですが。」フォッグ氏は感情を交えずにそう答えた。「失礼ですが、まだたしか存じあげては……」

「どうもすみません。召使の方にここでお会いできると思ったものですから。」

「彼がどこにいるのかご存知なのですか。」女性が勢い込んで尋ねた。

フィックスは驚きを装って答えた。「なんですって、お二人と一緒ではないのですか。」

「ええ。」アウダ夫人は答えた。「昨日から姿が見えないのです。もしかして私たちを置いてカーナティック号に乗り込んでしまったのかしら。」

「お二人を置いてですか。」刑事が答えた。「とすると、どうかぶしつけな質問をお許し願いたいが、お二人もまたあの客船で出発なさるおつもりだったのですか。」

「ええそうですわ。」

「私もそうだったのです。私の失望が顔に表れているのがおわかりでしょう。カーナティック号は修理が終わったというので誰にも知らせずに予定より一二時間はやく香港を発ってしまったのです。次の出発までは八日間待たねばなりません。」

この「八日間」という言葉を口にした時、フィックスは自分の胸が喜びに高鳴るのを覚えた。八日間だ。フォッグを八日間香港に引き止めておくことができる。これだけの時間があれば逮捕状も受け取れるだろう。とうとう法の代理人に対して幸運が告げられたのだ。

従って、フィリアス・フォッグが冷静な声で次のように言った時、それを聞いた彼が棍棒で殴られたようなショックを受けたことは察しがつく。

「しかし香港の港にはカーナティック号以外の船もいくつかいると思いますが。」

それからフォッグ氏は、アウダ夫人に腕を差し出して、出発間際の船を探しにドックの方に向かった。

フィックスは唖然としたままその後に続いた。まるでこの男とは一本の糸でつながれているかのようであった。

が、これまで実によく彼に味方してくれた幸運も、今度は全く彼を見すてたように見えた。

三時間の間フィリアス・フォッグは、必要とあらば、自分たちを横浜まで運んでくれる船を一艘借り切ってしまおうと心に決めて、港をくまなく見て歩いた。しかし彼が目にしたのはことごとく、荷物の積載か陸揚げかをしている船ばかりで、従ってそれらはどれも皆、出帆できそうな船ではなかった。フィックスは再び希望を抱いた。

フォッグ氏の気持ちはそれでも乱れることがなかった。彼はたとえマカオまでであろうとも彼の船探しを続けるつもりであった。とその時、外港のところで、一人の水夫が彼に近寄ってきた。

「旦那、船をお探しで。」帽子をとりながら水夫が彼に言った。

「出航可能な船があるのですか。」フォッグ氏が聞いた。

「ええそうですとも。水先案内船ですがね、四三番というやつで、船隊の中でも一番いいやつですよ。」

「走りはいいのですか。」

「順風にのれば八マイルから九マイル出ます。ご覧になりますか。」

「ええ。」

「お気に召すと思いますよ。遊覧をなさるんで。」

「いや、旅行です。」

「旅行？」

「私を横浜まで連れていっていただきたいのだが。」

この言葉を聞いて、水夫は両手をだらりと垂らし、両目を見開いた状態で立ちつくした。

「旦那、冗談をおっしゃりたいんで。」そう彼は言った。

「いや。私はカーナティック号の出発を逃した。サンフランシスコ行きの客船に乗るために、私は遅くとも一四日には横浜に着いている必要がある。」

「残念ながらそれは不可能です。」水夫は答えた。

「一日に一〇〇ポンド（二五〇〇フラン）と、もし時間通りに着いたら更に二〇〇ポンドの手当を出そう。」

「真面目におっしゃっているんで。」水夫が尋ねた。

「とても真面目な話だ。」フォッグ氏が答えた。

水先案内人は脇に退いた。彼は海を見つめた。彼の内面では明らかに、巨額の報酬を得たいという願望と、これほど遠くまでの航海を試みることへの恐れとが闘いあっていた。

その間にフォックスは死ぬほど心配だった。フォッグ氏はアウダ夫人の方をむいてこう尋ねた。

「怖くはないですか。」

「旦那，船をお探しで.」

「フォッグさん。あなたと一緒なら、怖くはありません。」

水先案内人は再び紳士の方に歩み出て、手と手の間で帽子をまわしていた。

「で、どうなんです、案内人さん。」

「結論を言いますとね、旦那。」案内人が答えた。「二〇トン足らずの船でしかもこの季節に、こんなに長い航海に乗り出して、私の船員たちや、私自身や旦那までも危険にさらすことは私にはできかねます。それに時間通りに到着することなんかできませんよ。香港と横浜の距離は一六五〇マイルあるんですから。」

「一六〇〇マイルだけだ。」フォッグ氏が言った。

「同じことですよ。」

フィックスは再び大きく息をついた。

「でも、もしかして別のよいやり方があるかもしれません。」水夫はそう付け加えた。

フィックスは息をのんだ。

「それはどんな方法ですか。」フィリアス・フォッグが聞いた。

「ここから一一〇〇マイルにある日本の南端の長崎か、あるいは単に八〇〇マイルの上海まで行くことです。上海まででしたら中国沿岸から離れることがないという大きい利点がありますす。しかもこの航路では潮は北に進んでいます。」

「案内人さん。」フィリアス・フォッグが答えた。「私は上海でも長崎でもなく、横浜で、アメリカの郵便船に乗らなければならないのです。」

「なぜ横浜以外じゃだめなんです。」案内人が答えた。「サンフランシスコ行きの船は横浜発じゃありませんよ。それは横浜や長崎に寄港はするが、出発港は上海ですよ。」

「おっしゃっていることは確かなんですか。」

「確かです。」

「で、船が上海を出るのはいつですか。」

「一一日の夜七時です。それまでにはまだ四日あります。四日ということは九六時間です。船員たちの十分な協力が得られ、風も南東方向から吹き、海が穏やかならば、時速八マイル平均で進んで、上海とここを隔てている八〇〇マイルをその時間内に走破することは可能です。」

「で、いつ出発できますか。」

「一時間後です。食料品を購入して出帆の準備を整えるための時間さえあれば大丈夫です。」

「交渉は成立だ。で、あなたが船の持ち主ですか。」

「そうです、ジョン・バンスビーと申します。タンカデール号の船主です。」

「手付金は必要ですか。」

「もしも失礼でないのならば。」

「では内金として二〇〇ポンドをお渡しします。」それからフィリアス・フォッグはフィックスの方を振り返ってこう付け足した。「もしもあなたもよろしければ……」

「ええ、実は私もご好意に甘えてもよいか、ちょうど伺おうと思っていたところでした。」フィックスはきっぱりとそう言った。

「では決まりだ。三〇分後には皆船に乗り込んでいることにしましょう。」

「でもあの可哀相な青年はどうしましょうか。」パスパルトゥーが姿を消したことをひどく気にしていたアウダ夫人はそう言った。

「彼のためにできることは全てしてやるつもりです。」そうフィリアス・フォッグは答えた。

こうして、フィックスがいらいらと熱にうかされたようになって、怒りをつのらせながら水先案内船に向かっている間、フォッグ氏とアウダ夫人の二人は香港警察署に赴いていた。そこでフィリアス・フォッグはパスパルトゥーの特徴を伝え、彼を本国に帰還させるのに十分なだけの金額を残した。フランス領事のところでも同じ手続きがとられた。それから輿は二人を乗せてホテルに立ち寄り、そこで荷物をとった後、再びはじめの外港に戻った。

時計が三時を告げていた。水先案内船四三号は乗組員も既に乗船を終え、食料品も積み込まれて、すぐにでも出帆できる状態であった。

このタンカデール号という船は、二〇トンの、小さくて素敵なスクーナー〔二本マストの帆船〕

だった。前方はするどくとがり、全体の恰好《かっこう》はとても軽快で、縦の方向にすらりと伸びていた。それはまるで競走用のヨットのようであった。銅の部分は光り輝き、鉄の部分はガルバニ電気で鍛えられ、甲板は象牙のように白かった。そしてそれら全ては、船主のジョン・バンスビーが、船をよい状態に保つ術《すべ》を知っていることを示していた。船の二本のマストは少しだけ後方に傾いていた。船はスパンカー、フォースル、フォア・ステースル、ジブ、トップマストを装備しており、追い風が船尾に吹く時にはクロジャッキを張ることも可能であった。走行ぶりはとても見事であろうと思われた。そして事実、この船は水先案内船の「レース」において、既にいくつもの賞を獲得していた。

タンカデール号の乗組員は船主のジョン・バンスビーと四人の男たちであった。それはどんな天候のもとでも船舶を探しに果敢に出かけていく、海のことをすばらしくよく知っている勇ましい男たちであった。ジョン・バンスビーは歳の頃四五ほどの男性で、逞しく、黒く日焼けしていた。眼光はするどく、顔だちは精悍《せいかん》で、健康は万全、仕事によく通じていた。彼に対してなら、どんなに弱気な人間でも信頼する気が湧いてきたことであろう。

フィリアス・フォッグとアウダ夫人は船に乗り込んだ。フィックスは既に船の中にいた。スクーナーの後部ハッチから、下の真四角の寝室に下りていくことができた。寝室の壁はちょうど絵の額縁のような恰好にえぐられていて、その下に丸い寝椅子が置かれていた。部屋の中央にはテーブルが一つあり、吊しランプがそれを照らしていた。それは小さいがこぎれいな部屋であった。

「もっとよい部屋をご用意できなくて申し訳なく思っています。」フォッグ氏はフィックスにそう言った。フィックスは頭だけ下げて彼の言葉には答えなかった。

刑事は自分がこうしてフォッグ氏の親切を利用していることに、一種の屈辱を感じていたのであった。

「間違いなく、こいつは相当に礼儀正しい悪党だ。しかし悪党であることに変わりはない。」フィックスはそう思った。

三時一〇分に帆が上げられた。英国の旗がスクーナーの帆桁《ほげた》になびいた。船客たちはデッキに座っていた。フォッグ氏とアウダ夫人は、パスパルトゥーが現れることはないか確かめるために、最後にもう一度だけ波止場に一瞥《いちべつ》を投げた。

フィックスには心配がないわけではなかった。というのもなにかの偶然が、彼の手であれほどひどい扱いをされたあの哀れな青年を、まさしくこの場所に連れて来ないとは限らなかったからである。そうすればたちまち事情が明らかにされ、刑事は自分に有利な形でこの難局をのりきることは出来なくなると思われたからである。しかしフランス人青年は現れなかった。おそらくは麻薬が、いまだ彼をその麻痺の効果のもとに置いていたのであろう。

「もっとよい部屋をご用意できなくて申し訳なく思っています.」

そしてとうとう船主ジョン・バンスビーは船を沖にまで出した。スパンカー、フォースル、ジブに風を一杯にはらんだタンカデール号は、勢いよく波の上を越えて進んでいった。

21　タンカデール号の船長が二〇〇ポンドの手当をもらいそこねる可能性がでてくる

二〇トンの小船で、しかもとりわけ一年のうちのこの時期に、八〇〇マイルの航海を行うことは危険に満ちた冒険であった。シナ海は通常ひどい風を受けるため航海はやりにくい。とりわけ春分秋分の頃はそうであった。航海が行われたのは一一月もまだ初めの頃だった。

約束された日当がこれほど高かった以上、無論案内人にとっては横浜まで彼の船客を連れていく方が得であったに違いない。しかしもしも彼がこのような条件下でこの航海を敢行したならば、それは大いに軽率な行為であったと言わねばならない。そして、上海まで北上することですら、既に、無鉄砲とまではいわないにしても、少なくとも大胆な行いではあった。しかしジョン・バンスビーは、大波の上を鷗《かもめ》のように飛翔する彼のタンカデール号を信頼していた。そして恐らく彼の判断は間違っていなかった。

この日の最後の数時間、タンカデール号は香港の入り組んだ暗礁間の水路を航行した。そして風に対してどの方向に船が進もうとも、ほぼ完全な逆風に向かっていく時も、また追い風を受けて走る場合も、タンカデール号は見事にその水路を選んでいった。

スクーナーが完全に沖合に出たところでフィリアス・フォッグは言った。「船長。あえて申し上げる必要もないかと思いますが、どうかできるだけ迅速にお願いします。」

「私を信用していてください。」ジョン・バンスビーが答えた。「帆について言うなら、風を受けられる限りの帆は全て上げています。トップスルは使っても効果はありません。走行の妨げとなって、かえって船を痛めつけるだけです。」

「船長、これはあなたの領分だ。私の専門ではない。あなたにまかせようと思っている。」

フィリアス・フォッグは体をぴんとのばし、両足を開いて水夫のようにしっかりとふんばり、身じろぎもせず荒れる海を見つめていた。

若い女性は胸騒ぎを感じながら、船尾に座ってこの大海を眺めていた。大海は既に暮色に暗く染まっていた。彼女はこの弱く壊れそうな小船で大海に挑もうとしているのだった。彼女の頭上には白い帆が広がり、今にもその大きな翼で彼女を空中に運び去ってしまいそうだった。風で持ち上げられたスクーナーはまるで空中を飛んでいるように見えた。

夜になった。月は上弦の時期に入ったところで、その弱い光はすぐにでも、水平線の霧に隠れて消えてしまいそうだった。東から雲が張り出してきてすでに空の一部を覆っていた。

案内人は舷灯を用意した。沿岸近くの、頻繁に船舶が航行する海にあって、それは忘れては

若い女性は胸騒ぎを感じながら，船尾に座っていた．

ならない用心だった。船舶同士の接触事故もこうした海では稀ではなかった。そして今出しているような速度であれば、ちょっとした衝撃でスクーナーは砕けとんでしまうだろうと思われた。

フィックスは小船の船首でぼんやりとしていた。フォッグがあまり話好きな方でないことを知っていた彼は、離れた場所に身をおいていたのである。それに彼は、自分が今その親切を受け入れているこの人物に話しかけることに、嫌悪を感じていたのであった。彼はまたこれからのことも考えていた。フォッグが横浜で旅をやめず、アメリカに到達するためにすぐにサンフランシスコ行きの客船に乗るであろうことは、彼には確実であると思われた。アメリカの広大な国土は、彼が安全に逃亡することを可能にしてくれるだろう。フィリアス・フォッグの計画はフィックスにはこれ以上ありえぬほど単純なものと思えた。

ありきたりの悪党がやるように英国から合衆国行きの船に乗るかわりに、このフォッグは、ぐるりと大きく地球を四分の三まわって、より安全にアメリカ大陸にたどり着き、警察の目をくらましてから、あの一〇〇万フランの銀行券をゆっくり消費してやろうという魂胆なのだ。しかし合衆国に着いたあと、フィックス自身はいかにふるまうべきか。この男を追うのを止めてしまうか。いや、それは絶対にありえない。容疑者引き渡しの令状を受け取るまでは、自分は一歩たりともこの男の近くから離れることはすまい。それは自分の義務なのであり、この義務を自分は最後まで貫き通すつもりだ。いずれにせよ都合のよい状況が生じてはいた。パスパルトゥーがもう彼の主人の近くにいないのだった。フィックスが打ち明け話をして以来、主人と召使が二度と再び会わないでいることは何にもまして重要なことだった。

フィリアス・フォッグもまた、実に不思議な形で姿を消してしまった彼の召使のことを思っていた。色々と考えてみると、あの可哀相な青年が、なにかの勘違いから、ぎりぎりの時刻になってカーナティック号に乗船していることも不可能ではないように思われた。それはまた、アウダ夫人の意見でもあった。彼女は自分が大いに世話になったこの篤実な召使のことを深く懐かしんでいた。従って、横浜で彼と再び出会えるということもありうる話だった。そしてもしカーナティック号に乗って彼が横浜にたどり着いていた場合、それを知るのは容易であろうと思われた。

一〇時頃になって微風が吹いてきた。おそらくは帆を縮めたほうが安全であったかもしれない。しかし船長は空の状態を丹念に観察したあとで、帆の張り方は変えないでおくことにした。それにタンカデール号の吃水は深く、帆を張っても十分に持ちこたえられるのであった。何から何までが、突風の際、船が敏速に航行できるようなつくりになっていた。

夜の零時にフィリアス・フォッグとアウダ夫人は船室に下りてきた。フィックスは既に彼らより先に船室に戻っており、吊り床の一つに体を横たえていた。船長と乗組員たちは、一晩中デッキを離れなかった。

翌一一月八日の日の出には、スクーナーはすでに一〇〇マイル以上の距離を走破していた。しばしば海中に投げ込まれた速力測定器は、船の平均速度が時速八マイルから九マイルであることを示していた。タンカデール号は斜めうしろからの風を帆一杯に受けて走った。そして、この方角からの風を受けたとき、船は最高の時速を出すのだった。風がこの状態のまま保たれている限り、タンカデール号にとって、つきが味方してくれているということができた。

この日の日中、タンカデール号は沿岸から終始そう遠ざかることはなかった。沿岸の海流は船の走行を助けていた。岸辺はせいぜい船尾左舷から五マイルほどの距離であった。不規則な輪郭を描き出す海岸線が、時折雲の晴れ間から姿を見せていた。風は陸地から吹いていた。そしてまさしくそのために、海の荒れは幾分おさまっていた。それはスクーナーにとって好条件であるといえた。トン数の少ない小船がとりわけ苦しむのは、その速度を乱し、海洋語を用いるならば、いわば船を「殺す」ような大波だからである。

正午頃、風はいくぶん弱まり、南東の方角に変わった。船長は乗組員たちに帆を張らせた。しかし二時間後にはその帆をおろさなくてはならなかった。風が再び強まったからである。

幸いフォッグ氏と女性は船酔いには強い方で、二人は船内に積まれていた缶詰や保存用のパンを、旺盛な食欲でたいらげた。フィックスもまた共に食事をするように誘われた。そして船のみならず胃にも底荷を積み込む必要があることをよく知っている彼は、その申し出を受け入れざるをえなかった。がそれは、彼にとって実に腹立たしいことであった。この男の費用で旅をして、この男の食糧で腹をみたすことに、彼は何かしら誠実でないものを感じたのであった。それでも彼は食べた。たしかに大急ぎの食事ではあったが、食べるには食べた。が、この食事が終わった時、彼はフォッグ氏を脇に呼んで話をする必要を感じた。彼はフォッグ氏にこう言った。

「ムッシュー。」

「ムッシュー」のひと言を発しようとして、彼の唇は歪んだ。この「ムッシュー」の襟首をつかまえないでいるためには、自分を制する必要があるほどだった。

「ムッシュー。あなたの船に同乗させていただいたことに私は大きな恩義を感じております。ただ、なるほど私の資力をもってしては、あなたほどの存分な振る舞いはできぬものの、せめて私の分だけでも支払わせていただきたいと存じます。」

「その話はもうやめましょう、ムッシュー。」フォッグ氏が答えた。

「でも私としてはどうしても……」

「いや、ムッシュー。」フォッグ氏は抗弁を許さぬ強い調子でもう一度答えた。「これは私の旅費の一部ですから。」

フィックスは頭を下げた。彼の息は今にも詰まりそうだった。スクーナーの前部に身を横たえに行った彼は、その日はもう、ひと言もことばを発しなかった。

その間も船は勢いよく航行していた。ジョン・バンスビーが目標を達成できる見込みは大きかった。時折彼はフォッグ氏に、船は希望の時刻には上海に到着するだろうと言った。これに対してフォッグ氏はただ、そう信じているとだけ答えた。いずれにせよこの小さなスクーナーの乗組員全員が目標の達成のために熱意を注いでいた。褒賞金がこの実直な男たちの気持ちを強くかきたてていたのであった。帆脚索の一本に至るまで、念入りにぴんと伸ばされていないものはなかった。帆のただ一つも、力一杯張られていないものはなかった。舵手《だしゅ》が非難されうるような船首の揺れも一つとして起こらなかった。王立ヨットクラブのレガッタでも、船はこれほど厳格には操縦されなかったことであろう。

その夜船長は速力測定器で、香港出発以来二二〇マイルを航行したことを確認した。フィリアス・フォッグは横浜到着時に彼の旅程表にいかなる遅れも書き込む必要がないという希望を持てそうであった。かくして、ロンドン出発以来彼が初めて経験した深刻な突発事故も、もしかすると彼にいかなる損害も与えることなく終わりそうに思えた。

明け方の早い時刻、まだあたりが暗い頃、タンカデール号は、大きな台湾島と中国沿岸を隔てている福建水道〔澎湖水道のこと〕にためらうことなく入っていった。こうして船は北回帰線を越えた。逆流のつくる渦巻きがあちこちに見られるこの水道では、航行は極めて難しかった。スクーナーは大いに消耗した。短くよせてくる波がその進行を妨げた。デッキの上に立っていることも極めて困難になった。

夜明けとともに風が再び出てきた。空には突風のしるしが表れていた。気圧計もまた、大気の間近い変化を告げていた。日中の気圧計の動きは不規則であった。水銀は気まぐれな揺れを示していた。南西の方向では、海が、いわゆる「嵐を感じさせる」ような、長いうねりとなって持ちあがるのが見えた。前夜太陽は赤い靄《もや》の中、きらめく大海の燐光のただ中に沈んでいたのであった。

船長は長い間この荒れた空の様子を眺めていた。そしてほとんど理解できない言葉をぶつぶつと、いくつかつぶやいた。ややあって、彼は彼の船客の近くに来て小声でこう話しかけた。

「全てを申し上げてもよろしいでしょうか。」

「全ておっしゃってください。」フィリアス・フォッグが答えた。

「まもなく突風にみまわれます。」

「北からの風ですか、南からの風ですか。」フォッグ氏はただそれだけ尋ねた。

「南の風です。ご覧なさい。台風が発生しているのがおわかりでしょう。」

「南からの台風なら問題ない。我々にとって進行方向に吹く風だから。」フォッグ氏が言った。

「そのようにお考えになるならば、私としては他にもう何も申し上げることはございません。」船長は答えた。

ジョン・バンスビーの予感は間違っていなかった。一年のうちでもこれほど遅い季節でなかったならば、台風は、有名な気象学者の表現を用いるならば、いわば電気の炎の、輝く滝となって流れ落ちてしまったところである。しかるに秋分の頃にはそれが激しく荒れ狂う恐れがあるのだった。

船長は事前の準備をした。スクーナーの帆を全てたたませ、帆桁をデッキに運ばせた。トップマストが下ろされ、ブームも片づけられた。昇降用ハッチは念入りに閉ざされた。今後は水一滴たりとも船体内部に入れてはならないのであった。丈夫な生地でできた暴風時用の三角帆《ジブ》だけがただひとつ、ステースル代わりに、スクーナーが追い風を受け続けられるように上げられた。そして彼らは待った。

ジョン・バンスビーは船客たちに船室に下りるよう勧めた。しかし狭いスペースの中に、空気の交換もほぼ不可能な状態で、しかもこの大波による揺れを受けながら閉じ込められていることは、全く気持ちのいいことではなかった。フォッグ氏もアウダ夫人も、フィックスもまた、デッキを離れることに同意しなかった。

八時頃、雨まじりの突風が船に吹きつけた。小さな帆きれを一つ付けているだけなのに、タンカデール号は風で羽毛のように飛ばされてしまった。その風が嵐となって吹く時の様子を正確に言い表すことは不可能なほどである。その速さを、全速で走る蒸気機関車の四倍の速度にたとえてみても、まだ真実には追いつけないくらいである。

日中はずっと、凄まじい大波に運ばれながら、船は北の方角に走った。幸い船は波と同じ速さを維持することができた。何度も何度も、船はもう少しで、山のようにそそり立つ高波を船尾にかぶりそうになった。しかし船長は器用に舵《かじ》を取って災禍をのがれた。船客たちは時折、体一杯に水しぶきをあびた。が彼らはそれを達観した人間の態度で受け入れた。フィックスはたしかにぶつぶつ文句を言っていた。が、危険にもひるむことのないアウダ夫人は、彼女の同行者の冷静さに感嘆を覚えながら目をじっと彼の上に注ぎ、自らも彼にふさわしい態度で、彼のすぐ脇に、この嵐にも何ら動じないままでいた。フィリアス・フォッグはといえば、まるでこの台風も彼の計画の一部であるかのようだった。

そこまではタンカデール号はずっと北に向かって進んでいた。しかし夕方になると、恐れていたように風は三ポイント方向を変え、北西から吹くようになった。そうなるとスクーナーは脇に大波を受け、そのためひどく揺れた。波はスクーナーを激しく打った。一艘の船のあらゆる部分が実はいかに堅固に結び付けられているかを知らない人間にとっては、ぞっとするような激しい波であった。

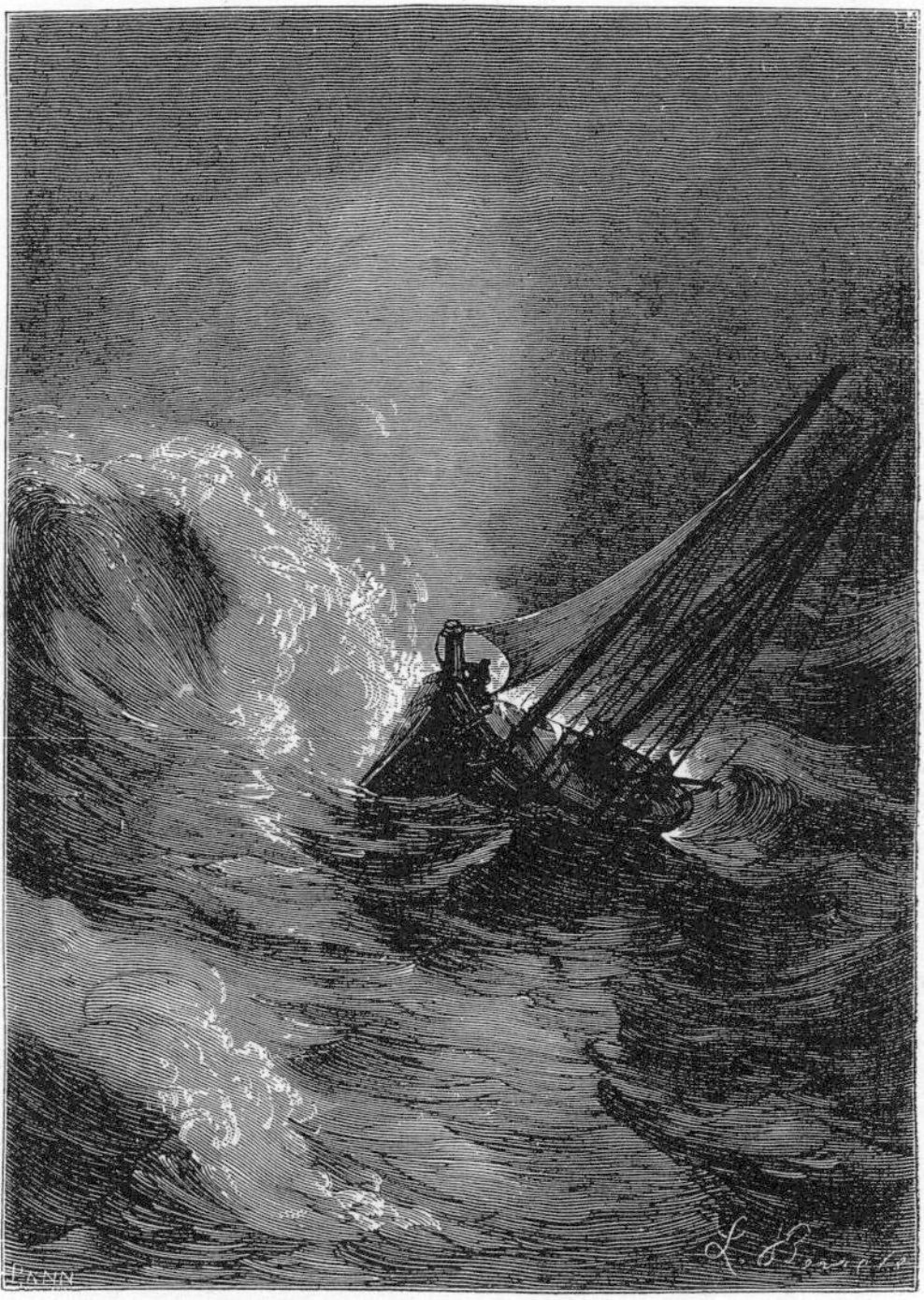

タンカデール号は羽毛のように飛ばされてしまった.

夜の訪れとともに嵐の勢いは更に強まった。暗闇が広がっていくのを目にしながら、また、暗闇とともに嵐が大きくなっていくのを見ながら、ジョン・バンスビーは激しい懸念を感じた。彼はもうそろそろどこかに寄港せざるをえない時ではないかと考えていた。そして彼は乗組員たちに意見を求めた。

仲間たちの意見を聞いたあとで、ジョン・バンスビーはフォッグ氏に近づいて、こう言った。

「沿岸の港の一つに入った方がよろしいのではないかと私は考えておりますが。」

「私も同じ考えです。」フィリアス・フォッグが答えた。

「そうですか。」船長が言った。「で、どの港がよろしいでしょうか。」

「私は一つしか港を知りません。」平然とフォッグ氏は答えた。

「で、その港とは。」

「上海です。」

船長は、はじめのうちしばらくは、この答えの意味するところが理解できないでいた。その答えに含まれている一徹さや執拗さを彼は理解できなかった。それから彼は大声をあげた。

「その通りだ。旦那のおっしゃっていることは正しい。上海をめざせ。」

かくしてタンカデール号の進むべき方向は、何があっても北と定められた。

その夜は本当に大変であった。この小さなスクーナーが転覆しなかったことが奇跡のようであった。船は二度も横倒しの状態になり、もしも引綱でとめていなかったなら、船の上の全てのものは波にさらわれてしまったところであろう。アウダ夫人は疲労困憊《こんぱい》していた。しかし彼女は愚痴の一つも漏らすことはなかった。一度ならずフォッグ氏は、荒れ狂う大波から彼女を守るために、彼女のもとに駆け寄らなくてはならなかった。

太陽が再び姿を見せた。嵐は相変わらずこの上もない激しさで猛り狂っていた。しかし風は以前のようにまた南東の方向から吹くようになった。この変化は船にとっては幸いだった。タンカデール号は再びこの荒れ狂う海の上を進みはじめた。海の波は、新たな方角から吹く風がつくる、別の波とぶつかっていた。こうして生じる二つの波の衝突は、もう少し華奢《きゃしゃ》なつくりの船であれば破砕してしまうに十分なほど激しいものであった。

時折、切れ切れになった霧の向こうに沿岸の光景が見えた。しかし海上には一艘たりとも船の姿はなかった。この荒波を乗り切って進んでいるのは、タンカデール号だけであった。

正午には若干、嵐の終わりを告げる兆候が見られた。この兆候は、水平線に太陽が沈むとともにますますはっきりと表れるようになった。

嵐の続いた時間が短かったことは、まさしくその激しさそのものに由来していた。疲れてへとへとだった船客たちも、すこし物を食べ、休みを取ることができるようになった。

その夜はどちらかといえば穏やかであった。船長は帆を小さく畳ませた。船足は相当にあがっていた。翌一一日の夜明けには、沿岸部の風景を確認したジョン・バンスビーが、船が上海から一〇〇マイル以内の距離まで来ていると断定した。

しかしその一〇〇マイルを走り切る時間として、もはやこの日の昼間しか残されていなかった。もしもフォッグ氏が横浜行きの客船の出発を逃したくないと思うなら、この日の夕方に上海に到着していなくてはならなかった。彼に何時間かをロスさせたあの嵐さえ起きなかったならば、今頃は上海の港から三〇マイルも離れていない場所を航行していたことであろうに。

風ははっきりと弱まっていた。が幸いなことに海もまた風とともに静かになっていた。スクーナーは帆という帆を張った。トップスル、ステースル、インナージブの全てが風をはらんだ。そして海は船首の下で泡立っていた。

正午にはタンカデール号は上海港から四五マイルも離れていない地点までできた。横浜行きの客船が出発する前に港に着くために、タンカデール号に残されていた時間はあと六時間〔七時間の誤り。同じような作者の勘違いは、他にも数多く見られる〕だった。

船上では心配がつのった。皆はどんなことがあっても到着したかった。全員が――恐らくはひとりフィリアス・フォッグだけは除いて――あせりで心臓が高鳴るのを感じていた。小さなスクーナーは平均時速九マイルを保って走りつづける必要があった。しかし風は弱まっていくばかりであった。それは不規則な微風で、沿岸方向から吹きつけてくる気まぐれな風であった。

風が一吹きし、それが通りすぎたあとすぐに海は凪《な》いだ。

しかし、船はとても軽やかで、その高く張った、繊細な布地の帆は気まぐれな微風を実にみごとにとらえた。このため、海流にも助けられて、六時にはジョン・バンスビーは上海川まで一〇マイルだけという地点にたどりついていた。が上海の町そのものは、河口から少なくともさらに一二マイル遡った距離のところにあった。

七時にまだ船は上海から三マイルの所にいた。恐ろしい悪態が船長の唇から洩れた。二〇〇ポンドの報酬はいままさに彼の手からすべりおちようとしていた。彼はフォッグ氏を見た。フォッグ氏は動じていない様子だった。が、いまこの瞬間に彼の全財産の行方が決しようとしていたのであった。

そしてまさにその同じ瞬間、もくもくと立ち上る煙を冠のように戴いた、長く黒い紡錘形をしたひとつの影が、水面すれすれのところに姿を現した。それは定刻通りに港を出たアメリカの客船であった。

「こんちくしょう。」ジョン・バンスビーはそう大声で叫び、絶望して、片腕で舵棒を押しやった。

「シグナルだ。」フィリアス・フォッグがただそれだけ言った。

タンカデール号の船首部分には小さな青銅の大砲が横たえるようにして置かれていた。それは霧の時にシグナルとして用いられるはずの大砲であった。

砲口に一杯の火薬がつめられた。が、船長が火口孔に赤く燃える石炭をおしあてようとしたその瞬間、フォッグ氏が言った。

「半旗を掲げろ。」

旗がマストの半ばまで下ろされた。それは遭難を知らせる合図であった。こうすればアメリカ客船がそれに気づいて、一瞬その航路を変更し、彼らの小船に近づいてくれることが期待できた。

「撃て。」フォッグ氏が言った。

小さな青銅製の大砲の爆声が空中に轟《とどろ》いた。

22

パスパルトゥー、たとえ地球の反対側にいてもポケットになにがしかの金を所持しておくことが身のためであると思い知る

香港を一一月七日夜六時三〇分に出港したカーナティック号は、日本の地にむけて全速力で進んでいた。船は商品と船客を一杯に乗せていた。船尾側の二つの船室が空のままだった。それはフィリアス・フォッグ氏のためにとっておかれた船室であった。

その翌朝、船首の乗客たちは、いくらかの驚きをもってある一人の旅客の姿を認めた。その男は、目は半ば朦朧《もうろう》として、足取りも定まらず、髪をふり乱し、二等船室のハッチから出て、デッキに備えたボートに千鳥足で近づき、その上に腰を下ろした。

この男こそパスパルトゥーその人に他ならなかった。以下が事の顚末《てんまつ》である。

フィックスが阿片喫煙所を去ってからしばらくの後、二人のボーイは深く眠り込んでいるパスパルトゥーをその場から運び出して喫煙者用ベッドに寝かせた。しかしその三時間後、悪夢のさなかにあって、なお一つの思いにとりつかれていたパスパルトゥーは、目を覚まして麻薬

による麻痺作用と闘った。自分が義務を果たしていないというその思いは、彼の麻痺状態に揺さぶりを与えた。彼は酩酊している者たちのベッドをあとにした。よろめき、壁によりかかり、ころび、再び起きあがった。が一種の本能がたえず、抗しがたい強さで彼を突き動かしていた。彼は喫煙所の外に出て、まるで夢の中で叫んでいるような心地で大声をあげた。「カーナティック号だ。カーナティック号だ。」

客船はいままさに出発しようとして煙をあげていた。パスパルトゥーはあと数歩の距離にまでたどりついた。彼は仮橋をめざして突き進み、タラップを渡り、ばったりと船首に倒れ落ちた。カーナティック号がもやい綱を解いて出港したのは丁度その時だった。

この種の出来事には慣れっこになっている数人の船員たちが、この哀れな青年を二等船室に連れていった。パスパルトゥーがようやく目を覚ましたのは、翌日の朝、中国沿岸から一五〇マイル離れた地点でのことだった。

この日の朝パスパルトゥーがカーナティック号のデッキに姿を現して、さわやかな海の微風を胸いっぱいに吸い込んでいたのはこのような事情によるのだった。澄みきった空気が彼の酔いをさました。彼はばらばらになった考えをまとめてみようと試みた。が、容易にはそれはできなかった。しかしとうとう彼は昨夜の出来事を思い出した。フィックスが彼に打ち明けた話や喫煙所のことが彼の頭に蘇った。

彼はこう考えるのだった。「どうやら俺がしたたか酔っぱらったことは間違いない。フォッグさんには何といわれるだろうか。いずれにせよ船には乗り遅れないですんだ。これは肝心な点だ。」

それから彼はフィックスのことを思った。

「あの男については、これで厄介払いできたのならよいが。俺にあんな提案をしたあと、やつが我々のあとをつけてカーナティック号に乗ろうなどと思わないでいてくれたらよいのだが。まったく、刑事だの探偵だのが私のご主人を英国銀行の窃盗犯と信じて追いつづけるとは。いやはや、フォッグさんが泥棒なら、この私は人殺しだ。」

パスパルトゥーはこの話を自分の主人に伝えるべきかどうか自問した。この一件においてフィックスの果たしている役割を主人に教えることは果たして適当であるかどうか。むしろロンドン到着まで待って、そこで彼に、首都警察の刑事が彼を尾行して世界一周したという話を告げて、一緒に笑う方がよいのではないか。そうだ、多分その方がよさそうだ。いずれにせよこれは検討を要する問題だ。しかし緊急にしなくてはならないのは、フォッグ氏に合流して自分の言いようもない不始末に対する陳謝を彼に受け入れてもらうことだ。

パスパルトゥーは立ち上がった。海は荒れていた。客船は激しく横揺れした。この真摯《しんし》な青年は、いまだ足元も定まらぬまま、どうにかこうにか船尾にまでたどりついた。

デッキの上には主人に似た人物もアウダ夫人に似た人物も、一人として見当たらなかった。

「そうか、アウダ夫人はまだこの時間は休んでいるんだ。フォッグさんは、ホイストの相手でも見つけたのだろう。そう、そして例によって例のごとく……」

そうつぶやきながらパスパルトゥーは広間に下りていった。フォッグ氏はそこにもいなかった。パスパルトゥーにできることは一つしかなかった。それはパーサーにフォッグ氏がどの船室にいるのかを尋ねることだった。パーサーはその名前の乗客は全く知らないと答えた。

しかしパスパルトゥーはなおも執拗に尋ねた。「申し訳ありません。背の高い、冷やかであまり口数の多くない紳士なのですが。若い女性が一緒にいらっしゃるはずです。」

パーサーは答えた。「この船には若い女性は乗っていません。それにこれが船客の名簿ですが、調べていただければおわかりと思いますよ。」

パスパルトゥーは名簿を調べた。が、彼の主人の名前はそこにはなかった。

彼はめまいのようなものを感じた。それから一つの考えが彼の頭にひらめいた。

「そうだ。私の乗っている船は本当にカーナティック号なのだろうか。」彼はそう叫んだ。

「ええそうです。」パーサーは答えた。

「横浜行きの?」

「その通り。」

パスパルトゥーは一瞬自分が船を乗り間違えたのではないかという危惧を抱いたのだった。しかし彼の乗っている船は確かにカーナティック号だった。そしてまた彼の主人がそこに乗っていないことも確かだった。

パスパルトゥーはがっくりと肘掛け椅子に倒れこんだ。雷にうたれたようなショックだった。が突然彼の頭にひとつの考えが浮かんだ。彼はカーナティック号の出発時刻が早まり、そのことを主人に知らせなければならなかったこと、そしてそれを自分が実行しなかったことを思い出した。従ってフォッグ氏とアウダ夫人が出発に間に合わなかったのは自分のせいだったのだ。

それは自分のせいだった。しかしそれは、それ以上にまたあの裏切り者のせいでもあった。あの男は自分を主人から引き離し、主人を香港に引き止めておくために自分を酔わせたのだ。彼にはようやくあの刑事の魂胆が読めた。ということは今頃フォッグさんは間違いなく窮地に追い込まれているはずだ。賭けにも敗れ、逮捕され、もしかしたら牢屋に入れられているかもしれない。そう考えてパスパルトゥーは髪をかきむしった。「ああ、もしもフィックスを捕まえることができたら、このお礼はたっぷりとさせてもらうぞ。」

しかし、しばしの間衝撃で圧倒されたあと、パスパルトゥーは再び冷静さを取り戻して今の状況を検討してみた。それはあまり望ましい状況とはいえなかった。フランス青年はいまや日本にむかって進んでいるところだった。日本にたどり着けることは確かだとして、ではどうやってそこから戻ろうか。ポケットは空っぽだった。一シリングも一ペニーも残ってはいなかった。ただし、彼の旅費と航海中の食費については事前に支払われていた。従って決断をするまでに彼に残されている時間はあと五日か六日であった。この航海の間に彼がどれだけ食べ、どれだけ飲んだか、それは筆舌に尽くしがたいほどである。彼は主人のために、アウダ夫人のために、そして自分自身のために食べた。彼は食べた。それはまるで、今彼が近づきつつある日本という国が、食料となりうる物質を全く欠いた、人も住んでいない土地であるかのごとしであった。

一三日、朝の満潮時にカーナティック号は横浜の港に入った。

この港は太平洋上の重要な寄港地で、北アメリカ、中国、日本、マレーシア諸島を郵便用、旅客用に航行しているあらゆる汽船が立ち寄る港である。横浜は江戸の湾内に位置し、この巨大な都市からもそう遠くない場所にある。江戸は日本の帝国の第二の都であり、世俗の皇帝タイクン〔大君。将軍のこと〕が存在していた時代にはここにその住居がおかれていた。江戸はまた、神々の子孫である宗教的皇帝ミカドが住む大都市、メアコ〔都。京都のこと〕のライバルともいえる都市である。

カーナティック号は横浜の埠頭に横付けした。船が接岸したのは、港の桟橋や税関の倉庫の近くの、ありとあらゆる国に属する数多くの船舶のただ中であった。

パスパルトゥーは、太陽の子孫たちが住まうかくも興味深いこの国土に、何の感激もないまま足を踏み入れた。彼には偶然を案内役に、行き当たりばったり町の通りを歩くこと以外にこれといってすることはなかった。

まずはじめパスパルトゥーは低いファサードの家々が並ぶ、完全にヨーロッパ風の界隈に入っていった。家々はベランダで飾られ、ベランダの下には上品な列柱が立ち並んでいた。このヨーロッパ風の界隈は条約岬〔本牧岬のこと〕から川まで続く空間全体にひろがっており、そこには数多くの通りや広場、ドックや倉庫が見られた。香港やカルカッタと同じように、そこもまた、あらゆる国籍の人々でごったがえしていた。アメリカ人や英国人、中国人、オランダ人の姿が見られ、何でも売り、何でも買おうという構えの商人たちがいた。こうした人々のただ中で、フランス青年はまるでホッテントットの国に放り込まれたかのように自分がよそものであると感じた。

なるほどパスパルトゥーには一つの手だてが残されていた。それは横浜に在住しているフランスか英国の領事館員に保護を求めることであった。しかし彼は自分の主人の話とかくも密接に関係する自分の身の上話を、彼らに打ち明ける気持ちがおきなかった。そして、そこまでする前にまず他の可能性を全て試してみたいと思った。

かくして彼は、何ら偶然の恩恵を被るチャンスも得られぬままに町のヨーロッパ地区を通り抜け、今度は、必要とあらば江戸までも足を延ばす覚悟で日本人地区へと入っていった。

横浜の中の、現地人たちの住むこの地区は、近くの島に祀られている海の女神の名をとって弁天と呼ばれている。そこには樅《もみ》や杉の見事な木立が見られた。そこにはまた、風変わりな建築物のための聖なる門や、竹や葦の中に埋もれた橋があった。樹齢何百年という杉林が作る巨大で鬱蒼とした影に守られるように建っている寺院や、仏教の僧侶や儒教の信徒たちがその奥で細々と暮らしている僧院もあった。果てしなく続く通りでは、バラ色の肌をして頬を赤くそめた沢山の子供たちに、足の短いむく犬や、しっぽのない、とても怠け者でとても人なつっこい黄色味を帯びた猫たちの間で遊んでいる、まるで土地の屛風から切りぬいてきたままのようなあの小さな人物たちに会えるような気がした。

実際には通りには人々がひしめき合い、絶え間ない往来が見られた。坊主たちが単調に長太鼓を鳴らしながら列をつくって進んでいった。漆を塗った先のとがった帽子をかぶり、腰に二本の刀をさした役人や税関吏、警察官たちもいた。兵士たちは白い縞の入った青い木綿の服を着て、撃発式の銃を携帯し、ミカドのための親兵たちは絹の胴衣を袋のようにすっぽりとかぶって鎖帷子《くさりかたびら》を身につけていた。さらにはまた、そこにはあらゆる身分の軍人たちが沢山いた。というのも日本において兵士の仕事は、中国においてそれが軽視されているのとは正反対に、とても重んじられているからである。また托鉢修道士や長い衣をまとった巡礼たち、そして一般の市民たちの姿が見られた。彼らは滑らかで黒檀《こくたん》のように黒い髪をして、顔は大きく、胴は長く、足は細く、背丈はさほど高くなかった。肌の色は暗い銅のような色調からくすんだ白色まで様々であるが、決して中国人のように黄色の肌ということはなかった。日本人と中国人は根本的に異なっているのである。そしてまた、馬車や輿、御者を乗せた馬、乗せていない馬、帆つきの一輪車、時には漆塗りのものもある「ノリモン」、文字通り竹製の移動寝台といえる柔らかい「カンゴ」(駕籠のこと)などが行き交う間を、足に布製の短靴や藁《わら》のサンダル、あるいは細工を施した木製の靴を履き、小さな足で小股に歩いていく、何人かのあまり美しいとはいえない女性たちの姿が見られた。その目尻はつりあがり、胸はくぼみ、歯は時代の好みに合わせて黒く塗られていた。ただし彼女たちは「キリモン」(着物のこと)と呼ばれるこの国の衣服だけは上品に着こなしていた。それは、一種の部屋着を絹の長布を用いて締めたもので、長い帯は体の後ろで、奇妙奇天烈な結び目となって広がっていた。当節のパリジェンヌたちはこの結び目をどうやら日本女性たちから借りてきているようである。

　パスパルトゥーは何時間もの間この雑多な群衆の中を歩いた。歩きながら彼は、様々なものを見た。品物の豊富な、好奇心をかきたてるいくつもの店や、日本製の金銀細工の小間物がうずたかく積まれたがらくた屋、吹き流しやのぼりをつけた、その中に入ることが彼には許されていない「飲食店」の類、さらにはまた、芳しい香りの湯と、米を発酵させて作った飲料である「サキ」〔酒のこと〕とを茶碗になみなみと注いで飲むことができる茶屋、そして、その使用がほとんど日本では知られていない阿片ではなく、極上の煙草を吸うための喫煙所を彼は見た。

それからパスパルトゥーは、広大な水田に囲まれた原っぱの中にいた。そこでは花々がその最後の色と香りを放ちながら咲きみちていた。鮮やかな色をした椿の花が、背の低い灌木にではなく、高木の上に咲いていた。竹の垣根の中には桜や梅やリンゴの木があった。現地の人々はこれらの木々を果物のためよりはむしろ花を楽しむために植えていた。しかめっつらをした案山子《かかし》ややかましい音をたてる回転具が、雀や鳩や烏や、あるいは他の貪欲な鳥たちの嘴《くちばし》からそれらを守っていた。堂々と生い茂る杉の木のどれ一つとして、大きな鷲をそこに宿らせていないものはなかった。しだれ柳のどれ一つとして、一本足でもの寂しげに枝の上にとまる鷺《さぎ》を、その葉陰に隠していないものはなかった。さらにはまた、至る所に烏や家鴨《あひる》、ハイタカや鴨がいた。日本人にとって長寿と幸福の象徴であり、彼らが貴人のごとくに扱う鶴も、数多く見られた。

こんな風にあたりをさまよいながら、パスパルトゥーは草と草の間にいくつかのすみれ草を見つけた。彼は声に出して言った。

「よし、これを今日の夜食としよう。」

しかし鼻を近づけてみても、それは何の香りもしなかった。

夜が訪れた．パスパルトゥーは現地人たちの
町に戻っていった．

「ついてないな。」彼はそう思った。

たしかにこの真摯なる青年はこうした事態を見越して、カーナティック号を離れる前に既にできるだけたっぷりと昼食をとってはいた。しかし彼は、昼中歩き続けたあとで胃がすっかり空になっているのを感じた。彼は羊も山羊も豚も、現地の肉屋の棚に全く置かれていないことに気づいていた。彼はここでは牛を殺すことは冒瀆《ぼうとく》とみなされており、牛が専《もっぱ》ら農耕用にだけ使われているということを知っていた。そこから彼は、食用の肉は日本にはほとんど存在しないのだと結論づけていた。彼の推論は間違っていなかった。しかしもしも肉屋で買えるような肉がなかったとしても、彼の胃は、猪や鹿の肉の塊や、ヤマウズラやウズラや鶏や、あるいはまた日本人が、水田の産物たる米と並んでほとんど唯一口にする食べ物である魚があれば、それで満足できると思われた。が、結局彼は、それもあきらめねばならず、食糧の調達の仕事を翌日まで延ばすことにした。

夜が訪れた。パスパルトゥーは現地人たちの町に戻っていった。彼は、軽業師の一座が見事な技を披露しているところや、占星術師たちが屋外で望遠鏡のまわりに群衆を寄せ集めている光景を眺めながら、色とりどりの街灯がともる中を、通りから通りへとさまよい歩いた。それから彼はもう一度錨泊地を見た。錨泊地には、樹脂を燃やした灯で魚をおびきよせている、漁師たちの焚くかがり火が、あちこちできらきらと輝いていた。

やがて通りからは人影が消えていった。群衆たちのあとに姿を見せたのは役人の巡邏《じゅんら》の役人たちであった。これらの公吏たちは見事な衣服を着てお供の者たちに取り囲まれ、その姿は外交使節の一行のようであった。パスパルトゥーはこのまばゆいばかりの警邏隊に出くわすたびに、ふざけてこう繰り返すのだった。

「やれやれ、日本の外交使節団がまたひとつヨーロッパに出かけていくぞ。」

23　パスパルトゥーの鼻がとてつもなく長く伸びる

その翌日、くたくたで腹もぺこぺこのパスパルトゥーは、何としても物を食べる必要があると思った。それも早ければ早いだけよかった。彼には時計を売るという手だてがあったが、それをするくらいなら、飢え死にしたほうがまだましだった。要するにこれは、この実直な青年にとって、自然が彼に恵んでくれた、美しいとまではいえないが少なくとも丈夫なその声を用いる、またとないチャンスなのであった。

彼はフランスと英国のリフレインのいくつかを知っていた。彼はそれを歌ってみることに決めた。日本人は何ごともシンバルやタムタムや太鼓の音に合わせて行うのだから、きっと彼らは音楽の愛好家であるに違いない。彼らはヨーロッパの音楽の名手の才能を高く評価しうるに違いない。

しかしひょっとして演奏会を開くにはまだ時間が早すぎるのではないだろうか。予期せぬ時刻にたたき起こされた音楽愛好家たちは、この歌手に、ミカドの肖像を刻んだ貨幣を支払ってくれないのではなかろうか。

パスパルトゥーはあと何時間か待つことに決めた。そして道を歩きながら彼はこうもまた考えた。自分は旅芸人にしては身なりが良すぎるのではあるまいか。その時彼の頭に、自分の洋服と、彼の状況により見合った古着とを交換するというアイディアがひらめいた。しかもこの交換は自分に、差額の金をもたらしてくれるに違いない。そうなれば直ちにその金を食欲を満たすために使うことができるだろう。

彼の決意は固まり、あとはそれを実行に移すだけだった。あちこちさがしまわった挙げ句、ようやく彼は現地人の古物商を見つけ、彼に自分の希望を申し出た。ヨーロッパの服は古物商の気に入り、間もなく彼は日本の古い服を着てそこから出てきた。頭には、時の作用で色あせた、一種の畝《うね》つきターバンのようなものが巻かれていた。しかし彼のポケットでは、その見返りとして何枚かの銀の硬貨が鳴っていた。

彼は思った。「そうだ、カーニバルにでも参加しているつもりになればいいんだ。」

こうして「日本人化」したパスパルトゥーが、まず第一にやろうとしたことは、質素な見かけの「茶屋」に入っていくことだった。そこで彼は昼食として、残り物の鶏肉といく握りかの米を食べた。その食べっぷりはといえば、夕食がいまだ不確定の問題として残されている人間のそれであった。

たっぷりと食べて元気の戻ったパスパルトゥーはこう考えた。「さあ、ぼやぼやしている時

パスパルトゥーは日本の古い服を着てそこから出てきた.

ではない。この古着を、さらに土着の別の古着と交換する手だてはもはや残されてはいない。従って一刻も早くこの太陽の国を離れる方法を考えなくてはならない。全く、この国についてはみじめな思い出しか残らないだろう。」

そこで彼が考えたのは、アメリカにむけて出発する客船を訪れてみることだった。彼は渡航費と食費だけを報酬に、料理人か召使の資格で雇ってもらえないかと申し入れてみようと思った。サンフランシスコにたどり着ければ、あとの方途はそこで考えればよい。重要なのは日本と新大陸の間に横たわる四七〇〇マイルの太平洋を横断することなのだ。

パスパルトゥーは一つの考えを長い間ほっておくタイプの人間では全くない。彼は横浜の港に向かって歩きはじめた。しかしドックに近づくにつれて、思いついたときにはあれほど簡単に思えた彼の計画は次第次第に実行不可能なものに感じられてきた。そもそもアメリカの客船が料理人や召使を必要としている理由などどこにあろうか。それにこんな恰好《かっこう》をしている自分がどんな信用を他人に与えうるというのか。自分にいったいどんな推薦状が利用でき、どんな身分保証書が示しうるというのか。

こんなことを考えていた時、道化のような風体の男が横浜の通りを大きな広告を掲げて練り歩いているのが彼の目にとまった。この広告には英語でつぎのように書かれていた。

誉れ高きウィリアム・バタルカー率いる
　日本アクロバット団

アメリカ合衆国への出発に先立つ最終公演。
天狗神の直接の庇護のもとに行われる
　出し物「長鼻長鼻」
　　本大興行に
　　おこしあれ。

「アメリカ合衆国だって。」パスパルトゥーは大声をあげた。「これこそ渡りに舟だ。」

彼は広告男の後を追い、彼の後についたまま、間もなく日本人地区の中へと再び足を踏み入れた。それから一五分後、彼は屋根のまわりにいくつもの吹き流しの列がはためいている、大きな芝居小屋の前に足を止めた。小屋の外壁には遠近法を用いることなく、強烈な色彩で、軽業師たちの一群の姿が描き出されていた。

それはいわばアメリカ版バーナム〔一九世紀の著名な興行師。「アメリカ版」とあるが、バーナム自身もアメリカ人である〕ともいえる、かの誉れ高きバタルカー率いる一団であった。バタルカーは、軽業師やジャグラー、道化やアクロバット芸人、綱渡り、曲芸師の一座の団長であり、広告に従えば、一座は日の本の帝国を離れて合衆国に向かう前の最終興行を行うことになっていた。

パスパルトゥーは小屋に続いている柱廊の中に入り、バタルカー氏に会いたいと申し入れた。

それから、バタルカー氏その人が姿を現した。

「ご用件は何ですか。」彼はパスパルトゥーに言った。はじめ彼はパスパルトゥーを現地人だと思っていた。

「召使が必要ではありませんか。」パスパルトゥーが聞いた。

「召使ですすと。」バタルカーは顎の下に生えている白髪まじりの豊かな山羊ひげを撫でまわしながら大声で言った。「召使なら、従順で、忠実で、決して私のもとを去ろうとせず、ただ食事の面倒だけは見てやるという条件で、どんな些細なことのためでも私のために働いてくれるやつを二つ持っている。ほらこれがそうだ。」そう言って彼は、コントラバスの弦のように太い静脈が浮きでた、彼の二本の屈強な腕を見せた。

「ということは、私は何のお役にも立てないということでしょうか。」

「その通り。全く必要ない。」

「やれやれ、こちらとしては、あなたと一緒に日本を離れられれば実に好都合だったんだが。」

「おや、なんだ。あんたは日本人だと思ってたが、どうやらそれは私が猿だというのに等しかったみたいじゃないか。で、なんであんたはそんな恰好をしてるんだね。」

「自分にできる恰好をしてるだけですが。」

「それはそうだ。で、あんたはフランス人なのか。」

「そうです。生粋のパリっ子です。」

「じゃああんたはいろんな面相がつくれるはずだ。」

「それはまあ。」パスパルトゥーは自分の国籍がこのような要求につながったことに腹をたてながら答えた。「我々フランス人にも確かに面相は作れます。が、アメリカ人ほど上手ではありません。」

「それはそうだ。よし、召使として雇うことはできないが、道化としてなら君を雇ってもいい。いいかい、君。フランスでは外国人の道化をみんなに見せるだろ。それと同じで、我々は外国でフランス人の道化を見せようというわけだ。」

「はあ。」

「それに体は丈夫だろ。」

「ええ。特に食卓についていたあとは。」

「歌は歌えるかい。」

「ええ歌えます。」かつて街角の音楽会にもいくつか参加したことのあるパスパルトゥーはそう答えた。

「が、仰向けに寝て、左足の足裏の上で独楽《こま》をまわし、右足の足裏には刀をバランスよくのせながら歌うことはできるかい。」

「勿論ですとも。」若い頃自分が初めにやった訓練のことを思い出しながらパスパルトゥーは答えた。

「そうか、そこは肝心なとこだ。」誉れ高きバタルカー氏はそう答えた。

　雇用の契約がただちに結ばれた。

　こうしてパスパルトゥーはついに職にありつけた。彼は日本の有名な一座であらゆる演技をするために雇われた。たしかにそれはあまり自慢できる話ではなかった。しかしこれで遅くとも八日後には、自分はサンフランシスコ行きの船の上なのだ。

　誉れ高きバタルカーによって鳴り物入りで宣伝された興行は三時にはじまることになっていた。間もなく、日本人の楽隊の鳴らす太鼓やタムタムのおどろおどろしい楽器の音が戸口でとどろいた。想像がつくように、パスパルトゥーには自分の演じる役を十分把握するだけの余裕はなかった。しかし実際には彼は、天狗神の長鼻たちが行う「人間花房」の大演技で、自分の屈強な両肩を支えとして提供しなくてはならないことになっていた。公演中のこの「見せ場」

は、一連の曲芸をしめくくるはずのものであった。

三時になる前に、観客たちはすでに広い小屋を一杯に埋めつくしていた。ヨーロッパ人や現地人、中国人や日本人、男や女や子供たちが、狭い長椅子席や舞台に向かい合った桟敷席につめかけていた。楽士たちが小屋の中に戻った。それから、銅鑼《どら》や太鼓、拍子木、笛、長太鼓、大太鼓からなる楽隊の総勢は、すさまじい勢いで音を鳴らした。

演目自体は、あらゆる他のアクロバットの見せ物と変わるところはなかった。しかし日本人が世界でも随一の曲芸の名手であることは認める必要がある。ある者は扇や小さな紙片を使って、実に優美な蝶や花の演技を披露した。またある者は、芳しいパイプの煙によって、青みがかった一続きの文字をすばやく空中に描き出してみせた。それらの文字は全体で会衆にあてられたあいさつとなっていた。ある者はまた、火のついた蠟燭《ろうそく》を次々と空中に放り投げては、それらが唇の前を通過するごとにひとつひとつ吹き消し、再びそれらに次々と火をつけていくという驚異的な軽業をひとときも中断させることなく続けていた。また他の者は、回転するいくつもの独楽を使って信じられない絵模様をつくり出していった。彼の手にかかると、これらのうなりをあげてまわる器具はそれ固有の生命に突き動かされて無窮の旋回を続けるように見えた。独楽はパイプの管の上を、刀の刃の上を、舞台の端から端まで本物の髪の毛のようにぴんと張り渡された鉄線の上を走った。それらは、大きなクリスタルガラスの花瓶のまわりを回り、竹の階段を這《は》うようにして上り、それから四方八方に散った。独楽は様々な音調を組み合わせながら、奇妙にも調和ある音の効果を生み出していた。ジャグラーたちが独楽を用いてジャッグルする間も、その独楽は空中で回転していた。次に彼らは羽根突きのようにそれらを木の板を用いて空中に飛ばした。それでも独楽は回っていた。ポケットに入れ、再び出しても、なおも回っていた。その運動は、ついにその回転力がゆるみ、独楽が造花の束となって花開く瞬間までつづいた。

一座の軽業師や曲芸師たちによる驚異的な演技については、もはやここで描写するには及ぶまい。梯子や竿や玉や樽などを使った軽業が驚くべき正確さで演じられた。しかし何といってもこの公演の一番の目玉は、ヨーロッパではいまだに知られていないあの驚異的な曲芸師、「長鼻」たちが繰り広げる見せ物であった。

この長鼻たちは、天狗神の直接の加護のもとで、ひとつの特別な結社を形作っていた。彼らは中世の伝令吏のような恰好をして、それぞれの肩にはまばゆいほどの羽根を一枚ずつ付けていた。しかしことのほか彼らの外見を際立たせていたのは、その顔を飾っていた長い鼻と、特にその用途であった。この鼻は、実際には五ピエ、六ピエ、一〇ピエといった長さの竹筒にすぎなかった。そのうちのあるものは真っ直ぐで、あるものは曲がっていた。あるものは滑らかで、あるものはごつごつしていた。彼らの曲芸のすべては、実は、しっかりと固定されたこれら付属物の上で繰り広げられたのである。一二人ほどの天狗神の信徒たちが仰向けになると、そこに他の仲間たちがやってきて、彼らの避雷針のように突きたてられた鼻の上で跳ね回った。彼らは飛び跳ね、あちらからこちらへと飛び移り、全く考えられないような軽業の数々を披露した。

公演をしめくくる出し物として、五〇人ほどの長鼻たちが人間ピラミッドとなって、「ジャガンナートの山車《だし》」を形作る芸が特別に予告されていた。しかし誉れ高きバタルカー一座の芸人たちは、肩を支点にしてピラミッドを作るのではなく、鼻と鼻をつなぎあわせなくてはならないのであった。ところが山車の土台部分を形作るはずのメンバーのうちの一人が一座を離れてしまった。そして、屈強で器用でありさえすればよいという理由から、パスパルトゥーがこの男のかわりを務めるべく選ばれた。

若い頃の悲しい思い出をよみがえらせるような、多彩色の羽根で飾られた中世の衣装を身にまとい、六ピエもある鼻が彼の顔に取り付けられた時、真摯なる青年はまったく惨めな気持ちになった。しかしこの鼻こそが彼の糊口《ここう》の道なのだった。彼は腹を決めた。

パスパルトゥーは舞台に上がった。そして「ジャガンナートの山車」の土台部分を形作ることになる彼の仲間たちとともに整列した。彼らは全員、鼻を空に突き出して舞台にじかに横たわった。曲芸師たちの第二のグループがこれらの長い鼻の上に身を預けにきた。さらに第三の

記念塔がトランプの城のように崩れ落ちた.

グループがその上に階を作り、第四のグループもそれに加わった。こうして、先端だけで触れ合っている鼻と鼻の上に、人間による記念塔がうちたてられ、それはまもなく劇場天井部分の垂れ幕の高さにまで届こうとしていた。

拍手はさらに激しくなり、楽団の楽器も、同じ数の雷がとどろいているかのように鳴り響いた。と、その時であった。ピラミッドがぐらりと揺れ、均衡が崩れた。土台を作っていた鼻の一つが欠け落ちて、記念塔がトランプの城のように崩れ落ちた。

それはパスパルトゥーのせいであった。彼は自分の持ち場を離れ、肩の羽根の助けを借りることもなく欄干を越えていったのであった。右手の桟敷席をはい上り、一人の観客の足元にひれふした彼は、大声でこう言った。

「ああご主人様。私のご主人様。」

「君か。」

「私です。」

「そうか。そういうことならば、さあ、君、客船に急ごう。」

フォッグ氏と、フォッグ氏に連れそっていたアウダ夫人とパスパルトゥーの三人は、小屋の外の廊下を大急ぎで駆けた。しかしそこで彼らは、かの誉れ高きバタルカー氏に出くわしてしまった。氏はかんかんだった。彼はこの「倒壊」に対する損害賠償を要求した。フィリアス・

彼らのあとに，背中に羽根をのせたパスパルトゥーが続いた．

フォッグはひとつかみの紙幣を彼に投げ、その怒りを静めた。こうして六時三〇分、まさに船が出発しようとしているその時に、フォッグ氏とアウダ夫人はアメリカの客船に乗り込むことができた。彼らのあとにパスパルトゥーが続いた。パスパルトゥーは背中に羽根をのせ、顔には六ピエの鼻をつけていた。この鼻を、彼はまだ自分の顔からもぎとれずにいたのだった。

24　太平洋横断がなしとげられる

上海が見えてきた時に何が起きたか、それは容易に理解できよう。タンカデール号の発したシグナルは横浜行きの客船の目にとまった。半旗が掲げられているのを見た船長は小スクーナーの方に近づいた。しばらくの後、フィリアス・フォッグはこの航海の費用として既に合意していた額の支払いを行い、船主のジョン・バンスビーのポケットには五五〇ポンド(一万三七五〇フラン)が入れられた。それから誉れ高き紳士とアウダ夫人とフィックスは客船に乗り込んだ。客船はすぐに長崎と横浜にむけて航行をはじめた。

船は一一月一四日の朝、予定通りの時刻に到着した。フィリアス・フォッグは用があるというフィックスと別れてカーナティック号に赴いた。そしてそこで、フランス人パスパルトゥーなる者が確かに前日横浜に到着していることを知った。このニュースを聞いてアウダ夫人は大いに喜んだ。おそらくはフォッグ氏もまた喜んでいたが、彼がそれを表に出すことは全くなかった。

その日の夕刻、サンフランシスコに向けて再び出発しなくてはならなかったフィリアス・フォッグは、すぐに彼の召使を探しにかかった。彼はフランスと英国の領事館員に尋ねてみたが埒《らち》があかなかった。何の成果も得られぬまま横浜の町を歩いていると、彼にはもう、パスパルトゥーを見つけることができないのではないかと思えてきた。と偶然、恐らくはある種の予感に促されて、彼は誉れ高きバタルカーの小屋に入ってみる気になった。彼の方から、あの伝吏のような風変わりな恰好をした自分の召使を見分けることは恐らくできなかったであろう。が、召使の方は逆立ちしたその位置から、桟敷席にいる彼の主人の姿を見つけたのであった。彼にはもう鼻の動作を続けていることができなかった。こうして均衡がくずれ、すでに述べたような事態が起きたのであった。

以上がパスパルトゥーがアウダ夫人の口からじかに教えられたことがらだった。夫人は彼にまた、フィックスなる人物を道連れにした香港から横浜〔上海の間違い〕までのタンカデール号での航海が、いかにしてなされたかも語った。

フィックスという名を聞いてもパスパルトゥーは眉をひそめなかった。彼はこの刑事と自分との間に起きた出来事について、主人に知らせるにはまだ時期が早すぎると思っていた。したがってパスパルトゥーが自分の体験した出来事を語るに際しても、彼はただ、自分が横浜〔香港の間違い〕の喫煙所で阿片の陶酔にみまわれたことについてだけ自分を責め、また詫びた。

フォッグ氏は何も答えず、冷静にこの話を聞いた。それから彼は、彼の召使がもっとましな衣服を船上で購入できるようにと、十分な金額を彼に貸しあたえた。それから一時間もたたぬうちに実直な青年は鼻を切り、羽根を落とし、天狗神の信徒を思わせるものはもはや何一つない姿になっていた。

横浜―サンフランシスコ間を横断する客船は「パシフィック・メール・スティーム」会社に所属し、ジェネラル・グラント号といった。それは二五〇〇トンの大きな外車船〔水かき水車を備えた初期の汽船〕で、十分な設備を持ち、相当のスピードが出せる船であった。デッキの上方では巨大な振り子が交互に上がったり下がったりしていた。その一方の先端はピストンの軸とつながっており、もう一方の先端は推進棒とつながっていた。この推進棒は直線運動を回転運動に変えるもので、じかに外輪の木の部分にとりつけられていた。ジェネラル・グラント号はスクーナー用マストを三本装備しており、その広々とした帆は大いに蒸気機関を助けていた。時速一二マイルで進めば客船はせいぜい二一日で太平洋を横断できるはずであった。従ってサンフランシスコに一二月二日に到着して、その後、一一日にはニューヨーク、二〇日にはロンドンに着くはずである。こうして運命の日付一二月二一日には数時間の余裕ができているはずだ。フィリアス・フォッグがそう考えたのは当然であった。

蒸気船には実に多くの船客が乗っていた。英国人や、沢山のアメリカ人や、アメリカに渡る苦力《クーリー》の移住団とでも呼ぶにふさわしい人々、それにまた、休暇を使って世界一周の旅をしているインド軍将校たちもかなりの数乗っていた。この横断の間中、航海面のトラブルはひとつも起きなかった。客船は大きな外輪の上で安定し、丈夫な帆にも支えられて、ほとんど横揺れすることがなかった。太平洋とはまさしくその名にふさわしい海であった。フォッグ氏はいつもと変わらず冷静で、口数も少なかった。彼に同行していた若き女性は、次第次第に、自分が感謝とは異なる別の絆によってこの男性に引かれはじめていることを感じていた。この物静かな、そしてつまるところ実に寛大な人物は、彼女自身が思っている以上に彼女の心をとらえていた。そして彼女は、ほとんど自分でも気づかぬうちに、この男性への思いに浸っているのであった。が、謎めいたフォッグ氏の方は彼女の思いの影響力を何ら受けていないように見えた。

アウダ夫人はまた、この紳士の計画そのものにも強い関心を抱いていた。彼女はこの旅の成功が何らかの障害によって脅かされはしまいかと恐れていた。彼女はしばしばパスパルトゥーと話をした。パスパルトゥーはアウダ夫人の言葉からその心中を察することができた。この実直な青年は今や彼の主人に対して、純朴な信頼を抱くようになっていた。彼はフィリアス・フォッグの誠実さ、寛大さ、献身ぶりについて、尽きることのない賛辞を送った。彼はアウダ夫人に何度も、自分たちは既に最難関を切り抜けたこと、中国や日本といった風変わりな国々を離れて、これからは再び文明国に戻っていくのだということ、そしてまた、サンフランシスコとニューヨークを結ぶ鉄道とニューヨーク—ロンドン間の大西洋汽船さえあれば、おそらくは決められた期限内にこの無謀にも見えた世界一周を終えることは可能であることを述べて、この旅の結末について彼女を安心させた。

横浜を出てから九日後に、フィリアス・フォッグはちょうど地球の半周をまわり終えた。

実際ジェネラル・グラント号は、一一月二三日に一八〇度の子午線を通過した。地球の反対側では、ちょうどこの線上にロンドンの対蹠地《たいしょち》がくるのである。彼に与えられた八〇日のうち、フォッグ氏は既に五二日を使ってしまっていた。そして彼に使うことの出来るのはあと二八日だけであった。が注意しておかねばならないのは、なるほど紳士が、「子午線の差異」という観点からすればまだ旅の半ばにしか達していなかったとしても、実際には既に全行程の三分の二以上は終えられていたということである。全く、ロンドンからアデンへ、アデンからボンベイへ、カルカッタからシンガポール、シンガポールから横浜へと、どれだけの迂回をここまで強いられてきたことか。もしもロンドンの緯度である北緯五〇度をぐるっと一周していたなら、その距離はおよそ一万二〇〇〇マイルにすぎなかったはずであった。しかし実際にはフォッグ氏は移動手段の気まぐれから、二万六〇〇〇マイルを走破せねばならなかった。そして既に彼は、この一一月二三日の時点で、そのうちのおよそ一万七五〇〇マイルを終えていた。しかもこれまでとは違って、これからは道はまっすぐである。そして今後はもはやフィックスが次から次へと面倒を生みだすということも考えられないのだった。

この一一月二三日にはまた、パスパルトゥーにとって、大きな喜びを感じる出来事があった。この頑固な青年が、彼の家宝の時計を何としてもロンドン時間のままに保ち、自分の通過する国々の時間をまちがった時間と決めつけていたことを思い出していただきたい。ところでこの日、一度も進ませたり遅らせたりしていないのに、彼の時計は船の上のクロノメーターと一致したのであった。

パスパルトゥーが誇らしく思ったことは容易に想像できる。彼はもしもフィックスがそこにいたら何というだろうか、知りたい気持ちだった。「俺に子午線だの太陽だの月だのの話をくどくどしていたあのしょうのないやつめ。」何度もパスパルトゥーはそう繰り返した。「全く鼻持ちならない連中だ。連中の話をよく聞いて、ご立派な時計を作るもいいさ。がこの俺は、いつの日かきっと、太陽の方が俺の懐中時計に時間を合わせてくるだろうと確信していたんだ。」

パスパルトゥーはしかし次のことを知らなかったのであった。もしも彼の懐中時計の文字盤がイタリアの大時計のそれのように二四時間に分けられていたなら、彼には誇らしげな気持ちになれる理由など、なにひとつとして見出せなかったであろうという事実を。というのも船上で朝の九時である時、実は彼の時計の針は夜の九時を、つまり夜中の零時から数えて二一時間目を指していたはずだったからである。ロンドンと一八〇度子午線の間にはちょうどそれだけの差異が存在していたのであった。

しかし仮にフィックスに、純粋に物理的なだけのこの現象を説明する能力があったとして、パスパルトゥーには、たとえそれが理解できたとしても、その事実を認めることはおそらく不可能であったろう。いずれにせよ、いまこの時にもしも刑事が不意に船上に姿を見せるようなことが起きれば、その時は、当然のごとく彼に対する恨みを抱いているパスパルトゥーは、彼との間でそれとは全く異なる話題を、全く異なるやり方でとりあげていたことであろう。

で、そのフィックスはこの時一体どこにいたのであろうか。

フィックスはほかならぬジェネラル・グラント号の船上にいた。

ことの次第はこうであった。横浜に到着した刑事は、フォッグ氏とは昼間のうちにまた会えるであろうとふんで、彼と離れてすぐに英国領事館に向かった。そこで彼はついに逮捕状を手に入れることができた。ボンベイからずっと彼のあとを追ってきたこの逮捕状には四〇日も前の日付が記されていた。逮捕状は香港からは、例のカーナティック号で彼宛に送られた。彼がこの船に乗っていると思われていたからである。彼の落胆ぶりはいかばかりであったろう。逮捕状はもはや効力をもたなくなってしまっていたのだ。フォッグ氏は英国領をすでに離れてしまっていた。今彼を捕まえるのに必要なのは本国への身柄引き渡し状なのであった。

しばしの怒りのあとフィックスはこう考えた。「やむをえん。俺の受け取った逮捕状もここではもはや役立たずだ。が、英国ではそれは有効となろう。あの悪党はどうやらうまく警察をまいたと信じて、自分の国に戻ろうとしている様子だ。よかろう。あいつのあとを英国まで追って行くことにしよう。金については、何とか残ってくれることを祈るしかない。それにしても、旅費に特別手当、裁判に罰金、象やらその他様々な費用まで全て入れると、あの男は既に五〇〇〇ポンド以上を彼の途上に落としている。いやはや、銀行というところには金があるもんだ。」

決心がついたところで、彼はただちにジェネラル・グラント号に乗船した。彼が船にいると、フォッグ氏とアウダ夫人が到着した。が、彼にとってこれ以上ないほどの驚きだったのは、伝令吏の衣装の下にパスパルトゥーの姿を認めたことであった。彼はただちに船室に身を隠した。説明をすれば計画が全て台無しになると思い、彼はそれを避けたかった。彼は、船客の多さにまぎれて敵に見つからずにすむかもしれないと期待した。が、まさに今日、彼は船首でその敵と偶然はちあわせしてしまったのであった。

パスパルトゥーは何の説明もせずにいきなりフィックスの喉元にとびかかった。そして何人かのアメリカ人が大喜びですぐにパスパルトゥーの勝ちの方に賭けているさなか、彼はこの気の毒な刑事に見事なめった打ちを浴びせた。それはフランス・ボクシングのイギリス・ボクシングに対する大いなる優位を証拠立てるものであった。

パスパルトゥーは相手を殴りおわると、前より穏やかになり、あたかもほっとしたかのようであった。フィックスはかなりひどい状態のまま再び起き上がって彼の敵手の顔を見ながらこう冷静に言った。

「これでおわりか。」

「ああ、さしあたりはね。」

「じゃあ話をしに行こうじゃないか。」

「でも何の……」

「君の主人の利益につながる話だ。」

パスパルトゥーはこの冷静さに魅了されたかのように、刑事のあとについていった。二人は汽船の船首に腰を下ろした。

「ひどくやってくれたね。」フィックスが言った。「で、今度は私の話を聞きたまえ。いままでは私はフォッグ氏の敵だった。が、これからは彼の側につこうと思う。」

「とうとうあんたも、あの方が立派な方だと思えるようになったということかね。」パスパルトゥーが大声で言った。

「そうではない。」フィックスが冷たく言った。「彼のことは悪党だと思っている。まあ静かに。動かずにこのまま私に言わせてくれ。フォッグ氏が英国の領土内にいる限りは私には逮捕状を待ちながら彼を引き止めておく意味があった。私はそのためにあらゆる手を尽くした。ボンベイの僧侶たちを彼の邪魔をするために送り込んだり、君を香港で酔わせたり、君を君の主人と引き離したり、あるいはまた、彼が横浜行きの客船に乗れないようにもした。」

パスパルトゥーは拳を握りしめながら彼の話を聞いていた。

「ところが今や、フォッグ氏は英国に戻ろうとしているように見える。」フィックスが続けた。「よかろう。私は彼のことを追っていくつもりだ。がこれから先、私は、彼の途上から障害物を取り除くために、これまでそれを積み上げるために用いてきたのと同じだけの配慮と熱意を傾けるつもりでいる。お分かりか。私の役回りは変わった。それが変わったのは私の利害がそう望んでいるからだ。実は君の利害も私の利害とおなじだ。というのも、君が仕えている人物が犯罪者であるか立派な人間であるかは、英国に着いた時に初めて分かることではないか。」

パスパルトゥーはとても注意深くフィックスの話を聞いた。フィックスが全くの本心から話をしていることは納得できた。

「さあ、君と私は友人といえるかな。」フィックスが聞いた。

「友人ではない。」パスパルトゥーが答えた。「が、仲間というならそうかもしれない。ただしそれも、よく確かめた上でという条件つきだ。これっぽっちでも裏切りの気配が見えたら俺はあんたの首を絞める。」

「了解した。」刑事は落ち着きはらってそう言った。

それから一一日後の一二月三日、ジェネラル・グラント号は金門湾内に入っていき、サンフランシスコに到着した。

フォッグ氏にはいまだ、一日の稼ぎも損失もなかった。

25　サンフランシスコの概観。政治集会の一日

朝の七時であった。フィリアス・フォッグとアウダ夫人とパスパルトゥーはアメリカ大陸に足を踏み入れた。もっとも、彼らが下り立った浮き桟橋に「アメリカ大陸」の名を与えることができたとしての話ではあるが。これらの桟橋は潮の満干とともに上下して、船荷の積載や陸揚げにとっては都合がよかった。埠頭には、大小様々な快速帆船、あらゆる国籍の蒸気船、サクラメント川とその支流を運航する数階建ての汽船などが繫留《けいりゅう》されていた。そこにはまた、メキシコやペルーやチリ、ブラジル、ヨーロッパ、アジアやさらには太平洋の全ての島々にまで及ぶ広汎な貿易がもたらした品々が、うずたかく積みあげられていた。

ついにアメリカの大地にふれられるという喜びで一杯のパスパルトゥーは、船を下りる時には最も見事なとんぼ返りをしなくてはいけないと思い込んだ。ところが彼が着地した桟橋の板は虫喰いだらけだった。彼はもう少しで板を突き抜けてしまうところだった。こんなやり方で新大陸に「足を踏み入れた」ことにすっかり狼狽《ろうばい》した真摯なる青年は、とてつもない叫び声をあげた。彼の叫び声が、浮き桟橋の常連の住人である無数の鵜《う》やペリカンたちを飛び去らせた。

彼はもう少しで板を突き抜けてしまうところだった.

フォッグ氏は、船を下りるやただちに、ニューヨーク行きの次の列車の出発時刻を尋ねた。それは夕方の六時ということだった。フォッグ氏は従ってこのカリフォルニアの首都でまる一日を費やすことができた。彼はアウダ夫人と自分自身のために馬車を一台呼んだ。パスパルトゥーが御者席に座り、一行程三ドルの馬車はインターナショナル・ホテルに向かった。

自分のいる高い座席からパスパルトゥーは興味深げにこの大きなアメリカの都市を眺めた。そこには、広々とした通りや、整然と列をなして並ぶ屋根の低い家々、アングロサクソン・ゴチック様式の教会や寺院、広大なドック、さらにはまた、木造やレンガ造りの、まるで宮殿のように立派な倉庫が見られた。通りには多くの自家用馬車や乗合馬車、鉄道馬車の車両が行き来し、人々でごったがえしている歩道には、アメリカ人やヨーロッパ人だけでなく、中国人やインド人、更には、この二〇万以上の人口を構成している様々な人々の群れがあった。

パスパルトゥーは今自分が目にしているものにかなり驚いていた。彼が思い描いていたのは、依然として、あの一八四九年の伝説的都市、すなわち、金塊を探しにやってきたならず者や放火魔や人殺したちの都市、あらゆる落伍者たちの住む乱雑な場所、片手に拳銃、もう一つの手にナイフを持って砂金を賭けている人間たちがいるあの都市だったからである。しかしそうした「よき時代」は既に過去のものであった。今やサンフランシスコは大きな商業都市の外観を呈していた。監視兵が見張っている市庁舎の高い塔の下には、大小様々な通りが直角に交差しながら広がり、通りと通りの間からは緑豊かな小公園があざやかにその顔をのぞかせていた。さらにはまた、まるでおもちゃ箱に入れて中国からそっくり輸入してきたかのような中華街もあった。ソンブレロや、金鉱を追う者たちの着るはやりの赤シャツや、羽根をつけたインディアンの姿はもはやそこにはなく、あるのはただ、貪欲なまでの行動力を備えた沢山の紳士たちが身につけている、シルクハットと黒服だけであった。いくつかの通りには豪華な店が建ち並び、そのショーウィンドーには世界中の産物が陳列されていた。とりわけモンゴメリー・ストリートの外観は、ロンドンのリージェント・ストリートやパリのブールヴァール・デ・ジタリアン、ニューヨークのブロードウェーに匹敵するほどであった。

インターナショナル・ホテルに着いたパスパルトゥーは、自分が英国を離れて別の場所にいるという気がしなかった。

ホテルの一階は大きな「バー」でしめられていた。それは、通りかかる者誰にでも無料で開かれている一種のビュッフェのようなものであった。そこでは利用客は、自分の財布の紐をゆるめることなく、干し肉や牡蠣《かき》のスープやビスケット、チェスターチーズを分けてもらうことができた。

客は飲み物だけ自分で払えばよかった。エールであれポルト酒であれシェリー酒であれ、もしも気が向いて冷たいものを飲みたくなったときにだけ、その代金を支払えばよかったのである。パスパルトゥーにはそれが「きわめてアメリカ的な」ことと感じられた。

ホテルのレストランは快適だった。フォッグ氏とアウダ夫人は一つのテーブルに席をとり、この上もなく美しい黒色の肌の黒人たちが給仕してくれる、とても小さな皿にのせられた料理を山ほど食べた。

昼食がすむとフィリアス・フォッグはアウダ夫人を伴ってホテルをあとにし、パスポートを査証してもらうために英国領事館に赴いた。彼は歩道で彼の召使と出くわした。召使は彼に、パシフィック鉄道に乗り込む前にエンフィールド・カービン銃とコルト拳銃を数十梃購入しておく方が安全なのではないかと尋ねた。パスパルトゥーは、スペインの盗賊が普通に旅人でも襲うように、簡単に列車を止めてしまうスー族やらポーニー族やらについて耳にしたことがあったのである。フォッグ氏はそれは無用な心配であると答えた。が彼は、パスパルトゥーがよかれと判断したことについては、彼に自由にやらせておくことにした。それからフォッグ氏は領事館の方に向かって歩いていった。

フィリアス・フォッグが二〇〇歩も歩かぬうちに、「この上もなく大きな偶然によって」、彼はフィックスと出くわした。刑事はとても驚いて見せた。何ということか。フォッグ氏と自分が同じ船で太平洋を横断していたとは。しかも船上で一度も顔を合わせることがなかったとは。が、いずれにせよ、これほどお世話になった紳士と再会できることは自分にとって光栄以外のなにものでもない。そして自分も仕事でヨーロッパに帰るところなので、この後の旅をこんなにも気持ちのよい友と一緒に続けることができて、とてもうれしく思う。

フォッグ氏は自分こそ光栄に感じていると答えた。そして、フォッグ氏から決して目をはなさないでいようと思っているフィックスは、一緒にこの興味深いサンフランシスコの町の見学をさせてはもらえないかと申し出た。この申し出は受け入れられた。

かくしてアウダ夫人、フィリアス・フォッグ、フィックスは三人で通りを散策することとなった。彼らは間もなくモンゴメリー・ストリートに入っていった。通りは凄まじい人であふれていた。歩道に、車道の中央に、また、コーチや乗合馬車の絶え間ない往来にも関わらず、鉄道馬車の線路の上に、店先に、あらゆる家々の窓辺に、また屋根の上にまでも、数えられないほどの群衆がいた。群衆の間を、広告を掲げた男たちが歩き回っていた。のぼりや旗が風になびき、喚声があちこちから沸き起こっていた。

「カマーフィールド万歳!」

「マンディボーイ万歳!」

それは政治集会であった。少なくともフィックスはそう考えた。そして彼はこの考えをフォッグ氏に伝えて、こう付け加えた。

「おそらくこの群衆の中には入っていかない方が身のためと思います。入っていけばパンチを何発か食らうのが関の山です。」

「たしかに。たとえそれが政治に関わるパンチであってもパンチには変わりありませんからね。」

フィックスはこの指摘を聞いて微笑みを返すべきなのであろうと思った。それからアウダ夫人とフィリアス・フォッグと彼は、乱闘に巻き込まれることなく見物ができるよう、モンゴメリー・ストリートの高台のテラスに続く、階段の上の踊り場に場所をとった。彼らの前の通りをはさんだ向こう側には、石炭商の埠頭と石油卸売商の店舗の間に、横長の事務机がひとつ、屋外に置かれていて、それに向かって様々な群衆の流れが集まってきているように見えた。

しかしこの政治集会は一体何のためのものだったのか。それはどのような機会に開かれていたのか。フィリアス・フォッグはそれについては全く知らなかった。それははたして、軍人出身あるいは文民出身の高級官吏を、もしくは州知事あるいは国会議員を、任命するための会合であったのだろうか。町中を沸き立たせているこの並外れた熱狂ぶりを見る限りでは、そう推測することも許されそうであった。

とその時、群衆の中に一つの大きな動きが生じた。手という手が空中高く伸ばされていた。それらの手のいくつかは固く拳を握り、振り上げられたかと思うと、喚声の中ですばやくうちおろされたかのように見えた。おそらくそれは、力強く投票の表明を行うためのやり方であったのだろう。人の波で群衆は押され、後退した。のぼりが揺れ、一瞬姿を消したかと思うと、ぼろぼろになって再び現れた。うねりの波は階段の所にまで広がっていった。顔という顔は、まるで突風に突如揺さぶられた波立つ海の表面のように揺れ動いた。黒い帽子の数はまたたく間に減っていき、その大部分が通常の高さを失ってしまったように見えた。

「これは明らかに政治集会です。」フィックスが言った。「集会の発端となった問題が皆を興奮させているのです。すでに解決された事件かもしれませんが、アラバマ号事件がその問題だったとして、私は全く驚きません。」

「そうかもしれません。」フォッグ氏はあっさりと答えた。

「いずれにせよ対立する二人の論客が一堂に会しているのです。一方が誉れ高きカマーフィールド、もう一方が誉れ高きマンディボーイです。」

アウダ夫人はフィリアス・フォッグの腕につかまってこの騒然たる光景を驚きとともに眺めていた。そしてフィックスがこの群衆たちの興奮の理由を隣にいた人間の一人に尋ねようとしたちょうどその時、これまでよりもさらに目立った一つの動きが生じた。罵詈雑言《ばりぞうごん》の混じったわあっという叫び声が一段と大きくなった。のぼりの柄は攻撃のための武器と化した。開いた手はもはや見られなくなり、至る所で拳が振り上げられた。止められた車の上で、運行を邪魔されて動けなくなった乗合馬車の上で、多くの殴打の応酬がくりひろげられた。どんなものでも弾丸になった。長靴や短靴が空中に鋭い弾道を描いた。何梃かの拳銃が群衆の怒号に向かって、その国家的轟音を響かせたようにも見えた。

群衆が階段に近づいてきた。彼らは押し戻されるようにして、はじめの何段かに流れ込んできた。陣営のどちらか一方が明らかに押し返されていたのだった。しかし単なる見物人にははたしてマンディボーイが有利なのか、カマーフィールドが有利なのかは見分けることができなかった。

「退却するのが得策と思えますが。」そうフィックスは言った。彼は「自分の目当て」たる人物が余計な目にあったり、厄介な事態にまきこまれたりすることを望んでいなかったのであった。「もしもこれらすべてが英国で起こっていたとして、もしも我々がここにいることを目撃されたとしたなら、こんな乱闘のさなかとあってはそれはずいぶん我々の沽券《こけん》に係わる事態になるでしょう。」

「しかし英国市民たる者は……」フィリアス・フォッグは答えようとした。

しかし紳士は最後までその言葉を終えられなかった。階段に続くテラスの上から恐ろしい怒号があがった。「万歳万歳、マンディボーイ万歳。」

それはカマーフィールド支持者たちに側面攻撃をしかけて、自分の陣営を救援しようと駆けつけた選挙人たちの一群であった。

フォッグ氏、アウダ夫人、フィックスの三人は二つの陣営の間にはさまれてしまった。逃げ出すにはすでに遅すぎた。鉛を仕込んだ杖や棍棒で武装した男たちの奔流はとどめることができなかった。フィリアス・フォッグとフィックスは若い女性を守ろうとしてひどく突き飛ばされた。

フォッグ氏もまた、通常の粘液質的冷静さこそ失わないものの、自然があらゆる英国人の腕の先につけてくれた天然の武器を用いて防戦しようと試みた。が、うまくはいかなかった。軍団の長のように見える、赤い山羊ひげをはやし、顔色のよい、肩幅のある図体の大きな屈強な男が、恐るべきげんこつをフォッグ氏めがけて振り上げた。もしもフィックスが彼の献身によってフォッグ氏にかわってその拳を受けとめていなかったならば、紳士はひどいけがをしていたことであろう。一方刑事のシルクハットは単なるトック帽に変形し、その下にはたちまち大きなこぶがひろがった。

「ヤンキーめ。」フォッグ氏は彼の敵手に深い侮蔑の視線を投げながらそう言った。

「英国男め。」相手が答えた。

「必ずやまた会おう。」

「お望みの時にいつでも。で、名前は。」

「フィリアス・フォッグだ。君の名前は。」

もしもフィックスが彼の献身によってその拳を受けとめていなかったならば…

「スタンプ・W・プロクター大佐だ。」

二人はそう言いおわり、やがて人々の波もひいた。倒されたフィックスは再び起き上がった。服はびりびりだったが、ひどい打ち傷は受けていなかった。彼の旅行用マントは不均等な二つの部分に破れていた。彼のズボンはといえば、インディアンのある者たちがファッション上の理由から、尻の部分をあらかじめ切り取ってから身につけているあの半ズボンに似ていた。しかし結局のところ、アウダ夫人も難を逃れていたし、一人フィックスがげんこつを食らっただけですんだのであった。

群衆たちの外に出るや、フォッグ氏は刑事に言った。「ありがとうございました。」

「いいえどういたしまして。」フィックスが答えた。「それよりも行きましょう。」

「どこに。」

「洋服屋ですよ。」

実際この洋服屋への訪問は時宜を得たものだった。フィリアス・フォッグとフィックスの服はぼろぼろで、あたかも二人の紳士は誉れ高きカマーフィールドとマンディボーイのために殴り合ったかのようだったからである。

一時間後には二人は立派な身なりと髪形になっていた。それから彼らはインターナショナル・ホテルに戻っていった。

そこではパスパルトゥーが六梃の中央引火式六連発回転拳銃を用意して主人の帰りを待っていた。フィックスがフォッグ氏と一緒にいるのを見て、彼の顔は曇った。しかしアウダ夫人が何が起きたかをかいつまんで話したため、パスパルトゥーは安心した。たしかにフィックスはもう敵ではない。彼は仲間になったのだ。彼は約束を守ったのだ。

夕食が終わり、大型の馬車が呼ばれた。客と荷物を駅まで運ぶための馬車であった。馬車に乗り込むときにフォッグ氏はフィックスに言った。

「あれ以来プロクター大佐の顔を見ていませんか。」

「ええ。」フィックスが答えた。

「大佐を見つけ出すためならば、私はもう一度アメリカに戻ってきてもよいと思っています。」フィリアス・フォッグは冷静にそう言った。「一英国市民があのような扱いを受けることは穏当とは申せません。」

刑事は微笑を浮かべ、その言葉には答えないでいた。しかし明らかにフォッグ氏は、己の名誉を守るためならば、自国での決闘が許されない場合は外国でも闘う用意のある、あの英国人種の一人なのであった。六時一五分前、旅行者たちは駅に着いた。列車はすぐにでも出発できる状態だった。

列車に乗り込もうとした時、フォッグ氏は一人の駅員を見つけて彼に近づいた。

「ちょっとお尋ねしますが。」フォッグ氏は彼に言った。「今日サンフランシスコで何か騒ぎがありませんでしたか。」

「あれは単なる政治集会です。」駅員が答えた。

「しかし町中にかなりの興奮が見られたように思いましたが。」

「あれはただの、選挙のために企画された集会にすぎません。」

「恐らくは総司令官でも選ぶための選挙なんでしょうね。」

「いや、治安判事の選挙ですよ。」

この答えを聞いてからフィリアス・フォッグは客車に乗り込んだ。そして汽車は全速で走り出した。

26　パシフィック鉄道会社の急行列車に乗車する

オーシャン・トゥー・オーシャン〔大洋から大洋へ〕。アメリカ人はそのように表現していた。そしてこの三つの単語は、アメリカ合衆国を端から端まで横断しているこの「主要幹線」の、一般的な呼び名であったようである。しかしながら実際には「パシフィック鉄道」ははっきり異なる二つの部分に分かれていた。一つはサンフランシスコとオグデンを結ぶ「セントラル・パシフィック線」であり、もう一つがオグデンとオマハを結ぶ「ユニオン・パシフィック線」であった。オマハでは五つの異なる線が交わっており、こうしてオマハは頻繁にニューヨークと接続されていた。

つまりニューヨークとサンフランシスコは、三七八六マイルにも及ぶ途切れのない金属の帯によって結ばれているのであった。オマハと太平洋の間では、鉄道は、いまだインディアンや猛獣が頻繁に出没する地域を通る。この広大な領域はまた、イリノイを追われたモルモン教徒たちが一八四五年頃以来入植を始めている所である。

かつてはもっとも恵まれた条件のもとでも、ニューヨークからサンフランシスコまで行くのに六カ月を要した。それがいまでは七日しかかからない。

一八六二年、もっと南側を通る路線を要望していた南部の議員たちの反対を退けて、鉄道の路線は北緯四一度と四二度の間に定められた。そして、その名声がいまなお惜しまれる、かのリンカーン大統領が、新路線の起点を自らネブラスカ州のオマハ市と決めたのであった。工事はただちに開始され、それは、書類や手続きとは無縁のアメリカ独特の行動力によって進められていった。作業の迅速さは、いかなる意味においても鉄道工事の順調な仕上がりの妨げとはなりえなかった。作業は草原地帯では、一日一マイル半の速度で進んだ。昨夜敷かれたレールの上を、翌日のレールを運ぶ蒸気機関車が走った。機関車は、レールが敷設されるのに応じて、その上を先へ先へと走っていった。

パシフィック鉄道は、アイオワ、カンザス、コロラド、オレゴンの各州において、その路線上から、いくつかの支線を延ばしている。オマハを出た鉄道はプラット川左岸に沿って西に進み、やがて北部線との分岐点に至る。分岐点では南部線を行き、ララミー地帯、ワサッチ山脈を横切り、ソルト湖の周りをまわって、モルモン教徒たちの中心地であるソルト・レーク・シティーに至る。次いで鉄道はテュイラの谷に入り、アメリカの砂漠やシーダー、ハンボルトの両山脈、ハンボルト川、シエラ・ネバダに沿って進み、再び傾斜を下って、サクラメントを通り太平洋に至る。この間線路の傾斜は、ロッキー山脈を横断する区間についても、一マイルにつき一一二ピエの比率を越えることはない。

これが七日間で列車が走破する長い動脈の行程であった。そしてこの動脈を通って、誉れ高きフィリアス・フォッグは、一一日にはニューヨークでリヴァプール行きの客船に乗れるはずだった。少なくともそう彼は願っていた。

フィリアス・フォッグの乗った客車は言わば、それぞれ四つの車輪をつけた二つの台車の上に、縦長の乗合馬車の車両がのっかっているようなものであった。台車の車輪の方向を変えることで半径の小さなカーブもきることができた。内部にコンパートメントはなかった。車内の両側には、列車の軸に直角に座席が置かれ、それらが縦に二列並んでいた。二つの列の間には、車両ごとに備えられている洗面所やトイレに行くための通路が設けられていた。

列車の全車両は端から端まで連結部分を通してつながっていた。かくして乗客たちは、列車の先端から後尾まで移動することが可能であった。列車には応接車や展望車、食堂車、喫茶車が置かれていた。ないのは劇場車くらいのものであったが、それもいつの日か作られることであろう。

連結部では、本や雑誌を売り歩く売り子たちが絶えず行き来していた。飲料品、食料品、葉巻の販売人たちもまた、顧客には事欠いていなかった。

旅客がオークランド駅を離れたのは夜の六時のことであった。既に日は落ちていた。暗く冷たい夜で、空を覆う雲からは今にも雪が落ちてきそうであった。汽車の進み方はさほど速くはなかった。停車の時間も含めると、汽車はせいぜい時速二〇マイルでしか進んでいなかった。しかしこの速度で、規定の時間内で合衆国を横断することが可能なのであった。

客車の内部では人々はほとんど話をしなかった。それにほどなく眠気が旅人たちを襲ってきた。パスパルトゥーは刑事の近くに座っていた。しかし彼が刑事に話しかけることはなかった。例の一件があって以来、二人の関係はすっかり冷えきっていた。好感も親密な感情ももはやなかった。フィックスの態度には何らの変化もなかったが、一方のパスパルトゥーは極端なまでに控えめな態度を取り、ちょっとでも疑わしい気配があれば、かつての友の喉を絞めてやろうと構えていた。

汽車の出発から一時間後に雪が落ちてきた。幸いなことに、それは列車の運行を遅らせるには至らない細かな雪だった。窓の向こうに見えるものは、もはや一面の白色の広がりだけだった。その白い広がりの上に渦巻きを作りながら機関車が蒸気を吐き出す時、その蒸気は灰色がかってみえた。

八時に「スチュワード」が客車に入ってきて、旅客たちに消灯のベルが鳴ったことを知らせた。この客車は「寝台車」でもあり、何分かのうちにそこは共同寝室と化した。座席の背の部分が折り返され、それまできっちりとたたまれていた簡易寝台が巧みな仕方で広げられ、数分の間に寝室ができあがった。そして間もなく旅客たちはそれぞれ、厚いカーテンで不躾《ぶしつけ》な視線から守られた、快適なベッドを手に入れることができるのだった。シーツは白く枕はふかふかだった。あとは横になって眠るだけだった。そして実際乗客たちは皆、あたかも客船の快適な船室にでもいるような思いで床に就いた。その間も汽車はカリフォルニア州を全速で走り抜けていた。

サンフランシスコとサクラメントの間に広がるこの領域は地面の起伏もさほど激しくはない。「セントラル・パシフィック線」の名称を持つ鉄道は、はじめサクラメントを出発駅とし、そこから東に進んでオマハから来る鉄道と合流していた。サンフランシスコからカリフォルニアの州都まで、鉄道はまっすぐ北東に延び、サンパブロ湾に注ぐアメリカン川に沿って進んでいる。この二つの大都市の間の一二〇マイルを列車は六時間で走る。そして深夜の零時頃、旅客たちは、寝入りばなの深い眠りの中でサクラメントに入っていった。乗客たちは従って、このカリフォルニア州の立法府の所在地である大都市を、何一つ見ないままで通りすぎた。その美しい川沿いの道も、幅広の道路も、豪華な屋敷も、小さな公園も、またその寺院の数々も、彼らは見ることがなかった。

サクラメントを出た汽車は、ジャンクション、ロクリン、オーバーン、コルファックスの駅を過ぎ、シエラ・ネバダ山脈の中へと入っていった。朝の七時に列車はシスコの駅を通過した。

シーツは白かった.

その一時間後、共同寝室は再び通常の客室に戻り、乗客たちは車窓から、山岳地方の絵のように美しい眺めを望むことができた。鉄道の線路は変化に富むシエラの地形に合わせて敷かれており、ある場所では山腹にぴったりとくっついて走り、別の場所では断崖の上にひっかかるようにして続いていた。それは、急な曲がり角を避けて大きなカーブを描いたかと思うと、出口がないのではないかと思われるような狭く深い峡谷の中に突き進むようにして入っていった。蒸気機関車は、教会の聖遺物箱のような光沢で輝いていた。その大きな前照灯は荒々しい光を放ち、蒸気ドームは銀色を帯び、「牛払い」が拍車のように突き出ていた。機関車は自らのあげる甲高い汽笛やとどろくような音を、あたりの激流や滝の音に混ぜ合わせて走った。それが吐き出す煙は、樅の木の枝にぶつかってくねくねと曲がった。

途中、トンネルや橋は全くといってよいほど見られなかった。鉄道は山腹を迂回しながら延びていた。それは一点と他の点の最短距離を直線のうちに求めることをせず、自然を歪めることなく続いていた。

九時頃、汽車は相変わらず北東方向をめざしながら、カーソン谷からネバダ州へと入っていった。リノで乗客たちは二〇分の昼食の時間をもった。汽車は正午にリノを後にした。

この地点から後、鉄道はハンボルト川に沿って進み、何マイルかの間川の流れに従って北上した。それから今度は東に折れ、ほぼネバダ州の東の端に位置する、川の源であるハンボルト山脈まで来てようやく川と別れた。

昼食のあと、フォッグ氏とアウダ夫人と彼らの同行者たちは再び客車に戻って席に着いた。フィリアス・フォッグと若い女性とフィックスとパスパルトゥーは、心地よく椅子に腰を掛け、目の前を過ぎていく変化に富む風景を眺めていた。広々とした草原があり、地平線の上にその輪郭を浮かび上がらせている山々があり、また泡立つ水を転がすようにして流れる小川《クリーク》があった。時折遠くに野牛の大群が姿を現した。それはあたかも、移動する堤防のように見えた。これら無数の反芻《はんすう》動物の群れは、しばしば列車の通過にとってきわめて大きな障害となっていた。何千というこれらの動物の群れが何時間もかけて、身を寄せ合って隊列をなしながら鉄道を渡っていく姿が見られることもあった。そんな時、蒸気機関車は停車して再び線路が開放されるのを待つしかなかった。

それはまさにこの時にも起こってしまった。一万頭から一万二〇〇〇頭もの動物たちの群れが線路を塞いでしまったのである。機関車は速度を緩めてから、まずその牛払い用の拍車を巨大な隊列の脇腹に差し込もうとしてみた。が、群れはびくともせず、機関車は停止を余儀なくされた。

これらの野牛たち——アメリカ人たちはそれを誤って水牛《バッファロー》と呼んでいる——は、時にぞっとするような鳴き声をあげながら、ゆっくりとした足取りで進んでいった。野牛たちの背丈はヨーロッパにいる雄牛よりも大きかった。足と尻尾は短く、肩のこぶは飛び出して筋肉の隆起を形作っていた。角は根元のところで別々に分かれ、肩の部分は毛足の長いたてがみで覆われていた。この動物たちの大移動を止めようなどと考えることは無駄だった。野牛たちがひとたびある方向に進み出すや、もはやどうやっても彼らの歩みを止めたり、方向を変えたりすることはできないのであった。それはあたかも、いかなる堰《せき》をもってしても食い止めることのできない、生ける肉の奔流のごとしであった。

乗客たちは連結部分にばらばらに散らばって、この風変わりな光景を眺めていた。あらゆる乗客中最も急いでいるはずのフィリアス・フォッグは自分の席を動かず、泰然として、牛たちが道をあけてくれる時を待っていた。パスパルトゥーはこの動物たちの群れのために遅れが生じていることにすっかり腹を立てていた。彼は動物たちにむけて、彼の何梃もの拳銃から、弾丸を放ちかねない勢いだった。

「何という国だ。」彼は大声をあげた。「単なる牛のごときに列車が止められてしまうとは。しかも列をなして進む牛たちは、まるで交通の妨害にはなっていないかのように、ゆっくりと歩いていくではないか。一体全体、フォッグさんもこんな珍事までその計画の中で予測なさっていたんだろうか。それにまたあの機関士ときたら、このうっとうしい動物の群れの中に、牛払いの器具を差し込む勇気すらないのだから。」

1万頭から1万2000頭もの動物たちの群れが線路を塞いでしまった.

確かに機関士はこの障害物をなぎ倒そうとはしなかった。しかしそれは賢明なやり方だったといえよう。なるほど蒸気機関車の拍車による攻撃で野牛の何頭かをすぐに倒すことはできたかもしれない。しかし機関車の力がいかに強大であっても、その動きは直ちに止められてしまい、間違いなく脱線が起こって列車は立ち往生してしまっただろうからである。

最良の策は辛抱強く待つことだった。その後で、汽車の速度を加速させながら、ロスした時間を取り戻す以外に途はなかった。野牛の行進はたっぷり三時間続いた。線路がようやく開放された時、日はもう暮れていた。その時、群れの最後の列が線路を渡った。群れの先頭は南の地平線の彼方に姿を消そうとしていた。

列車がハンボルト山脈の隘路《あいろ》を抜けたのは八時だった。そして九時半に、汽車はユタの領内に入っていった。それはグレート・ソルト湖が広がる一帯で、モルモン教徒たちの住む興味深い土地であった。

27　パスパルトゥー、時速二〇マイルで走りながらモルモンの歴史の講義を受ける

一二月五日から六日にかけての夜、汽車はまずおよそ五〇マイルの距離を南東に向かって進み、ついで、同じだけの距離を北東に上り、グレート・ソルト湖に近づいていった。

朝の九時頃、パスパルトゥーは新鮮な空気を吸おうとして連結部分にやってきた。あたりは寒く、空は曇っていた。しかし雪はもう降ってはいなかった。霧のために広がって見える太陽の円盤はあたかも巨大な金貨のようであった。パスパルトゥーが懸命にその価値をポンドで計算しているところに、かなり風変わりな一人の人物が姿を現して、この有用な仕事から彼の注意をそらした。

この人物はエルコの駅で汽車に乗り込んできたのだった。背が高く、髪は濃い褐色で、黒い口ひげをはやし、黒の靴下、黒の絹の帽子、黒のチョッキ、黒のズボン、白のネクタイ、犬革の手袋を身につけていた。まるで牧師のようないでたちであった。彼は列車の端から端まで歩いて、おのおのの客車のドアに、封印用の糊で手書きの案内文を貼りつけていた。

パスパルトゥーは近づいていってこの案内文を読んだ。それによると、モルモン教伝道師である誉れ高き「長老《エルダー》」ウィリアム・ヒッチ氏が、第四八号列車に乗り合わせたこの機会を利用して、第一一七号車両において、一一時より一二時まで、モルモン教についての講演を行うとのことであった。「末日の聖徒たち」のこの宗教の神秘について知りたいとお思いの紳士諸氏は全て、この講演に臨場されたし、とそこにはあった。

「よし、行ってみよう。」パスパルトゥーはそう思った。彼はモルモン教といえば、モルモン社会の基礎をなしている一夫多妻の習慣以外にはほとんど何も知らなかった。

講演会の知らせはまたたく間に列車中に広まった。列車は一〇〇人ほどの乗客をのせていた。この一〇〇人のうち多く見積もって三〇人ほどが、講演会の魅力に引かれて一一時に第一一七号車の椅子に腰を下ろしていた。パスパルトゥーは信者の最前列にいた。彼の主人とフィックスは、わざわざ出かけるまでのことはないと思っていた。

予告された時刻になると長老ウィリアム・ヒッチが立ち上がった。彼はあたかも自分が既に反論を浴びているかのような、かなり憤った口調でこう叫んだ。

「諸兄に言う。ジョー・スミスは殉教者である。彼の兄弟フヴラムは殉教者である。そしてまた、合衆国政府による預言者たちに対する迫害は、同様にしてブリガム・ヤングをもまた殉教者にするであろう。誰かこのことに異を唱えうる者はいるか。」

誰一人として伝道師に異を唱えようとはしなかった。彼の昂揚ぶりはその生来の穏やかそうな容貌と対照をなしていた。が彼の怒りは恐らく、モルモン教が現在苛酷な試練にさらされていることによって説明することが可能だった。実際合衆国政府は苦労の末に、この狂信的な独立派の平定に成功したところだったのである。合衆国政府はユタ州を掌握し、ブリガム・ヤングを反乱と一夫多妻のかどで投獄し、かくしてこの州を合衆国の法に従属させたのであった。この時以来、預言者の弟子たちはそれまでにも増した努力を行うようになった。そして彼らは、行動に移る時期を待ちながら、言葉によって、合衆国議会の主張に抵抗していた。

かくして長老ウィリアム・ヒッチは列車の中でまで入信の勧誘を行うようになっていたのであった。

そして彼は、張りのある声と荒々しい仕草でその話を活気づかせながら、創成の時以来のモルモン教の歴史を語った。

「いかにして、古代イスラエル王国にあって、ヨセフの部族に属するモルモンの預言者が新しき宗教の年代記を刊行し、そしてまたそれをその子モロムに伝えたか。いかにして、それから何世紀ものち、エジプト文字で書かれたこの貴き書の翻訳が、一八二五年に神秘的預言者たることが明らかとなった、かのバーモント州の小作人ジョゼフ・スミス・ジュニアの手によって成し遂げられたか。そしてまた、光に満ちた森の中で、天上の使者がいかにして彼の前に現れ、彼に主の年代記を渡されたか。」

この時、伝道師の語るこうした過去の話にあまり興味を引かれていない聴衆が、何人か客車を離れた。しかしウィリアム・ヒッチは語り続けた。

「父と二人の兄弟と何人かの弟子を集めたスミス・ジュニアはいかにして末日の聖徒たちの宗教を創始したか。この宗教はアメリカのみならず、英国やスカンジナビア、ドイツでも信じられ、信者の中には、職人や、多くの自由業を営む者たちがいる。オハイオにおいていかにしてコロニーがつくられたか。カークランドに、二〇万ドルをかけていかにして神殿が建てられ、そしてそこにいかにして一つの町がつくりあげられたか。いかにしてスミスが豪胆な銀行家となり、アブラハムやその他著名なエジプト人の手になる物語を記したパピルスを、見せ物小屋の一木乃伊《ミイラ》使いから手に入れたか。」

この語りは多少長くなり、聞き手の列はさらにまばらとなった。聴衆はもはや二〇人ほどとなっていた。

しかし長老はこの離脱を気に留めることもなく細部にわたりながら語りつづけた。

「いかにしてジョー・スミスが一八三七年に破産したか。そして財産を失った彼の株主たちがいかにして彼にドロを塗り付け、彼をペンによってたたいたか。いかにしてその数年後、ミズーリ州のインディペンデンスにおいて、これまでになく尊敬に値する人物となり、実際これまでにないほどの尊敬を集め、今や三〇〇〇人に及ぶ信徒を数える繁栄する一教団の長となった彼の姿を、再び見出すことになるか。そしてその後いかにして、異教徒たちの憎悪の的となった彼が、アメリカのファー・イーストに避難しなくてはならなかったか。」

一〇人の聴衆がまだ残っていた。その中にはかの廉直なるパスパルトゥーもいて、耳をそばだててこの話を聞いていた。こうして彼は伝道師の口から次のことを知らされたのであった。

「何年もの迫害のあとで、いかにしてスミスはイリノイに再び姿を現し、ミシシッピ川の河畔に一八三九年、やがてその人口が二万五〇〇〇人にまで達するノーヴォー・ラ・ベルの町を建設したか。いかにしてスミスはこの町の市長、最高判事、総司令官となったか。いかにして一八四三年、彼が合衆国大統領の選挙に立候補したか。いかにして彼が、カルタゴの町で罠《わな》に陥れられ、投獄されたのち、覆面をした一群の男たちによって暗殺されたか。」

この時パスパルトゥーは車両内の全く唯一の客となってしまっていた。長老は彼を正面から見据え、その言葉で彼を魅惑しながら次のような話を続けた。スミス暗殺の二年後、彼の後継者で、霊感を受けた預言者のブリガム・ヤングはノーヴォーの地を捨ててソルト湖のほとりに住みついた。そして、カリフォルニアに向かうためにユタ州を横切っていく移住者たちの通り道であるこの素晴らしき土地において、この肥沃な地方の真ん中で、新しいコロニーは、モルモン教の一夫多妻の原則のおかげで、驚くべき発展拡大を遂げたのである。

「そのためなのであった。」ウィリアム・ヒッチは続けた。「そのためにこそ、合衆国議会の嫉妬が我々に対して向けられた。そのために、合衆国兵士がユタ州の大地を踏みにじった。そのために、われらが教祖、預言者ブリガム・ヤングは、あらゆる正義に反して牢屋に入れられた。我々は力に屈するのか。断じて否《いな》。バーモントを追われ、イリノイを追われ、オハイオを追われ、ミズーリを追われ、ユタを追われた我々は、いまだなお、我々の天幕を張ることのできる独立した領地を見つけられることであろう……で、あなた。」長老は彼のたった一人の聴衆の上に、彼の怒りに満ちた視線をじっと向けながらこう付け加えた。「我が信者よ。あなたは我々の旗の陰に、あなた自身の旗を立てる気持ちはおありか。」

「いいえ。」パスパルトゥーは短くひとことだけ答え、この狂信者を砂漠で説教させるままに残して退散した。

この講演が行われている間も、汽車は速いスピードで進んでいた。汽車は一二時三〇分頃にはグレート・ソルト湖の北西の地点に着いていた。その地点からはこの内海の景観が広大な範囲にわたって一望できた。この内海はまた死海の異名をもち、じじつそこにはアメリカのヨルダン川〔ジョーダン川のこと〕が注いでいた。それは見事な湖であった。広い岩盤の上には美しい自然のままの岩々が並び、湖は、白い塩がこびりついたこれらの岩々によって取り囲まれていた。見事なその湖面は、かつてはもっと広い範囲を覆っていたが、時とともに湖の縁が少しず

「で，あなた．我が信者よ．」

つ隆起し、深さは増したが水面の面積は減少していた。

グレート・ソルト湖は長さがおよそ七〇マイル、幅三五マイルで、海抜三八〇〇ピエの高さに位置している。海面の高さから一二〇〇ピエ下に位置する中東の死海とはかなり異なるが、この湖も塩分の量はかなり多く、水はその質量の四分の一の塩を溶解させた状態においている。蒸留水の重さを一〇〇〇とすると、この湖の水の比重は一一七〇である。したがって魚はそこでは生きられない。ジョーダン川、ウェーバー川や他の小川からそこに運ばれてきた魚も、そこでまもなく死んでしまう。ただし、塩分の濃度があまりに高くて人間も沈まないというのは本当ではない。

湖のまわりの平野は見事に開墾がなされていた。モルモン教徒たちは畑仕事に通じていたからである。家畜のための大牧場と囲い地、小麦、トウモロコシ、モロコシの畑、豊かな牧草地、至る所に見られる野バラの垣根、アカシアや灯台草の茂み。これが六カ月あとであったなら、この地域にはそのような光景が広がっていたことであろう。しかしこの時期、大地は、軽く粉をまぶしたような薄い雪の層の下で見えなくなっていた。

二時に旅行者たちはオグデンの駅に降り立った。汽車が再び出発するのは六時であった。したがってフォッグ氏、アウダ夫人と彼らの二人の同行者は、オグデン駅から分岐している支線に乗ってこの聖者たちの都市を訪れるだけの時間があった。二時間もあれば、この都市を訪れ

見事な湖！

るには十分だった。それは、長く冷たいいくつもの線が、ヴィクトル・ユゴーの表現を使うなら「陰鬱で悲しい直角」によって交差する、広大なチェス盤を思わせるあの全ての合衆国の都市をモデルにして作られた、全くのアメリカ的な都市であるはずだった。聖者の都市の建設者も、このアングロサクソンの人々を特徴づけている左右対称の必要性を免れることはできなかったのであった。人間たちがいまだ明らかに、制度と同じ高みにまでは達していないこの風変わりな国において、あらゆることは「真四角に」〔副詞 carrément には同時に「決然と」の意味がある〕なされるのである。都市しかり、家しかり、そして愚行についてもまたしかりであった。

というわけで三時にはこれらの旅行者たちは、ジョーダン河岸とワサッチ山脈の起伏がはじまる地点との間に建設されたこの都市の、あちこちの通りを散策していた。そこには教会がほとんど見られなかった。そのかわり、預言者の家や裁判所、武器庫などの大建造物があった。さらにはまた、ベランダと歩廊のついた、青みを帯びたレンガ造りの家々が見られた。それらの家々の周囲には、アカシアや棕櫚《しゅろ》やイナゴマメの木が植えられ、まわりをぐるりと庭がとりまいていた。町の周囲は、一八五三年につくられた、粘土と小石でできた壁で取り囲まれていた。市がたつ大きな通りには、張出しを備えた館がいくつか建っていて、レーク・ソルト・ハウスはその中のひとつだった。

フォッグ氏と彼の同行者たちはこの町の住人がさほど多くはないと感じた。通りにはほとんど人気《ひとけ》がなかった。唯一の例外は、塀で囲まれたいくつかの街区を通り抜けたあとでようやくたどり着いたテンプル・スクエアだけであった。そのことは、モルモン教徒たちの特殊な世帯構成によって説明がつく。女性の数はかなり多かった。そのことは、モルモン教徒たちが一夫多妻制をとっていると考えてはならない。選択の自由はあるのである。ただ指摘しておかねばならないのは、ユタ州のとりわけ女性市民たちが結婚に強く執着するという点である。なぜならこの土地の宗教に従えば、モルモン神は女性の独身者には至福の所有を認めていないからである。これらあわれな女性たちは豊かそうにも幸せそうにも見えなかった。その中で、おそらく最も裕福な何人かは、頭巾かあるいはひどくつつましいショールをかぶり、腰の箇所で大きく開いている黒の絹のジャケットを身につけていた。他の女性たちはインド更紗《さらさ》だけを着ていた。

パスパルトゥーは、確信を抱いた一青年の立場から、これら、数人でたった一人のモルモン男性の幸福をつくりあげる任務を帯びたモルモン女性たちを、ある種の恐怖の念とともに見つめていた。彼の常識からすると、とりわけ同情に値するのは夫なのであった。彼は、これほどの数の夫人たちを、同時に人生の荒波を越えて導いてやり、集団でモルモンの天国にまで連れていき、そこにおいて、この楽園の誉れたるかの輝かしきスミスの永遠の伴侶たらしめねばならないなどということは空恐ろしく感じられた。明らかに彼は自分がそれには不向きであると感じていた。そして、これは彼の思い過ごしであった可能性もあるが、彼には、グレート・レーク・シティーの女性市民たちが彼の上に、いささか怪しげな眼差しを投げかけているようにさえ思えたのであった。

実に幸いなことに、この聖徒たちの都市における彼の滞在は長くは続かなかった。四時数分前に旅行者たちは駅に戻り、再び客車に座をしめた。

汽笛がピッと鳴った。しかし蒸気機関車の駆動輪が線路の上を何度かまわりながら、次第に列車にその速度を伝えはじめたその時、「止めてくれ、止めてくれ」と叫ぶ声があたりに響いた。

動きはじめた汽車は止められなかった。この叫び声を発していたのは、明らかに、出発時刻に遅れてきた一人のモルモン教徒であった。彼は息を切らして走っていた。彼にとって幸いだったのは、この駅には扉も柵もなかったことであった。彼は線路に向かって突進し、最後尾車両の昇降段に飛び乗り、ぜいぜいとあえぎながら、客車内の座席の一つに倒れるように座った。

この早業の一部始終をどきどきしながら見守っていたパスパルトゥーは、遅れて入ってきた男の顔をまじまじと見つめた。ユタ州の市民だというこの男性が、夫婦喧嘩の末に逃げ出してきたのだということを知って、パスパルトゥーは大いに関心をもった。

モルモン教徒が一息ついたところで、パスパルトゥーはいったい彼一人に何人の妻がいるのか、慇懃《いんぎん》に聞いてみた。彼の逃げ出してきた様子から判断すると、少なくとも二〇人くらいはいそうに思えた。

「一人だけです。」モルモン教徒は両手を天に差し出しながら答えた。「一人だけです。そしてそれでもう十分すぎるほどでした。」

28　パスパルトゥー、理性の言語を理解させることが不可能となる

汽車はグレート・ソルト湖とオグデンの駅を後にして一時間北上したあと、サンフランシスコ以来およそ九〇〇マイルを走破してウェーバー川に至った。この地点から汽車は再び東に方向をとり、起伏に富むワサッチの山々を抜けて走った。これらの山々といわゆるロッキーの山脈との間に含まれる地域において、かつてアメリカの土木技師たちは最も大きな困難に逢着した。そのため、この区間に合衆国政府が拠出した補助金は、平地における一マイルあたり一万六〇〇〇ドルに対して、一マイルあたり四万八〇〇〇ドルにまで達した。が、土木技師たちは既に述べたように、自然をむりやり歪めることなく、自然を巧みにあざむきながら困難を回避し、大盆地に到達するまでの鉄道の全行程中、長さ一万四〇〇〇ピエのトンネルをたったひとつ通しただけであった。

ソルト湖で鉄道線路はそれまでで最高の標高に達した。この地点から鉄道は極めてゆるやかなカーブを描き出しながら、ビター・クリークの谷へと下りていき、再び上がって大西洋側と

太平洋側の分水嶺の地点にまでいたる。この山岳地帯には多くの川《リオ》が見られた。いくつもの小さな橋を渡り、マッディー川やグリーン川やその他の川を越えていかねばならなかった。目的地が近づいてくるにつれ、パスパルトゥーはこれまでにもまして心がはやった。フィックスはフィックスで、一刻も早くこの険しい一帯を抜け出られたらと思っていた。彼は遅滞を恐れ、事故を恐れていた。彼はフィリアス・フォッグ自身にもまして、早く英国の土が踏めたらと願っていた。

夜の一〇時、汽車はブリジャー要塞の駅に止まり、ほぼすぐにまたその駅を離れた。そこから二〇マイル走って、汽車はワイオミング州、すなわち旧ダコタ州に入っていった。その間汽車はずっとビター・クリークの谷沿いに走った。このクリークからは、コロラド水系を形作る水の一部が流れ出ている。

翌一二月七日、グリーン・リバー駅で汽車が一五分間停車した。夜の間にかなりの雪が降ったのだった。しかしその雪も雨と混じって半ばは融け、もう列車の運行の妨げとはならなくなっていた。それでもこの悪天候はパスパルトゥーを心配させずにはおかなかった。というのも、もしもたまった雪が客車の車輪にこびりつくことにでもなれば、間違いなく旅に支障をきたすはずだったからである。

「まったく、冬に旅をなさろうとは、うちの御主人も突拍子もないことを考えられる。もっと幸運に恵まれた旅をしたければ、よい季節を待つことも可能であったのに。」

しかし、実直な青年が空模様や温度の低下についてのみ気を揉《も》んでいたその時、アウダ夫人は、それとは原因の全く異なるもっと大きな心配を感じていた。

実は列車の出発を待つ間、何人かの乗客が客車から降りてグリーン・リバー駅のホームをぶらぶらと歩いていた。若い女性はガラス窓越しにそれを見ながら、彼らの中に、サンフランシスコでの政治集会の際に、フィリアス・フォッグに対して実に無礼な振る舞いをしたあのアメリカ人、スタンプ・W・プロクター大佐の姿を認めたのであった。アウダ夫人は大佐に自分の姿を見られたくないと思って体を後ろにそらした。

この状況は若い女性をひどく動揺させた。彼女は、それがたとえどんなに冷やかにであれ、自分に対して日々その最大の献身の証《あかし》を示してくれているあの男性に心引かれていたのであった。おそらくは彼女は、自分の命の恩人が自分の内に引き起こしているこの感情を十分に深くは理解できていなかった。そしてこの感情に対して彼女はまだ、感謝という名しか与えていなかった。が彼女自身も気づかぬうちに、そこにはそれ以上の何かがあったのである。それゆえ、フォッグ氏がいずれいつかは自分に対する振る舞いの決着をつけようとするであろう、あの粗野な人物の姿を彼女が認めた時、彼女の胸は締めつけられるのであった。無論プロクター大佐がこの列車に乗り込んできたのは全くの偶然であった。が、とにかく彼はそこにいた。そして何としてもフィリアス・フォッグが彼の敵の姿に気づいてしまうことを妨げなくてはならなかった。

汽車が再び動きはじめた時、アウダ夫人はフォッグ氏が居眠りしているすきに、フィックスとパスパルトゥーに状況を知らせた。

「プロクターがこの汽車に乗っていたとは。」フィックスが大声で言った。「安心なさい。あの男との決着をつけなくてはならないのは、フォッグ、いやフォッグ氏よりも前にまずこの私です。この一件について最もひどい侮辱を受けたのはこの私の方だと思われます。」

「それに、大佐だろうが何だろうが、あいつのことはこの私が引き受けますよ。」パスパルトゥーもそう付け加えた。

「フィックスさん。」アウダ夫人が言った。「フォッグさんはこの復讐を他の誰かの手に委ねることはないと思います。ご自身でもおっしゃっていたように、あの方は、自分を侮辱したこの男を見つけ出すためになら、再びアメリカに戻ることも辞さないような方です。ですからもしもあの方がプロクター大佐がいることに気づいておしまいになったら、もはや私たちは、痛ましい結末すらもたらしかねない二人の決闘を避けることができなくなるでしょう。だからあの方が大佐の姿を見ないようにしなくてはならないのです。」

「その通りです、マダム。」フィックスが答えた。「決闘になったらすべては水の泡だ。彼が勝っても負けても、いずれにせよフォッグ氏の到着は遅れることになり、そしてそれは……」

「そしてそれは結局、革新クラブの紳士諸氏たちを利する結果となってしまう。」パスパルトゥーが続けた。「あと四日で我々はニューヨークに着きます。もしも四日間私の主人が客車を離れずにいてくれれば、主人が偶然あの憎《に》っくきアメリカ人とはちあわせになるような事態は回避できるかもしれません。そしてこうした事態を妨げうる手段といえば……」

そこで会話が中断された。フォッグ氏が目を覚ましたのだった。彼は雪がまだら模様をつくっているガラス窓を通して、外の平原を眺めた。しかしそのあと、パスパルトゥーは彼の主人にもアウダ夫人にも聞かれることなく、刑事にこうささやいた。

「あなたがあの方のために闘ってもよいというのは本当ですか。」

「あの男を生きたままヨーロッパに連れて帰るためなら、私は何だってやる。」フィックスはそうとだけ答えた。その口調には、不屈の意志が表れていた。

パスパルトゥーは背中にぞっと冷たいものが走るのを感じた。が、彼の主人に対する確信が弱まることはなかった。

大佐とフォッグ氏のあらゆる衝突を未然に防ぐため、フォッグ氏をこの客室に引き止めておく何らかの手だてを編み出す必要があったが、それは困難ではなさそうだった。紳士はあちこち動きまわったり、周囲のことに興味を抱いたりという質《たち》ではあまりなかったからである。いずれにせよ、刑事はその手だてを自分は見つけられたと感じていた。そのしばらく後に彼はフィリアス・フォッグに向かってこう言った。

「こうして鉄道の上で過ごす時間というものは長くゆっくりとしていますね。」

「その通り。」紳士が答えた。「しかしそれでも時間は確実に過ぎていっています。」

「客船ではたしかホイスト遊びをいつもなさっていたようでしたが。」刑事が続けた。

「ええ。しかしここでは難しいでしょう。カードもないし、競技相手もいない。」フィリアス・フォッグは答えた。

「カードは買うことができます。アメリカの列車内では何だって売ってますからね。それにまた競技相手ということなら、ひょっとすると奥方が……」

「ええもちろん。」若い女性は勢い込んで答えた。「ホイストなら知っております。これは英国の教育の一部でございますから。」

「実は私もこのゲームについてはなかなかの腕前と自負しておりまして。で、我々三人にダミーを加えれば……」

「ええよろしいですよ。」フィリアス・フォッグは、列車の中でも自分の好きなこのゲームができることを喜びながらそのように答えた。

早速パスパルトゥーが客室係を探しにいくように命じられた。ほどなく彼は全枚揃いのトランプを二組と記入用カードとチップ、それに布で覆った競技盤を一つ持って戻ってきた。何一つ足りないものはなかった。ゲームが始められた。アウダ夫人はホイストにきわめてよく通じていた。彼女は、あの手厳しいフィリアス・フォッグから、ほめ言葉を受けとったほどであった。刑事はといえば、ひと言でいって彼の腕前は一級であり、紳士に十分抗しうるだけの実力を持っていた。

「これであの方を引き止めておくことが出来る。」パスパルトゥーはそう内心でつぶやいた。「これでもう、あの方がこの場所から動くことはないだろう。」

朝の一一時、汽車は二つの大海の分水嶺の地点にさしかかった。そこは海抜七五二四英国ピエ〔フィートに同じ。一英国ピエは約三〇・五センチメートル〕に位置するブリジャー峠で、ロッキー山脈を抜けて走るこの鉄道の路線中、最高地点の一つであった。あとおよそ二〇〇マイルを走れば、乗客たちはようやく、大西洋まで広がる長い平野に出られるのであった。そこは、自然条件のおかげで鉄道の敷設もきわめて順調に行われた地帯であった。

大西洋側の斜面にはすでに、ノース・プラット川の支流や分流のはじまりをなすいくつかの川が流れていた。北と東の地平線は、ララミー鋭峰を頂上とするロッキー山脈北部の山々の、半ば円形となった巨大な壁面が一面に覆っていた。そしてこの湾曲と鉄道の線との間に、広大な平原が広がり、そこを幅の広い川が流れていた。鉄道の右側では山脈の開始部分であるいくつもの斜面が積み重なるようにして広がっていた。山は南にいくにつれ次第に丸みを増してゆき、最後はミズーリ川の大きな支流の一つであるアーカンザス川の水源にまで達していた。

一二時半には、旅行客たちは一瞬、この一帯を見下ろすように立つハレックの砦をかいま見ることができた。あと何時間かでロッキー山脈横断は終了するはずだった。つまりそれは、列車がいかなる事故にもみまわれず、この険しい一帯を通りぬけることを人々が期待しうるような状況であった。雪はやんでいた。天候は乾燥した寒さに変わろうとしていた。蒸気機関車を怖がって、大きな鳥たちが遠くに逃げていった。平原には、熊や狼など、いかなる野獣の姿もなかった。それは何一つ飾るものなどない、広大な砂漠のような土地であった。

とても快適な昼食を客車内で給仕させたあと、フォッグ氏と彼のゲーム仲間たちは、再び、延々と続くホイストを開始したところだった。そのとき、鋭い警笛の音が響いた。そして列車が停止した。

パスパルトゥーは顔をドアにつけてみたが、この停車の原因となるものは何も見あたらなかった。駅も全く見えなかった。

アウダ夫人とフィックスは一瞬フォッグ氏が線路に降りようとするのではないかと恐れた。しかし紳士はただ彼の召使にこう告げるだけだった。

「何が起きているのか見てきなさい。」

パスパルトゥーは客車から外に飛び出した。四〇人ほどの乗客がすでに座席をはなれて外にいた。スタンプ・W・プロクター大佐もその中の一人だった。列車は、通行を禁止する赤信号に切り換えられた信号器の前で停止していた。汽車を降りた機関士と運転士が、次の停車駅のメディシン・ボーの駅長が汽車まで派遣した保線係と、かなり激しい調子で議論しあっていた。乗客たちも彼らに近づいてこの議論に加わっていた。その中にはかのプロクター大佐もいた。彼は、横柄な仕草で、声をはりあげながら話していた。

集団のところまできたパスパルトゥーは、保線係がこう話すのを耳にした。

「いいえ、渡る手だてはありません。メディシン・ボーの橋はぐらぐらしていて、列車の重さには耐えられません。」

問題の橋とは、急流の上に渡された吊り橋のことで、列車が立ち往生している場所から一マイル先に架かっていた。保線係の話ではこの橋は壊れかかっていて、何本かの糸は既に切れており、とても無理して通過できる状態ではないとのことだった。つまり保線係がはじめにこの橋が通行不可能だと断言した言葉には、何らの誇張もこめられてはいなかったのであった。それにそもそもアメリカ人の通常の無頓着さを考えるなら、その彼らが慎重な態度をとった時には、本気で慎重にならない方がおかしいほどの理由があるのである。

パスパルトゥーは主人に事態を告げに行くこともできぬまま、彫像のように動かず、切歯扼《せっしやく》腕《わん》してただ話に聞き入っていた。

「しかしまさかここにずっと、雪の中に根が生えるまでとどまっているというわけでもないんでしょう。」プロクター大佐が大声で言った。

「大佐。」運転士が答えた。「既にオマハの駅に電報を打って、別の列車をよこしてもらうよう頼んであります。ただしその汽車が六時よりも前にメディシン・ボーに到着することは考えられません。」

「六時だって。」パスパルトゥーが叫んだ。

「ええ恐らく。」運転士が答えた。「それに、いずれにせよ我々が歩いて次の駅にたどり着くためには、それくらいの時間は必要となるでしょう。」

「歩いてだって。」旅客たちが皆大声をあげた。

「で、いったいその駅まではどのくらいの距離があるんですか。」旅客の一人が運転士に尋ねた。

「川の向こう側を一二マイル行ったところです。」

「雪の中を一二マイルだって。」スタンプ・W・プロクターが叫んだ。

大佐は立て続けに悪口を浴びせ、鉄道会社を責め、運転士を責めた。そして怒り心頭に発したパスパルトゥーもまた、大佐の非難に唱和しかねない勢いだった。それは、今度こそ彼の主人の銀行券の全てをふいにさせかねないほどの大きな物理的障害なのだった。

列車の遅れに加えて、雪に覆われた平原を十数マイルも歩かなくてはならないはめになった乗客たちは皆、失望を感じていた。そのためにあたりからは、がやがやというどよめきや、叫び声や怒号がまきおこった。それはフィリアス・フォッグの注意をも確実に引きうる騒ぎであった。ただしそれは、もしもこの紳士が彼のゲームに没頭していなかったとしての話であるが。

この事態をフォッグ氏に知らせに行く必要があると感じたパスパルトゥーは、うなだれながら客車の方に歩いていこうとした。とその時、ヤンキーという呼称がいかにもふさわしい、フォースターという名の機関士が声をはりあげてこう言った。

「皆さん、もしかすると渡るための方法があります。」

「渡るって、橋をですか。」旅客の一人が聞いた。

「橋をです。」

「我々の列車で？」大佐が聞いた。

「我々の列車でです。」

パスパルトゥーは立ち止まって、機関士の言葉をむさぼるようにして聞いた。

「しかし橋が壊れかけているということじゃないか。」運転士が言った。

「大丈夫ですよ。」フォースターが答えた。「最高の速度で列車を走らせれば、渡り切れる可能性はいくらかありますよ。」

「まさかそんな。」パスパルトゥーは言った。

しかし何人かの乗客たちはただちにこの提案に引かれた。中でもプロクター大佐はこの提案が気に入っていた。この無鉄砲な人物はこの試みを、全く実行可能であると思った。彼は、鉄道技師たちがかつて、本当に「橋のない」いくつかの川すらも、堅牢な車両を全速で走らせて渡らせようとしたことを引き合いに出した。そして結局、この問題に関係する者たち全てが、機関士の考えを支持する側にまわった。

「我々が渡れる確率は五〇パーセントです。」ある者が言った。

「いや六〇パーセントだ。」他の者が言った。

「いや八〇パーセント、九〇パーセントの確率だ。」

パスパルトゥーは唖然としてしまった。彼は、メディシン＝クリークを渡るためなら何であれ試みてみる用意があったが、この試みに関してはそれがあまりにも「アメリカ的」すぎると思えた。

「それに」とパスパルトゥーは考えるのだった。「それに、もっと簡単なやり方があるのに、この連中はそのことを思ってもみない。」

「あのですね。」彼は乗客たちの一人に話しかけた。「機関士が提案した方法は私にはいささか危険なように思えるんですが。」

「確率は八〇ですよ。」そう答えて乗客は彼に背を向けた。

「それはわかっています。」パスパルトゥーは今度は別の紳士に話しかけながら言った。「ただですね、ちょっとよく考えてみればですよ……」

「よく考える必要なんかない。そんなこと無駄ですよ。」話しかけられたアメリカ人が肩をすくめながら答えた。「だって機関士が通れるって保証してるんだから。」

「なるほど通れるには通れるかもしれませんが、でももっと慎重なやり方があるんじゃないかと思って……」パスパルトゥーが言った。

「なに？　慎重なやり方？」プロクター大佐はたまたま耳に入ったこの言葉にかっとなって叫んだ。「全速力だと言っているでしょう。おわかりですか。全速力ですよ。」

「わかってます、それはわかってますが、ただ……」パスパルトゥーは何度も繰り返した。必ずや誰かの邪魔が入って、彼の言葉が最後まで終えられたためしがなかった。「ただですね、慎重という言葉はお気にさわるようだから、慎重な方法とまでは言わないにせよ、少なくとももっと自然な方法があるんじゃないかと……」

「なに？　誰のこと？　何だって？　こいつの自然がどうしたって？」至る所から皆が大声で騒ぎだした。

あわれにも青年はもう誰に自分の話を聞いてもらえるかも、わからなくなってしまった。

「あなた、怖いんですか。」プロクター大佐が彼に尋ねた。

「怖いかだって。」パスパルトゥーが叫んだ。「そうですか、いいでしょう。この連中にフランス人が連中と同じくらいアメリカ人でもありうることをお目にかけようじゃないか。」

「発車します。車両にお戻り下さい。」運転士が大声で言った。

「そう、発車だ。」パスパルトゥーが繰り返した。「発車だ。それも今すぐに。がそれにしても私には、まず我々乗客に歩いて橋を渡らせてから、そのあとに汽車を走らせる方がもっと自然なやり方だと思えたんだ。」

が誰一人、この賢明な意見に耳を傾けはしなかった。それにもし耳を傾けたとして、誰一人その意見の正当性を認めようとは思わなかったことであろう。

乗客たちは再び客車に戻った。パスパルトゥーは何が起きたかについてはひと言も告げずに、ただ自分の席についた。三人の競技者たちは、彼らのホイストにすっかり打ち興じていた。

蒸気機関車は鋭く汽笛を鳴らした。機関士は蒸気を逆向きに送って、一マイル近く列車を後戻りさせた。列車はちょうど、はずみをつけようとしている軽業師のように後退していった。

それからもう一度汽笛が鳴って前進が始まった。列車は加速して進み、まもなくすさまじい速度となった。耳にはもはや、蒸気機関車が発するいななきのような音しか入ってこなかった。

完全に壊れた橋は，大音響とともに崩れ落ちていった．

ピストンは毎秒二〇度のリズムで打ち、車輪の車軸は油箱の中で煙をあげた。あたかもこの列車全体が時速一〇〇マイルの速さで走り、線路の上で何の重みももたなくなっているかのような感じだった。速度が重力に勝《まさ》っていたのである。

そしてついに列車は橋を渡った。稲妻のような一瞬の出来事だった。橋の姿は一切目に入らなかった。言ってみれば、列車は岸から岸へと飛び越えたようなものであった。そして機関士はこの猛り狂ったような機械を、駅を五マイルも過ぎた地点でようやく停止させることができた。

一方、汽車が川を渡り切ったあと、完全に壊れた橋は、大音響とともにメディシン・ボーの急流の中に崩れ落ちていった。

29　合衆国鉄道においてしか起こりえないような様々な出来事についての物語

その夜列車は、ソーダース要塞を過ぎシャイアン峠を越え、何の障害もなく進み、やがてエヴァンズ峠に至った。この地点で鉄道は海抜八〇九一ピエという全行程中の最高地点に達する。この後乗客たちは、自然が平らにしてくれた限りなく続く平野を、大西洋までひたすら下りていけばよいのであった。

この地点からは、いわゆる「大幹線」から分かれてコロラド州の主要都市デンバーに向かう支線が延びていた。この土地には金鉱や銀鉱が数多くあり、五万人以上の人々が既にそこに定住していた。

ここまででサンフランシスコから数えて三日三夜、一三八二マイルを走破した計算になる。ニューヨークに至るには、どんな予測に従っても、四日四夜あれば足りた。従ってフィリアス・フォッグは相変わらず規定の時間の範囲内にいた。

その夜、汽車の左手にはウァルバー・キャンプ地が通り過ぎた。ロッジ＝ポール＝クリーク

鉄道は全行程中の最高地点に達した.

が線路と平行に走り、ワイオミング州とコロラド州との直線の境界線に沿って続いていた。一時に汽車はネブラスカ州に入り、セジウィックの近くを過ぎ、そして、プラット川の南流にのぞむジュールズバラに到着した。

一八六七年一〇月二三日、ここでユニオン・パシフィック鉄道の開通式が行われたのであった。その時の主任技師はJ・M・ドッジ将軍だった。この場所に、招待客を乗せた九両の客車を牽引する、二両の力強い蒸気機関車が止まった。招待客の中にはトーマス・C・デュラント氏の姿も見られた。この場所に歓声がとどろき、この場所で、スー族とポーニー族がインディアンの戦闘のショーを披露した。この場所に花火の音が響きわたり、この場所で、携帯用印刷機を用いた、レールウェー・パイオニア紙の第一号が発刊された。大鉄道の開通はかくのごとく祝われたのであった。かくして進歩と文明の道具である機関車は砂漠を抜けて走り、まだ存在もしていない町や都市を結ぶことになるのだった。そしてアンフィオンの竪琴よりもさらに強力な蒸気機関車の汽笛の音は、間もなくそれらの町や都市を、アメリカの大地のただ中から、現出させるはずであった。

朝の八時、列車はマクファーソン要塞を後にした。この地点からオマハまでは三五七マイルの距離がある。線路は、左側に続くプラット川南流のくねくねとした曲線に沿うようにして進んだ。九時には汽車は、この大河の二つの分流の間に作られた、大きなノース・プラットの町に着いた。二つの分流はこの町の周囲で一つとなり、その後は一本の流れとなる。その流れが今度は、オマハの少し上で、ミズーリ川に、その大きな支流として合流する。

一〇一度の子午線が越えられた。

フォッグ氏と彼の競技仲間たちは再びゲームを開始していた。彼らの誰一人も、旅の長さについて文句を言ってはいなかった。ダミーについてもそれは同様だった。フィックスは何ギニーか勝ち始めたがその儲けをまた失いかけているところだった。が、彼もまた、フォッグ氏に劣らぬほどのゲームへの熱中ぶりだった。この日の午前中、つきは大いに紳士の味方をした。切り札や役札が次から次へと彼の手の中に入ってきた。そして、彼がある大胆な手に出て、スペードのカードを切ろうとしていたちょうどその瞬間のことであった。座席の後ろで一つの声が聞こえた。その声はこう言った。

「私ならダイヤを出しますね。」

フォッグ氏とアウダ夫人、フィックスの三人は顔をあげた。プロクター大佐が彼らの近くにいた。

スタンプ・W・プロクターとフィリアス・フォッグはすぐに互いの顔を認めあった。

「ああ、あなただったんですか、英国の方。」大佐が大きな声で言った。「あなたがスペードを出そうとなさっていたんですな。」

「そう、そして実際にそのスペードを今出すところです。」フィリアス・フォッグはそう冷やかに答えると、スペードの一〇を場に出した。

「私はダイヤがよいと思いましたがね。」「プロクター大佐は苛立《いらだ》ったような声で言い返した。そして彼は大げさに、出されたカードをつかんでこう付け加えた。

「あなたはこのゲームが全然わかっていない。」

「なるほど、私の得意なのはもう一つのゲームの方かもしれません。」フィリアス・フォッグはそう言って立ち上がった。

「お望みとあらばそのもう一つのゲームを試してみても構いませんよ、ジョン・ブルの息子のようなお方。」この不作法な人物はそう言い返した。

アウダ夫人は真っ青になっていた。彼女の血液の全てが心臓に集まってしまったようであった。彼女はフィリアス・フォッグの腕をつかんだ。フォッグは彼女をそっと退けた。パスパルトゥーは自分の敵手をこの上もなく侮蔑的な眼差しで見つめているこのアメリカ人に、今にもとびかからんばかりであった。と、フィックスが立ち上がり、プロクター大佐の方に歩いていって、彼にこう言った。

「お忘れのようだが、私こそあなたと決着をつける必要がある。あなたは私を侮辱したばかりか、私のことを殴りもしたのですから。」

「私ならダイヤを出しますね.」

「フィックスさん。」フォッグ氏が言った。「申し訳ないが、この件はただ私ひとりに関わることです。さきほど、私がスペードを切るのは間違いであると主張したことで、大佐はさらにまたひとつ私に対する侮辱を働いた。これについてきちんとした釈明をしていただかなくてはならない。」

「いつでも、お望みの場所でいたしましょう。」アメリカ人は答えた。「そしてお望みの武器を手にしながらね。」

アウダ夫人はフォッグ氏を制しようとしたが無駄であった。刑事もまたこの口論を自分が引きとろうとしたがうまくいかなかった。パスパルトゥーは大佐を昇降口から外に放り出してしまいたい気持ちだったが、主人の合図で思い止まった。フィリアス・フォッグが客車を離れた。アメリカ人も彼のあとに続いて、連結部の所に行った。

フォッグ氏が彼の敵手に向かって言った。「私は大急ぎでヨーロッパに戻らなくてはなりません。ほんの少しの遅れも私の利害を大きくそこねかねない。」

「で、それが私と何の関係があるんです。」プロクター大佐は答えた。

「ムッシュー。」フォッグ氏はきわめて慇懃《いんぎん》に話を続けた。「実は私は、サンフランシスコでのあの出来事以来、今私を旧大陸に呼び戻しているこの用件が片づいたら、すぐにあなたを探しにアメリカに戻るという計画をたてていました。」

「そうですか。」

「で、六カ月後に再び会う約束をしていただけますか。」

「いっそ六年後にしたらどうなんですか。」

「私は六カ月後と申し上げている。」フォッグ氏が答えた。「そして私は必ずや約束の場所に駆けつける。」

「そんなのは敗北を宣言しているようなもんだ。」スタンプ・W・プロクターは叫んだ。「今すぐか、やめるか、どちらかだ。」

「よかろう。」フォッグ氏が答えた。「ニューヨークまで行かれますか。」

「いや。」

「シカゴは。」

「いや。」

「オマハは。」

「どっちだっていいだろう。それよりプラム＝クリークは知っているかね。」

「いいえ。」フォッグ氏が答えた。

「次の駅だ。汽車はそこに一時間後に着く。そしてそこに一〇分間停車する。一〇分あれば銃の撃ち合いぐらいできるだろう。」

「よかろう。」フォッグ氏が答えた。「ではプラム＝クリークでしばし足をとめることにしよう。」

「それどころか、そこにずっと留まられることになるんじゃないかな。」アメリカ人は信じられないほどの不遜さでそう言い足した。

「さあそれはどうだか。」フォッグ氏が答えた。そして彼は通常と変わらぬ冷静な様子で客車に戻っていった。

席に戻ってまず紳士はアウダ夫人に、ほら吹きはいつだって恐れるに足らないと述べて、彼女を安心させた。次に彼はフィックスに、これから行われる決闘の証人になってほしいと依頼した。フィックスも拒むことはできなかった。それからフィリアス・フォッグは何事もなかったかのように、中断されていたゲームを再開し、落ちつきはらってスペードを出した。

一一時に蒸気機関車の汽笛がプラム＝クリークの駅に近づいたことを知らせた。フォッグ氏は立ち上がり、フィックスをあとに従えて連結部のところまで行った。パスパルトゥーは拳銃二梃を持って彼についていった。アウダ夫人は客車に残っていた。その顔は死人のように蒼白だった。

その時もうひとつの客車の扉が開いた。そしてプロクター大佐が、根っからのヤンキーのような男を彼の証人として従えて、同様に連結部に姿を現した。しかし、二人の敵手が線路に降りかけていたその時、運転士が駆けつけて彼らにむかってこう叫んだ。

「皆さん、降りないでください。」

「なぜですか。」大佐が尋ねた。

「二〇分の遅れが出ているので列車は停車しないことになりました。」

「しかし私はこの人物と決闘せねばならん。」

「申し訳ありません。」運転士は答えた。「でもすぐに出発しなくてはなりません。ほらベルが鳴っています。」

実際ベルの音が聞こえていた。そして列車は再び動き始めた。

「本当に申し訳なく思っております。」その時運転士が言った。「これが別の状況のもとでしたら、何とかしてさしあげられたのですが。でも、この駅で決闘なさる時間がないということでしたら、走行中に決闘なさるというのでどうしてだめなのでしょうか。」

「それではこの方のお気に召さないのではないかな。」プロクター大佐は小馬鹿にしたような口調でそう言った。

「私は全くそれでも構いません。」フィリアス・フォッグが答えた。

「そうだ、そうとも、ここはアメリカなんだ。」パスパルトゥーはそう思った。「それにこの列車の運転士ときたら、上流社会の紳士ともいうべき人物だ。」

こう言いながら、彼は主人のあとに続いた。

運転士が先頭に立ち、そのあとから二人の敵手と彼らの証人が続き、客車から客車へと移動して、列車の最後尾まで行った。最後尾の客車には一〇人ほどの乗客が乗っていただけだった。運転士は彼らに、この二人の紳士は彼らの名誉上の問題について決着をつけなければならないので、できればしばらくの間彼らに自由な場所を与えてやってほしいと頼み込んだ。

何だって。驚きの声があがった。しかし乗客たちは、二人の紳士に協力することに何らやぶさかではなかった。彼らは連結部分のところに身をひそめた。

長さ約五〇ピエの客車はこの状況に恰好の場所であった。二人の敵手は二列の座席の間で自由に攻撃しあい、銃で応酬しあうことができた。これほどけりのつけやすい決闘もまたなかった。フォッグ氏とプロクター大佐はそれぞれ、六発の弾をこめた拳銃を二梃ずつ持ち、客車の中に入ってきた。証人は客車の外に留まり、中には二人だけを残した。蒸気機関車が次に汽笛を鳴らしたら二人は発砲を始めることになっていた。そして二分の間を置いた後、客車内の二人の紳士の残骸を片づけるという段取りだった。

実際これ以上に単純な決闘もなかった。あまりにも単純すぎるこの決闘を前に、フィックスとパスパルトゥーは、自分たちの心臓が壊れてしまうほどに高鳴るのを覚えた。

皆が約束の汽笛が鳴るのを待っていた。と、その時であった。突如野蛮な叫び声があたりに響きわたった。叫び声とともに銃声が聞こえた。しかしその銃声は、二人の決闘者のために確保された客車から聞こえてきたのでは全くなかった。それどころか銃声は列車の先頭部分にまで広がり、前から後ろまで、列車全体にわたって鳴り響いた。列車の内部では悲鳴が上がっていた。

プロクター大佐とフォッグ氏は拳銃を手にしたまま、ただちに後部客車から出て、銃声と悲鳴がより大きく響いている列車前方に急いだ。

彼らは列車がスー族の一群に襲撃されたのだとわかった。

この大胆不敵なインディアンたちの攻撃ぶりは、小手調べなどとよべる代物ではなかった。事実彼らは、既に一度ならず列車を止めていたのであった。彼らは、いつもの彼らのやり方に従って、列車が停車するのを待たずに一〇〇人ほどの集団で昇降段に突進し、丁度サーカスのピエロがギャロップで走る馬に飛び乗るように、客車によじ登った。

これらスー族の一群は銃を持っていた。銃声が聞こえたのはそのためであった。これに対し乗客たちもほとんど皆が武器を持ち、拳銃による攻撃で応戦した。まずはじめインディアンたちは機関車におしかけた。機関士と運転士は棍棒によって半ば殴り倒された。スー族の首領は汽車を止めようとしたが、加減弁ハンドルの動かし方がわからず、弁を閉じるかわりにそれを一杯に開いてしまい、勢いのついた蒸気機関車は恐ろしいほどの速度で走っていった。

スー族は同時に客車の中にも攻め込んでいった。彼らは猛り狂った猿のように屋上席を走り回り、扉を押し破り、乗客たちとの取っ組み合いをくりひろげた。荷物用の車両はこじあけられ、中は荒らされ、荷物の箱は次々と線路の上に投げ捨てられた。悲鳴と発砲が休むことなく続いた。

しかし何人かの乗客は果敢に抵抗した。いくつかの客車にはバリケードが築かれて味方の攻撃用陣地を守っていた。それはあたかも、時速一〇〇マイルの速さで運ばれていく本物の移動式要塞のようであった。

襲撃のあった当初からアウダ夫人は勇敢に振る舞った。拳銃を手にして彼女は堂々と応戦した。野蛮な男たちが彼女にたちむかってくるや、割れたガラス戸越しに彼女は銃を放った。二〇人ほどのスー族の男たちが瀕死の傷を負って線路の上に倒れた。そして客車の車輪は、連結部分の上から線路に滑り落ちた者たちを虫けらのように踏みつぶした。

弾丸や棍棒の攻撃で重傷を負った何人かの乗客が腰掛けの上に横たわっていた。

が、そろそろ決着をつけなくてはならない時だった。戦いは既に一〇分以上も続いていて、もしも列車を止めることができなかったなら、スー族の勝利で終わることは間違いがなかった。実はカーニー要塞の駅が二マイルと離れていない場所にあり、そこには国軍の拠点が置かれているのであった。しかしこの拠点を過ぎてしまえば、カーニー要塞と次の駅との間で、スー族

スー族は客車の中にも攻め込んでいった．

が列車を彼らの支配下においてしまうことは想像がついた。

運転士もまたフォッグ氏のかたわらで戦っていたが、銃弾を受けて倒れた。倒れながらこの人物はこう叫んだ。

「もしも列車が五分以内に止まらなかったら、我々に勝ち目はない。」

「止めてみせましょう。」フィリアス・フォッグはそう言い、客室から外に飛び出していこうとした。

「どうかここにお残り下さい。」パスパルトゥーが彼にそう大声で言った。「これは私一人の仕事です。」

フィリアス・フォッグが止める間もなく、この勇敢な青年はインディアンたちに見られることなく扉をあけ、客車の下に体を滑り込ませることに成功した。それから、戦いが続き銃弾が頭上を飛び交う中を、青年は道化役者の敏捷《びんしょう》さと柔軟さを取り戻しつつ、客車の下をすりぬけていった。彼は連結チェーンにしがみつき、ブレーキレバーやシャーシの側梁につかまりながら、車両から車両へと驚くべき巧みさで這《は》って進み、ついに列車の先頭部にまで達した。その間彼は姿を見られることはなかったし、見られる可能性もなかった。

そこまできて彼は、片手で荷物用車両と炭水車の間につかまり、もう一方の手で安全用のチェーンをはずした。しかし牽引装置はそのまま働いていた。もしもその時列車が強い揺れを受

彼は片手で荷物用車両と炭水車の間につかまり…

けて、そのために牽引棒が吹き飛ぶという事態が生じなかったならば、彼一人の力でこの牽引棒のネジ釘を抜き取ることはままならなかったに相違ない。牽引棒は切断され、切り離された車両は次第次第に後方へ遠ざかっていった。一方蒸気機関車は新たにスピードをまして、飛ぶように走り去った。

それまでの走行で得た力によって運ばれるようにして、列車はなおも数分の間は走りつづけた。しかし客車内部からの操作でブレーキがかけられ、列車はようやくカーニー駅から一〇〇歩足らずのところで停止した。

銃声を聞いて集まった砦の兵士たちが大急ぎで列車に駆けよった。スー族は彼らの到着を待つことなく、列車が完全に停止するよりも前に、全員が逃げだしてしまっていた。

駅のホームで乗客が互いの頭数を調べた時、何人かが点呼に答えなかったことが判明した。その献身によって彼らの命が救われた、あの勇気あるフランス人もまた、点呼に答えない一人であった。

30　フィリアス・フォッグ、ごく単純に己の義務を果たす

パスパルトゥーを含めて三人の乗客がいなくなっていた。三人は戦いの最中に殺されてしまったのか。それともスー族に捕らわれてしまったのか。まだそれはわからなかった。

負傷者はかなりの数にのぼったが、瀕死の傷を受けた者は一人もいなかったことがわかった。もっともひどい傷を負った者の一人はプロクター大佐であった。彼は勇敢に戦い、鼠蹊《そけい》部に弾を受けて倒れたのであった。彼は緊急の治療を要する他の乗客たちと一緒に、駅舎に運ばれていった。

アウダ夫人は無事だった。惜しみなく戦ったフィリアス・フォッグもまた、かすり傷ひとつ負わないですんだ。フィックスは腕を負傷していたが大した傷ではなかった。だがパスパルトゥーがいなくなっていた。そして若い女性の目からは涙がこぼれた。

この間に乗客たちは列車を降りていた。客車の車輪は血で汚れていた。車輪の輻や輪心にはずたずたの肉片が垂れ下がっていた。白い平原の上には見渡す限りどこまでも、赤い血の跡が続いていた。そして、最後まで残っていたインディアンたちが、南のリパブリカン川の方角に

姿を消した。

フォッグ氏はじっと腕を組んだままでいた。彼は重大な決心をしなくてはならなかった。彼の近くではアウダ夫人がひと言も発することなく彼のことを見つめていた。彼には夫人の眼差しの意味が理解できた。もしもこの方の召使が捕虜になっているのだとしたら、この方は召使をインディアンたちから奪い返すために、全てを試みられるべきなのではないか。

「死んでいるにせよ、生きているにせよ、私は彼を探し出してみせます。」彼はただそうとだけアウダ夫人に言った。

「ああ、ムッシュー。ムッシュー・フォッグ。」若い女性は彼女の旅の伴侶の両手をとりながらそう叫んだ。その両手は涙でぬれていた。

「生きて見つけ出すことも可能でしょう。もしも我々が一刻の時間も無駄にすることがなければ。」そうフォッグ氏は付け足した。

この決心によって彼は自分の全てを犠牲にしようとしていたのであった。彼はたった今、自分の破産を告げたにも等しかった。ほんの一日の遅れでも、それだけでニューヨークを発つ客船に乗れなくなる。そうすれば彼の賭けの敗北は決定的であった。が、「これは私の義務だ」という考えを前にして、彼は逡巡することがなかった。

カーニー要塞を指揮している隊長がそこにいた。およそ一〇〇人ほどの彼の兵隊たちが、スー族が直接駅を襲撃してきた場合に備えて防備をかためていた。

「実は。」フォッグ氏は隊長に話しかけた。「実は三人の乗客がいなくなりました。」

「死んだのですか。」隊長が聞いた。

「死んでいるか、あるいは捕虜にとられているか、そのどちらかです。」フィリアス・フォッグが答えた。「が、この不確かな状況は終わらせなくてはなりません。隊長ご自身はスー族のあとを追って行こうと考えていらっしゃいますか。」

「それは軽々にはできません。」隊長が言った。「あのインディアンたちはアーカンソーの先まででも逃げていきかねない連中です。私は自分に任されているこの砦を放り出してしまうわけにはまいりません。」

「いいですか。」フィリアス・フォッグが続けた。「三人の命がかかっているんですよ。」

「それはその通りです。しかし、三人の命のために、五〇人の命を危険にさらすことが私にできるでしょうか。」

「できるかどうかではありません。そうしなくてはならないと申し上げているのです。」

「お言葉ですが。」隊長が答えた。「ここにいる誰一人として私に、私の義務が何であるかを教える資格などない。」

「よろしい。」フィリアス・フォッグは平然と言った。「私が一人で行きましょう。」

「あなたがですか。」近くに寄って来ていたフィックスが言った。「お一人でインディアンを追いかけるとおっしゃるのですか。」

「ここに生き残っている者たち皆の命の恩人であるあの不幸な青年を、このまま見殺しにしろとおっしゃるのですか。私は行きます。」

「いや、あなたを一人で行かせるわけにはいかない。」隊長も我知らず感極まってそう言った。「そんなことはさせん。あなたは心根の立派な方だ。」それから彼は自分の兵隊たちの方を向きながら言った。「三〇人ほど志願してくれる者はいるか。」

一個中隊全体が一団となって前に進み出た。隊長はこれら忠実な兵士たちの中から必要な数だけ選び出せばよかった。三〇人の兵士が指名された。そして年老いた伍長が彼らを率いることになった。

「隊長、恩に着ます。」フォッグ氏が言った。

「私もお供させていただいてもよろしいでしょうか。」フィックスが紳士に尋ねた。

「どうぞご随意になさって下さい。」フィリアス・フォッグは彼に答えた。「ただし、もしも私に力を貸してくださるということでしたら、是非ともアウダ夫人の近くに残っていて下さい。私に万一のことが起こった時のためにも……」

刑事の顔が突然真っ青になった。自分がこれまでかくも執拗に一歩一歩そのあとを追ってきたこの男と離れ離れになってしまうとは。この男をこんな風に、自由に荒野をさまよわせてしまうとは。フィリアス・フォッグは紳士の顔をまじまじと眺めた。しかし彼は自分の感情や反発、自分の内面で繰り広げられている闘争にもかかわらず、この穏やかで率直な眼差しを前にして、結局は目を伏せてしまった。

「残りましょう。」そう彼は言った。

しばらくの後、フォッグ氏は若い女性の手を握った。それから彼は、夫人に自分の大切な旅行鞄を預け、伍長と小隊を伴って出発した。

が、出発前に彼は兵士たちにこう言った。

「もしも捕まっている人々を助けることができたら、一〇〇〇ポンド出すことにしよう。」

時刻は正午を数分まわったところだった。

アウダ夫人は駅舎の個室に引きこもり、そこでたった一人、フィリアス・フォッグのことを、その純粋で偉大なる寛大さや落ち着きある勇気のことを思いながら待っていた。既にフォッグ氏は自分の財産の全てを犠牲になさった。そして今は自分の命までも危険にさらす覚悟でおられる。そしてそれら全てを、何の躊躇もなく、ひたすら義務感から、あれこれ言わず、実行なさっている。フィリアス・フォッグは彼女の目には一人の英雄と映った。

フィックス刑事の方は同じようには考えていなかった。彼は内面の動揺を抑えきれないままでいた。いらいらしながら彼は駅のホームを行ったり来たりしていた。一瞬説得させられた後に彼はすぐまたもとの自分に戻った。フォッグが出ていったあと、彼は、フォッグをそのまま出発させてしまったことの愚かしさを悟った。なんということだ。世界中をまわってあとをつけ続けてきたあの男と、離れ離れになることを自分が同意してしまったとは。彼の本性が再び首をもたげた。彼は自分を責め、自分に非難を浴びせた。彼は自分自身に対して、あたかも首都警察の長官が、一警官の軽率な行動を見とがめて説諭する時のように振る舞った。

彼は考えた。「俺は馬鹿だった。あいつの相棒はあいつに俺が誰であるかを教えてしまうだろう。そうすればあいつはそのまいなくなり、もう戻っては来ないだろう。そうなったら、どこで彼をまた捕まえられるというんだ。それにしても、一体この俺が、フィックスが、どうしてあんな風に射すくめられてしまったのか。俺はやつの逮捕状までポケットに忍ばせていたというのに。全く俺は何という馬鹿者なのだ。」

刑事はそのように考えていた。彼の目には時間が実にゆっくりと流れていくように感じられた。彼はもう、どうしたらよいか分からなくなっていた。時折彼は、全てをアウダ夫人に打ち明けてしまいたい気持ちにかられた。しかし彼には、そうすれば自分が若い夫人からどんな扱われ方をするかが分かっていた。どのような態度をとるべきか、彼は迷った。長く続く白い平原をぬけて、あのフォッグを探しに行こうという気持ちにもなった。彼を再び見つけ出すことは不可能でないように思われた。分遣隊の足跡はまだ雪の上にしるされていた。が間もなく、新たに積もった雪の層の下で、あらゆる足跡は消え去った。

その時、落胆がフィックスをとらえた。彼はこのゲームを放棄してしまいたいという、打ち勝ちがたい、強い欲望を感じた。そしてまさしく、カーニー駅を離れ、これまでは失意の連続だったこの旅を続行していく、絶好の機会が彼に訪れた。

午後の二時頃、大きな雪片が降りしきる中、東の方から長い汽笛の音が聞こえてきた。黄褐色の明かりを先頭につけた巨大な影がゆっくりと前進してきた。影は霧のために驚くほどその大きさを増し、この世のものとは思えぬ姿となっていた。

が、まだこの時間には、東から列車が着く予定はなかった。電信で依頼した救援はこんなに早く着くはずがなかったし、また、オマハ―サンフランシスコ間の列車は明日でなければ通るはずがなかった。そして間もなくそれが何であるかが分かった。

蒸気の送りを少なくして、大きな汽笛をいくつも鳴らしながら近づいてきたこの蒸気機関車は、列車と切り離されたあと、意識を失った運転士と機関士を運びながら、恐ろしい速さで更に走行を続けていったあの機関車なのであった。この機関車は数マイルの間線路を走り続け、それから燃料切れのために火力が落ちた。蒸気の勢いがなくなり、その一時間後、少しずつ走行の速度を落としたあとで、ついにカーニー駅から二〇マイル先まで行ったところでそれは停

黄褐色の明かりを先頭につけた巨大な影が…

止した。

機関士も運転士も命に別状はなかった。かなり長い間気を失ったあとで、彼らの意識は戻ったのであった。

その時には汽車は既に止まった状態だった。自分が荒野のただ中にいて、蒸気機関車だけが後続の客車を伴うことなくそこに残されているのを見て、機関士は何が起きたのかを理解した。いかにして機関車が列車から切り離されたのか、彼には想像することができなかった。しかし後方に残されている列車が動けない状態に置かれていることは疑いえなかった。

機関士は躊躇なく自分のなすべきことについて決断を下した。オマハの方向にこのまま旅を続けて行く方がより安全で、反対に、いまだにインディアンたちの襲撃に遭っているかもしれぬ列車に戻るのは危険なことであった。しかしそれでも構いはしなかった。何杯もの石炭と薪が燃焼室にくべられた。火の勢いは再び増し、蒸気圧は再度上昇し、そして午後の二時頃、機関車はカーニー駅に向かって後進しはじめた。霧の中で汽笛を鳴らしていたのはこの機関車だったのである。

機関車が列車の先頭に接続されるのを見た乗客たちは大きな喜びを感じた。これでようやく、実に運悪く中断されたこの旅を再び続けることができるのであった。

汽車が着くとアウダ夫人は駅舎を離れ、運転士のところに行って彼に話しかけた。

「出発なさるおつもりですか。」彼女が聞いた。

「すぐにでも、マダム。」

「でも、あの捕虜になっている人たちは、あの私たちの可哀相な旅の友はどうなるのでしょう。」

「私は自分の任務を中断することはできません。」運転士が答えた。「すでに我々の汽車は三時間遅れているのです。」

「サンフランシスコからの列車が次にここを通るのはいつですか。」

「明日の夜です、マダム。」

「明日の夜ですって！　それでは遅すぎます。やはり待っていてやらなくては……」

「それはできません。」運転士が言った。「もしも出発なさりたいのでしたら、どうぞこの汽車にお乗りください。」

「私は行きません。」若い女性が答えた。フィックスはこの会話を聞いていた。つい先ほど、蒸気機関という手だてが全く使えない状態であった時は、彼はカーニーを離れる決意を固めていた。しかし、列車がすぐそこにいて、いますぐにでも発進しようとしており、彼にとってはただ、客車内の自分の席に再び着きさえすればよいだけの状態となった今、抗《あらが》い難い力によって彼はこの場所にしばりつけられてしまっていた。この駅のホームに置かれている自分の足を、彼は一刻もはやく引き離したくてじりじりとしていた。なのに実際にはそれを引き離すことができないのだった。彼の心中で再び闘いが始まった。不首尾に終わることへの怒りが彼の胸をしめつけた。彼は最後まで闘いたい気持ちになっていた。

その間にも、乗客と何人かのけが人は客車に乗り込んでいた。けが人の中には、重傷を負ったプロクター大佐もいた。加熱されたボイラーの唸るような音が聞こえた。蒸気が弁から外に吐き出された。機関士が笛を吹き、列車は動き出した。そして間もなく列車は、その白い煙を渦巻く雪に混ぜ合わせながら、遠くに消えていった。

フィックス刑事はその場を動いていなかった。

何時間かが流れた。天気はきわめて悪く、寒さはとても厳しかった。フィックスは駅のベンチにすわったままじっとしていた。まるで眠っているかのように見えた。アウダ夫人は突風にもかかわらず、自分用に割り当てられている寝室をしばしば後にして外へ出た。彼女はホームの端まで行って吹雪の向こうに何か見えないかと目を凝らし、自分の周囲の視界を狭めている霧を貫いてその先を見ようとし、何か音が聞こえないかと耳を傾けた。しかし何の気配も感じられなかった。彼女は凍えた体で部屋に帰ると、すぐにまたホームへ戻っていった。しかし毎回結果は同じだった。

やがて日が暮れた。あの小別働隊はいまだに帰ってきていなかった。いまごろ彼らはどこにいるのだろうか。インディアンには追いついたのだろうか。戦いは行われたのだろうか。それともあの兵士たちは霧の中で道に迷い、あてどなく彷徨《さまよ》っているのだろうか。その不安な気持ちを決して表にあらわさないようにはしていたが、カーニー要塞の隊長もまた、内心とても心配していた。

夜が訪れた。降る雪の量は減ってきたが、寒さは厳しさを増した。どんなに大胆不敵な人間の眼差しも、この広大な暗闇を、何の恐れも感じずに眺めることはできなかったであろう。完全なる静寂が平原を包み込んでいた。一羽の鳥の飛翔も、一頭の野獣の通過も、この場所の静寂を脅かしてはいなかった。

その夜の間中、アウダ夫人は、頭を不吉な予感でいっぱいにし、心を不安で満たしながら、平原のはずれの場所をさまよい歩いた。彼女の想像力は先へ先へと彼女を連れて行き、彼女に無数の危険な光景をかいま見させた。この長い時間の間に彼女が味わった苦痛を言葉で言い表すことはできない。

フィックスはずっと同じ場所に、身じろぎもせぬままいつづけた。が彼もまた眠っていたわけではなかった。ある時一人の男性が近づいてきた。男は彼に話しかけもした。しかし刑事は、彼の言葉に対し断るような仕草で答えて、彼を追い返した。

夜はかくのごとく過ぎていった。そして夜明けが訪れ、半ば消えかかったような太陽が霧に包まれた地平線に昇った。その間に視界は二マイルにまで及ぶようになっていた。フィリアス・フォッグと別働隊が向かったのは南の方角であった。が、その南には、人の影ひとつ見えなかった。時刻は朝の七時であった。

隊長は大いに心配していたが、どのような決断を下してよいか分からないでいた。第一の別働隊を救助するため、第二の部隊を送るべきであろうか。しかし、第一の犠牲者を救うという、これほど実現の見込みの少ない行動のために、さらに何人かを犠牲にすべきなのだろうか。が、その彼の逡巡も長くは続かなかった。彼が合図をして中尉の一人を呼び寄せ、南に偵察の者を派遣するよう命令を出したその時、何発かの銃声が響いたのである。何かの合図であろうか。兵士たちが砦から飛び出してきた。そして彼らが見出したのは、半マイル先を整然と並んで帰還する、一小隊なのであった。

フォッグ氏が先頭を歩いていた。彼の近くには、スー族の手から奪還されたパスパルトゥーと二人の乗客がいた。

戦闘はカーニーの南一〇マイルの場所で起こったのであった。別働隊が到着するわずか前、パスパルトゥーと彼の二人の同行者は既に彼らの見張り役たちとの戦いを始めていた。フランス人は見張りのうちの三人を殴り倒した。そしてその時、彼の主人と兵士たちが応援に駆けつけてくれたのであった。

フランス人は３人を殴り倒した.

救出した者もされた者も、全員が皆歓呼で迎えられた。そしてフィリアス・フォッグは兵士たちに約束の褒賞金を与えた。その間パスパルトゥーはこう繰り返していた。「全く俺はご主人にとって高くつく人間だ。」彼の言葉はまんざら間違ってはいなかった。

フィックスはひと言も発することなく、フォッグ氏の顔を見つめていた。彼の心中で繰り広げられている葛藤を分析することは困難であったに違いない。アウダ夫人はといえば、紳士の手を取って、ひと言も言わずに、自分の手の中に包みこんで握りしめた。

一方パスパルトゥーは、戻ってきたときからずっと、駅のホームに列車の姿を探していた。彼は列車がそこにいて、すぐにでもオマハにむけて走り出せる状態にあるものと思っていた。そして、失った時間も取り戻すことができるのではないかと期待していたのであった。

「列車は、列車はどこにいるのだろう。」彼は大声で言った。

「もう出てしまいました。」フィックスが答えた。

「で、次の汽車はいつ来るのですか。」フィリアス・フォッグが聞いた。

「今夜でなければ来ません。」

「そうですか。」動じることなき紳士はただそのように答えた。

31　刑事フィックス、きわめて真剣にフィリアス・フォッグのことを気遣う

フィリアス・フォッグは二〇時間の遅れをとっていた。不本意ながらこの遅れの原因をつくってしまったパスパルトゥーはしょげかえっていた。間違いなく自分が主人を破産に追い込んでしまったのだった。

この時刑事がフォッグ氏に近づいた。そして彼の顔を正面から見据えてこう言った。

「ムッシュー。きわめて真剣な話としてお尋ねしますが、あなたはお急ぎなのでしょうか。」

「ええ、まったく真剣な話、おっしゃる通りです。」フィリアス・フォッグが答えた。

「なおも伺いますが、あなたは、リヴァプール行きの客船の出発時刻、一一日夜九時よりも前にニューヨークに到着していることが、あなたの利害に関わっているとお考えなのですか。」

「はい、大きく関わっております。」

「もしもあなたの旅があのインディアンたちによる襲撃で中断されることがなかったならば、一一日の朝にもニューヨークに着かれていたとお考えですか。」

「ええ、客船の出発時刻よりも一二時間早く着いていたはずです。」

「わかりました。ということは予定より二〇時間遅れているということですね。そして二〇時間と一二時間の差は八時間だ。つまり八時間を取り返せばよいわけですね。試みてみようというお気持ちはおありですか。」

「歩いてですか。」フォッグ氏が聞いた。

「いえ、橇《そり》に乗ってです。」フィックスが答えた。「帆を張った橇です。一人の男が私にこの移動手段をすすめてきました。」

それは夜の間に、刑事に話しかけてきた男のことであった。その時はフィックスは彼の申し出を断っていた。

フィリアス・フォッグはフィックスの問いには答えなかった。しかしフィックスが彼に、駅の前を行ったり来たりしている男を指で示して見せると、紳士は男のところに歩み寄った。その直後、フィリアス・フォッグと、マッジという名のこのアメリカ人は、カーニー要塞の下に建てられている、とある小屋の中へと入っていった。

そこでフォッグ氏はかなり奇妙な乗り物を見た。それは二本の長い板の上に固定されている一種の車台のようなもので、二本の板は、通常の橇と同じように、前の方が少し反り返っていた。そこには五、六人の人間が乗れるだけのスペースがあった。車台の前三分の一ほどのところにはとても高いマストが立てられ、そこにスパンカー〔小型帆船後部に張られる台形の大きな帆〕が張られていた。このマストは金属の索でしっかりと固定されており、そこから伸ばされた一本の鉄の支索は、大きな三角帆《ジブ》をつり上げていた。後方には一種の櫓《ろ》のような格好の舵《かじ》があって、それによって橇を導いていくことができた。

つまりそれは、スループ帆船に仕立てた橇のようなものであった。冬の間、列車が雪で動けなくなってしまった時、この乗り物は氷結した地表の上をきわめて速いスピードで駅から駅へと走り抜けていくのであった。帆の装備もまた見事であった。それは、転倒の危険にさらされながら走る、あの競走用小型帆船をしのぐほどの素晴らしい帆を備えていた。そして乗り物が後ろから風を受けた時、それは急行列車にまさるとも劣らぬほどの速度で平原の上を滑っていくのであった。

フォッグ氏と、この地上を行く帆船の持ち主との商談は、わずかの時間でまとまった。風向きもよかった。西から十分な風が吹いていた。雪も固くなっていた。マッジは、数時間でオマハの駅までフォッグ氏を送り届けることができると請け合った。そこまで行けば列車の数も多く、シカゴやニューヨークまで延びている鉄道線も豊富にあった。遅れを取り戻すことは不可能ではなかった。この冒険を試みることに躊躇《ちゅうちょ》する理由はなかった。

フォッグ氏はアウダ夫人に、この寒さの中を外気にさらされながら進むという辛い思いをさせたくなかった。しかもその寒さは橇の速さで一層耐えがたいものとなるはずだった。彼はそこで夫人に、パスパルトゥーの付き添いでカーニー駅に残ってはどうかとすすめてみた。いずれ実直な青年は、もっと良い道を通って、もっとよい環境のもとで、夫人をヨーロッパまで送り届けてくれることであろう。

しかしアウダ夫人はフォッグ氏と離れ離れになることを拒んだ。そしてパスパルトゥーはこの決断をとてもうれしく思った。実際、フィックスが自分の主人と一緒にいる限り、どんなことがあっても自分は主人の許《もと》をはなれたくないと彼は思っていた。

刑事がその時何を思っていたかについては、述べることが難しい。刑事の確信はフィリアス・フォッグの帰還によって揺らいでいたであろうか。それとも刑事は彼のことを、世界一周を終えてしまえばもはや英国での身の安全は確実だと信じている、とてつもない大悪党だと見なしていたのだろうか。恐らく、フィリアス・フォッグに対する彼の考え方は実際には変化してきていた。ただ彼はそれでも、自分の義務を何としても果たそうと心に決めていたのであった。そして彼は他の誰よりも強く、一刻も早く、全力を尽くして英国に戻りたいと望んでいたのであった。

八時には橇の用意ができ、すぐにも出発のできる状態となった。旅客たちは――むしろ船客と呼びたいところだが――橇に乗り込んで、旅行用毛布でしっかりと身を包み込んだ。二つのとても大きな帆が掲げられた。そして風の推進力を受けながら、橇は凍った雪の上を時速四〇マイルの速さで飛ぶように進んだ。

カーニー要塞とオマハを隔てている距離は直線にして――アメリカ人の言い方を借りれば「蜜蜂の飛翔線にして」――せいぜい二〇〇マイルほどであった。もしも風がこのままもってくれれば、この距離を五時間で走破することが可能であった。もしもいかなる事故も生じなければ、午後一時には橇はオマハに到着するはずだった。

それはなんという旅であったことだろう。旅客たちは身をぴったりと寄せ合ったまま、互いに言葉もかわすこともできない状態であった。速度によって増した寒さが彼らの言葉を断ち切ってしまったかのようであった。橇は平原の上を、水上を進む小舟と同じくらい軽やかに滑っていった。しかも小舟と違って、ここでは波のうねりはなかった。風が地上すれすれに吹いてくると、橇は、巨大な広がりをもつ翼のようなその帆によって、地上から運び去られてしまいそうに見えた。舵をとるマッジは直線を保つように努力していた。彼は、舵を動かしては、逸《そ》れがちになる乗り物の方向に修正を与えていた。帆は一杯に風をはらんでいた。三角帆《ジブ》も高く掲げられた。それはもはや、スパンカーの陰に隠れたままではなかった。トップマストもあげられた。そこには軽い帆が張られ、それが風にたなびいて、他の帆にさらなる推進力を加えていた。数学的に正確に測定することはできなかったが、橇の速度は確実に時速四〇マイルを下

旅客たちは身をぴったりと寄せ合ったまま…

回ってはいないはずだった。

「もしもこのまま何事も起こらずにすめば、我々は予定通り到着できるでしょう。」そうマッジが言った。

予定の時間内で到着できれば、マッジにとっても得になる話であった。というのも、フォッグ氏はいつもの彼のやり方に従って、かなりの褒賞金でマッジの気を引きつけていたからであった。

平原は海のように平らで、その上に橇の直線の軌跡が引かれていった。あたかもそれは、凍りついた巨大な池のように見えた。この地域を通っている鉄道は南西から北西へと上って行き、グランド・アイランド、ネブラスカ州の主要都市コロンバス、さらにはシュイラー、フレモントを通って、オマハへと至っていた。鉄道はこの間ずっと、プラット川右岸に沿って続いていた。橇はこの行程を短縮し、鉄道が描く弓形の、弦の部分を通っていった。マッジには、プラット川がフレモントの手前で形作る小さな湾曲部で前に進めなくなるという心配もなかった。川の水もまた凍りついていたからである。途上には何の障害物もなかった。フィリアス・フォッグが恐れなくてはならないのは、もはやただ二つの状況だけであった。一つは乗り物の損傷であり、もう一つは風向きの変化、あるいは風が止んでしまうことであった。

しかし風は弱まることがなかった。それどころか風はマストをたわませるほどに強く吹いていた。鉄の索がしっかりとマストを支えていた。この金属製のワイヤーは楽器の弦のように音を響かせていた。あたかも弓がその振動をおこしているかのようであった。この一種独特の激しさを備えた、すすり泣くような和音の鳴り響く中を、橇は飛ぶように走り抜けていった。

「この弦の音程は五度と八度です。」フォッグ氏が言った。

それが彼がこの橇の旅の間に発した唯一の言葉であった。アウダ夫人は毛皮と旅行用毛布ですっぽりと体を包んでいた。その体は可能な限り入念に寒さの攻撃から守られていた。

パスパルトゥーは、霧の中に沈む日輪のような赤い顔をして、この刺すように冷たい空気を吸っていた。磐石《ばんじゃく》の確信を決して失うことのない彼は、再び希望を抱きはじめていた。ニューヨークには朝ではなく、夜の到着となるだろう。がそれでもなお、到着がリヴァプール行きの客船の出発より前である可能性は若干残されている。

パスパルトゥーは盟友フィックスの手を握りしめたいという強い欲求さえも感じた。この帆を張った橇を、ということはつまり、定められた時間内にオマハにたどり着ける唯一の方法を見つけ出してくれたのが、ほかならぬフィックス刑事であったという事実を自分は決して忘れないであろう。だがしかし、はっきりとしない予感のために、彼は結局通常の慎重さの中にとどまっていた。

いずれにせよ、パスパルトゥーが今後絶対に忘れないであろう一つのことは、フォッグ氏が彼をスー族の手から取り戻すためにためらうことなく犠牲を払ってくれたことであった。そのためにフォッグ氏はご自身の財産とご自身の命までも危険にさらそうとなさったのだ。その召使たるもの、絶対に、このご恩を忘れはしないだろう。

乗客のおのおのがそれぞれ実に様々な物思いにふけっている間、橇は広大な雪の絨毯《じゅうたん》の上を飛ぶように進んでいた。橇がリトル＝ブルー川の支流や分流であるいくつものクリークを越えて行った時も、人々はそれに気づかないほどだった。草原も川も等しく皆白い雪の下に姿を隠してしまっていたのであった。平原には人っ子一人いなかった。ユニオン・パシフィック鉄道と、カーニー、セント＝ジョゼフを結ぶ支線との間に横たわっているこの平原は、いわば巨大な無人島のような場所になっていたのであった。村も、駅も、要塞のひとつすらもそこにはなかった。時折しかめっつらをした木が、一瞬の稲妻のように通りすぎていくのが見えた。その白い骸骨のような枝は、風に吹かれて体をよじっているかのようだった。時には野生の鳥たちの群れが一斉に飛びたっていった。また時には、飢えて痩せた何頭かの草原狼たちが、いくつもの集団を作って、獰猛《どうもう》な欲求に突き動かされながら橇と速さを競い合って走った。そんな時パスパルトゥーは拳銃を手にして、一番近くまで寄ってきた狼にいつでも発砲できるように身構えた。もしも何らかの事故で橇が止まってしまうことにでもなったなら、この獰猛な肉食獣の攻撃を受けた乗客たちは極めて大きな危険にさらされていたことであろう。しかし橇はよく

また時には，飢えて痩せた何頭かの草原狼たちが…

持ちこたえた。そしてほどなくそれは、狼の群れを引き離した。咆哮の一団は瞬く間に後方に退いていった。

正午にマッジはいくつかの指標から、自分たちが今プラット川の凍りついた流れを越えていることを確認した。彼はひと言も発しなかった。しかし彼は既に、あと二〇マイル行けばオマハの駅にたどり着けると確信していた。

そして実際、この熟練した案内人が舵を離れて帆綱に駆け寄り、それをたぐりよせて束ねた時、時刻はまだ一時にもなっていなかった。橇は抑えられぬほどの推進力で運ばれながら、さらに半マイル、帆を張ることなく駆け抜けた。それからようやく橇は停止した。マッジは雪をかぶった沢山の白い屋根を指さしながら言った。

「着きましたよ。」

着いた。数多くの汽車によって合衆国東部と毎日のように結ばれているあの駅に、自分たちは本当に着いたのだった。

パスパルトゥーとフィックスは橇から飛び降り、かじかんだ手足を揺り動かした。彼らはフォッグ氏と若い女性が橇から降りるのを手伝った。フィリアス・フォッグはマッジにたっぷりと謝礼を支払った。パスパルトゥーはあたかも友に対してそうするように、彼の手を握った。それから全員がオマハ駅に急いだ。ミシシッピ流域と太平洋とを結ぶいわゆるパシフィック鉄道の終着点は、このネブラスカ州の大都市なのであった。オマハからシカゴまでは「シカゴ＝ロック＝アイランド鉄道」という名の線が直接東に延び、五〇の駅をつないでいる。

シカゴへの直行の列車が今にも出発するところであった。フィリアス・フォッグと彼の同行者たちは取るものもとりあえず客車に乗り込んだ。彼らはオマハでは何も見なかった。がパスパルトゥーは心の中で、後悔するには及ばない、それに今は見学どころではないのだとつぶやくのだった。

この列車は非常な速さで、カウンシル＝ブラフス、デ・モイン、アイオワ・シティーを通って、アイオワ州を駆け抜けた。夜の間に汽車はダベンポートでミズーリ川をわたり、ロック＝アイランドでイリノイ州に入った。翌一〇日の夕方四時、汽車はシカゴに到着した。荒廃から立ち直ったシカゴの町は、美しいミシガンの湖のほとりに、以前にもまして堂々たる姿で鎮座していた。

シカゴとニューヨークを隔てている距離は九〇〇マイルである。シカゴでは乗るべき汽車には事欠かなかった。フォッグ氏はただちに、こちらからあちらへと汽車を乗り換えた。「ピッツバーグ＝フォート＝ウェーン＝シカゴ鉄道」の威勢のよい蒸気機関車は、誉れ高き紳士に一刻の猶予《ゆうよ》もないことをあたかも察したかのように、全力で発進した。汽車はインディアナ、オハイオ、ペンシルベニア、ニュージャージーの各州を、古い名前のついたいくつもの町を通りながら、稲妻のような速さで通り抜けていった。それらの町の中には、既に街路や路面電車ができていながら家がまだ全く建てられていないところもあった。そしてついにハドソン川が姿を現した。一二月一一日の夜一一時一五分、汽車は川の右岸の駅に到着した。列車が着いたのは、キュナード海運の名で知られる「ブリティッシュ・アンド・ノース・アメリカン・ロイヤル・メール・スティーム・パケット会社」の蒸気船用埠頭の真ん前であった。

リヴァプール行き「チャイナ号」は、四五分前に出発してしまっていた。

32　フィリアス・フォッグ、直々に悪運との闘いに乗り出す

出発してしまったチャイナ号は、フィリアス・フォッグの最後の希望をも一緒に運び去ってしまったかのように見えた。

実際、アメリカとヨーロッパの間の直接の運行を行っている他の多くの客船は、フランスの大西洋海運にしても、「ホワイト＝スター＝ライン」にしても、イマン船会社の蒸気船にしても、ハンブルク船会社の船にしても、またそれ以外の船にしても、どのひとつも紳士の計画の助けとなることはできなかった。

その見事な船体が、他の船会社の船舶のどれひとつと比べてみても、速さにおいて遜色なく、快適さにおいて優るフランス大西洋海運のペレール号は、翌々日の一二月一四日にならなくては出発しなかった。それに、ハンブルク船会社の船舶同様、ペレール号もまたリヴァプールやロンドンに直接向かうのではなく、ル・アーヴルを目的地としていた。このル・アーヴル―サウサンプトン間の追加の航海はフィリアス・フォッグの旅を更に遅らせ、彼の最後の努力をも水泡に帰せしめてしまう恐れがあった。

イマン船会社の汽船のうちの一隻、「シティー＝オブ＝パリス」号は翌日出航の予定だった。が、これには期待できそうもなかった。この会社の船舶は主として移民の輸送用にあてられており、船体も堅固でなく、蒸気と帆の両方を用いて航行し、速度もあまり出なかった。これらの船舶がニューヨークと英国との間の航海に要する時間は、フォッグ氏が彼の賭けに勝つために残されている時間を上回っていた。

これらすべての事情をフォッグ氏は『ブラッドショー』をめくりながら完璧に理解した。『ブラッドショー』は一日ごとの大洋横断航路のダイヤを彼に提供してくれていた。

パスパルトゥーはしょげかえっていた。客船に四五分の遅れで乗りそこねたことが彼を絶望に追いやった。自分がいけないのだ。自分が、主人を助けるどころか、主人の進む途上に問題の種ばかりまいてきたからこんなことになったのだ。彼は旅の間に起こったあらゆる出来事を頭に思い浮かべてみた。彼は、全く無駄に、自分のためだけに費やされた金額を計算してみた。そしてまた彼は、あの途方もない賭け金に、今や無駄に終わろうとしているこの旅の莫大な費用が加われば、フォッグ氏は完璧に破産に追い込まれるであろうと想像した。それらのことを考えながら彼は自分自身を何度もなじった。

しかしフォッグ氏は彼にいかなる非難の言葉も浴びせなかった。

「明日考えることにしよう。さあ、行こう。」

大西洋横断汽船の埠頭を離れながら彼が発した言葉はこれだけだった。

フォッグ氏、アウダ夫人、フィックス、パスパルトゥーの四人はファージー＝シティー＝フェリーボートに乗ってハドソン川を渡り、辻馬車に乗り込んだ。辻馬車は彼らを、ブロードウェーのセント＝ニコラス・ホテルまで運んだ。彼らのための部屋が用意された。そして夜が過ぎた。完璧な睡眠をとることができたフィリアス・フォッグにとって、それは短い夜であった。しかし、心配で気の休まらないアウダ夫人や他の同行者たちにとって、夜はとても長く感じられた。

翌日は一二月一二日であった。残されている時間は一二日の朝七時から二一日の夜八時四五分まで、すなわちあと九日と一三時間四五分であった。もしもフィリアス・フォッグがキュナード海運の船の中でも一、二を競う高速船、チャイナ号に乗って昨夜出発していれば、規定の時間内にリヴァプール、そしてロンドンに到着することは可能であったはずだ。

フォッグ氏は彼の召使に、ホテルで彼のことを待っているように、そしてアウダ夫人にいつでも出発できる準備をしておくよう伝えておくようにと指示してから、一人だけでホテルを離れた。

フォッグ氏はハドソン川の河岸に足を運んだ。そして、岸に繋《つな》がれている船や、川に投錨している船の中から、出発間際の船を注意深く探した。いくつかの船舶は出発を示す旗を掲げていて、朝の満潮の時刻にあわせて出航しようとしていた。この巨大で、目を見張るばかりのニューヨークの港においては、毎日毎日、実に多くの船が世界中のあらゆる場所に向けて出航していく。しかしそのほとんどは帆船であって、フィリアス・フォッグの要望とは一致しなかった。

紳士の最後の望みの綱もついに断たれたかの感があった。とその時、彼は、砲台の前、せいぜい一ケーブル〔約二〇〇メートル〕ほどの場所に停泊している一艘のスクリュー付き商船を見つけた。すらりとした形をしたこの船は、煙突から大きな煙のかたまりを吐き出していて、出航の用意ができていることがわかった。

フィリアス・フォッグはボートを呼ぶとそれに乗り込んだ。ボートはオールを何度か漕いだだけでヘンリエッタ号の梯子にたどり着いた。この蒸気船は船体が鉄でつくられ、上部は全て木でできていた。

ヘンリエッタ号の船長は船の中にいた。フィリアス・フォッグは甲板に上がって船長に会いたいと申し出た。船長はすぐに姿を現した。

彼は五〇歳ほどの、海の野人とでもいえそうな男で、気難しそうな文句屋に見えた。目は大きく、肌は錆《さ》びた銅のような色で、髪は赤く、太い首をしていた。社交人風の趣が全くない男だった。

「船長ですか。」フォッグ氏が聞いた。

「私が船長です。」

「私はフィリアス・フォッグです。ロンドンの者です。」

「私はアンドリュー・スピーディー。カーディフ出身です。」

「すぐに出発なさるのですか。」

「一時間後に。」

「どちらの港まで。」

「ボルドーまでです。」

「で、船荷は。」

「腹に詰める小石だけ。いわゆる積み荷はありません。底荷だけで出発するところです。」

「乗客は。」

「乗客はなし。絶対にとりません。そんなものは場所ふさぎで、理屈ばかりこねる貨物みたいなものです。」

「船の走りはどうですか。」

「一一から一二ノットで走ります。音に聞こえたヘンリエッタ号ですからね。」

「リヴァプールまで運んでいただけますか。私とあと三人なんですが。」

「リヴァプールだって。中国じゃだめですか。」

「私はリヴァプールと言っている。」

「だめです。」

「だめなんですか。」

「だめです。私はボルドーに向けて出発しようとしている。そして実際にボルドーまで行くつもりだ。」

「どんなにお金を出してもだめですか。」

「どんな金額でもだめです。」

船長は有無をいわせぬ話し方で答えた。

「でもヘンリエッタ号の船主はどう思われるでしょうか。」フィリアス・フォッグが言った。

「船主はこの私だ。この船は私の持ち物だ。」船長が答えた。

「では私はそれをあなたから借り切ろう。」

「断る。」

「ではあなたから買い取ろう。」

「断る。」

フィリアス・フォッグは眉一つ動かさなかった。しかし状況は深刻だった。ニューヨークでは香港と同じようにはいかなかった。ヘンリエッタ号の船長と、タンカデール号の船長とでは事情が異なっていた。ここまでは、紳士の金が常に問題を解決してきた。今度は、金でもうまくいかないようだった。
が、何としても船で大西洋を渡る方法を見つける必要があった。さもなくば、気球に乗って海を渡るしかなかった。なるほどそれも、大きな危険は伴うものの、まんざら実現不可能ではない方法であった。

しかしどうやらフィリアス・フォッグは何かを思いついたようだった。彼は船長に向かってこう言った。

「ではボルドーまでなら連れていっていただけますか。」

「だめだ。たとえ二〇〇〇ドル払うと言ってもだめだ。」

「二〇〇〇ドル(一万フラン)さしあげよう。」

「一人につきか。」

「一人につきです。」

「たしか四人ということだったが。」

「四人です。」

スピーディー船長はまるで表皮を剝《は》がそうとでもするかのように、額をごしごしと掻《か》いた。

旅程を変更することなく八〇〇〇ドルが稼げるとあっては、あらゆる種類の船客に対して彼が表明している反感も、しばし棚上げにしておく価値がありそうであった。二〇〇〇ドルもする船客はもはや単なる船客ではなく、貴重貨物であった。

「九時に出発する。」スピーディー船長は単にそれだけ言った。「その時間に君や君の一行は来られるかね。」

「九時ですね。その時間より前に船に乗り込んでいましょう。」フォッグ氏もまた同じように簡潔に答えた。

時刻は八時半だった。ヘンリエッタ号を下船し、馬車に乗ってセント＝ニコラス・ホテルに行き、アウダ夫人、パスパルトゥー、そしていつも一緒のフィックスに、丁寧に同行の誘いをし、三人を船に連れて帰る。それだけのことをフォッグ氏は、いかなる状況のもとでも失うことのなかった彼の冷静さをもって成し遂げた。

ヘンリエッタ号が出航しようとしている時、四人はすでに船の中にいた。

パスパルトゥーはこの最後の航海がいくらかかるかを知って、あの下降半音階の全音程を上から下へとおりていく、長く伸びる「オー」の声を発した。

フィックス刑事は、英国銀行はこの事件で、絶対に損失なしでは済むまいと思っていた。実際、この上フォッグ氏が、さらにいくらかの金を海上に投げ捨てないと仮定した場合でも、到着時には七〇〇〇ポンド(一七万五〇〇〇フラン)以上の金が銀行券の入った彼の手提げ袋から出ていってしまう計算になるのであった。

33　フィリアス・フォッグ、彼の能力を遺憾なく発揮する

その一時間後、蒸気船ヘンリエッタ号はハドソン川の入り口を示す灯台船を過ぎ、サンディー＝フック岬をまわって海に出た。昼の間船は、ファイヤー＝アイランド灯台の沖をロング＝アイランド島に沿って北に進み、それから、早足で東方を目指した。

翌一二月一三日の正午、一人の男がタラップに現れて位置の測定を行った。その男がスピーディー船長であると思いたいところである。が全くそうではなかった。それは、紳士フィリアス・フォッグであったのである。

スピーディーはと言えば、簡単な話、彼は船室に鍵をかけて閉じ込められていたのであった。そして、無理もない彼の怒りの感情を爆発させて、大声で騒ぎたてていたのである。

起こった出来事は単純そのものであった。フィリアス・フォッグはリヴァプールまで行きたいと希望し、船長は彼をそこまで連れていくことを望まなかった。そこでフィリアス・フォッグはボルドーまでの航行をまず同意した後、船に乗り込んでからの三〇時間のうちに、銀行券を実に巧みに操りながら、水夫や火夫など、既に船長とはかなり険悪な関係にあったいささか

うさん臭い乗組員たちを、自分の仲間に引き入れてしまったというわけである。以上がその時フィリアス・フォッグがスピーディー船長に代わって舵を取っていた理由であり、船長が船室に閉じ込められ、ヘンリエッタ号がリヴァプール目指して航行していた理由であった。一つ明らかなことは、その操縦ぶりからして、フォッグ氏がかつて船乗りであったという事実である。

さてこの冒険がいかなる結末を迎えるかについてはもう少し先でお話ししよう。ただアウダ夫人は、口には出さないものの心配でならなかった。フィックスは、はじめはただただ圧倒されるばかりだった。一方パスパルトゥーは、単純にこの事態を素晴らしいと思っていた。

「一一から一二ノット」とスピーディー船長は言っていた。そして実際ヘンリエッタ号は平均してこの速度を保ちながら走った。

もしも――ここまできて、まだこれだけの「もしも」を重ねなくてはならないとは――もしも海の状態があまりひどくならず、もしも風が東に移ることがなく、そしてもしも、船体に何の損傷も生じず、機械にいかなる事故も起きなければ、ヘンリエッタ号は一二月一二日から二一日までの九日間で、ニューヨークとリヴァプールを隔てる三〇〇〇マイルを横断できるはずであった。もっとも、到着すればしたで、このヘンリエッタ号事件に銀行の事件が加わって、紳士の望んではいない結末をもたらしかねない状況であることもまた明らかだった。

初めの数日の間、航海は最高の条件のもとで繰り広げられた。海はさほど荒れず、風は北東方向に固定されたかのようであった。帆も絶えず張られ、二本マストの船ながら、ヘンリエッタ号はさながら本物の大西洋横断船のように進んでいった。

パスパルトゥーは大いに満足していた。自分の主人によるこの最後の活躍は、その結末こそ見たくはない気持ちであったが、彼を興奮させていた。乗組員たちは、こんなにも陽気でこんなにも敏捷に動く青年をかつて見たことがなかった。彼は水夫たちに親しげに声をかけ、様々な芸当で彼らを驚かした。彼は彼らに最上の名称をふるまい、この上もなく魅力的な飲み物を惜しげなく与えた。彼にとっては、水夫たちは立派な紳士として船を動かしていたのであり、ボイラーマンは、英雄として缶《かま》を焚いていたのであった。彼の上機嫌は感染しやすく、他の皆に浸透していった。彼は過去のことも、様々な悩みも、危険もすべて忘れた。彼はもはや、達成直前となったあの目的のことしか考えていなかった。そして時折、まるで自分自身がヘンリエッタ号の缶《かま》の火で暖められたかのように、彼は、はやる気持ちに沸き立つのだった。しばしば、この立派な青年はフィックスの周りをまわった。彼はフィックスのことを「いわくありげな」目で見つめた。しかしフィックスに話しかけることはしなかった。この二人のかつての友の間には、もはやいかなる親しい感情も存在していなかった。

一方フィックスはフィックスで、もう何が何だか分からなくなっていた。ヘンリエッタ号の略奪といい、乗組員の買収といい、熟練した船乗りのごとく船を操るフォッグの姿といい、それら全てが彼を唖然とさせるのだった。彼にはもはや、事態をどう理解してよいのか分からなくなっていた。が考えてみれば、五万五〇〇〇ポンドの盗みを働きうる紳士ならば、最後に船を乗っ取っても不思議はなかった。そしてフィックスはごく自然に、フォッグの操縦するヘンリエッタ号がもはやリヴァプールに行くことは絶対なく、船は今、この海賊と化した泥棒が安心して暮らせる世界のいずれかの場所に向かっているのだと考えるようになった。この仮説は確かに極めて妥当なものであった。そして刑事は、自分がこの事件に関わってしまったことを真剣に後悔しはじめていた。

スピーディーは彼の船室で相変わらず唸り声をあげていた。彼に食糧を与える役のパスパルトゥーは、たくましいその体にもかかわらず、最大の注意を払いながら彼の役を果たした。一方フォッグ氏は、この船に船長なるものが乗っていることすら知らないという風であった。

一三日、ニューファンドランドの浅瀬の端を過ぎた。このあたりは困難な海域となっている。とりわけ冬の間は霧がよく出て、吹きつける風も恐ろしいほどに強い。その前夜から気圧計が突然下がり、近く大気の変化が起こることを予感させていた。実際に夜の間に気温は変化した。寒さは前にもまして厳しくなり、同時に風は南東方向へと移った。

それは予測していない事態だった。フォッグ氏は進路からはずれないようにするため、帆を片づけて、蒸気を一杯に出しながら進んでいかねばならなかった。長いうねりが船首部分で砕け、そうした海の状態ゆえに、船の進む速度は遅くなった。船は激しい縦揺れを経験し、それが速度を落とさせた。風は次第に暴風へと変わっていき、ヘンリエッタ号がついにうねりに耐えられなくなる状況すら既に予測された。逃れるべき相手があったとして、それはあらゆる悪運を秘めた未知という相手なのであった。

パスパルトゥーの顔も空と同様に曇っていった。誠実な青年は二日間、死ぬほどの危惧を感じた。しかしフィリアス・フォッグは、海に歯向かう力をもった大胆な水夫として振る舞いつづけた。そして彼は、蒸気の力を弱めることなく、たえず船を進ませていった。ヘンリエッタ号は、うねりに向かって船体をおこせない時は、その中を突き進んだ。そんな時、甲板はひどく水をかぶった。が、船は難を免れた。時には山のように高い波が船尾を水の上にまでもちあげて、水中から顔を出したスクリューが、その狂ったような羽根で空《くう》を切ることもあった。それでも船は常に前へ前へと進んでいった。

しかし結局、風も恐れたほどには強くならなかった。それは時速九〇マイルで吹く暴風にはならず、大風程度にとどまった。ただそれが生憎《あいにく》、たえず南東の方向から吹きつづけてきたため、帆を張ることができないのであった。しかしこれからわかる通り、それでも帆を張って蒸気を助けてやっていれば実は大いに有益であったのである。

一二月一六日。それはロンドンを発ってから七五日目にあたった。結局のところヘンリエッタ号はまだ心配なほどの遅れを記録しないですんでいた。航海の半分はほぼ終えられ、最も困難な海域もすでに越えられた。これが夏であれば航海の成功を請け合ってもよいほどだった。が、冬の間は悪天候の犠牲になることがある。パスパルトゥーはまだどちらとも判断しかねていた。が内心では、彼は希望を持っていた。万一風が吹かなくとも、蒸気に頼ることが可能だからであった。

ところでこの日、機関士がデッキに上がってきてフォッグ氏と会い、彼とかなり激しい調子で言葉を交わした。

虫の知らせであろうか、なぜかは分からないがパスパルトゥーはその時漠たる不安を抱いたのであった。もしもそこで話されている内容を聞くことができるなら、彼は自分の片方の耳を捨てて、もう一方の耳でそれを聞くことすら同意しかねないほどだった。しかし、実際に彼の耳に聞こえてきたのはほんの数語にすぎなかった。この数語のうち、とりわけ彼の主人の発した次の言葉が彼の注意を引いた。

「あなたが主張なさっていることは確かなことですか。」

「ええ確かです。」機関士が答えた。「お忘れになっては困りますが、我々は出発以来、全てのボイラーで火を燃やしながら走行しているんです。我々には蒸気量を少なくしてニューヨークからボルドーまで航行するのに十分なだけの石炭はありましたが、ニューヨーク―リヴァプール間を蒸気量を最大にして航行するだけの燃料はありません。」

「何とか考えてみましょう。」

パスパルトゥーは理解した。そして彼はひどい心配にとらわれた。

石炭が底をついてしまうのだ！

「ああ私の主人がもしこの危機をもしのげるなら、間違いなくこの人はとんでもない人物ということになる。」彼はそう思った。

それからフィックスと出くわした彼は、この状況をフィックスの耳に入れずにはいられなかった。

「ということは、あなたは我々がリヴァプールに向かっていると思っているんですか。」刑事は歯噛《はが》みしながら言った。

「勿論ですとも。」

「馬鹿ものめ。」刑事はそう答えて、肩をすくめて立ち去った。

パスパルトゥーは、その言葉の真の意味までは理解できなかったものの、この形容語に対し強く応酬しそうになった。が彼は結局、運に見はなされたフィックスが、ぶざまにも、あやまった足跡を追いかけて世界一周してしまったことで大いに落胆し、大いに自尊心を傷つけられているのだと思って、反論するのをやめた。

ところでフィリアス・フォッグは一体どんな決断を下そうとしていたのであろうか。それを想像するのは難しかった。しかし、どうやらこの冷静沈着な紳士が何らかの決断をしたことは事実のようであった。なぜなら、その夜に、彼は機関士を呼んでこう言ったからである。

「火を燃やして下さい。そして燃料が完全になくなるまで船を進めて下さい。」

そのしばらくの後、ヘンリエッタ号の煙突は、勢いよく煙を吐き出した。

こうして船は、全速力で進みつづけた。しかし二日後の一八日、予告通り、石炭が昼間のうちにも底をつくだろうと機関士は知らせた。

「火を弱めてはならない。」フォッグ氏が答えた。「逆に弁の内部一杯に蒸気を送れ。」

この日の正午、太陽の高度を測定し、船の位置を計算してから、フィリアス・フォッグはパスパルトゥーを呼んで、スピーディー船長を連れてくるように命令した。それはこの真面目な青年にとって、虎の鎖を解いてくるよう命令されたに等しかった。彼は高甲板に降りていきながら、こう内心でつぶやいた。「間違いなく、やっこさんかんかんだぞ。」

事実その数分後、叫び声とののしりの言葉をあたりに散らしながら、高甲板に爆弾がひとつ届けられた。その爆弾とはスピーディー船長であった。爆弾が今にも炸裂《さくれつ》しそうなことは目に見えていた。

「今どこなんだ。」それが、怒りで息を詰まらせながら船長が発したはじめの言葉であった。

事実船長に少しでも卒中の気があったなら、そのまま こと切れてしまったことであろう。

「今どこなんだ。」彼は顔面を充血させてそう繰り返した。

「リヴァプールから七七〇マイル(三〇〇リュウ)の地点です。」フォッグ氏は何ごとにも動ぜぬ冷静さを保ちながら答えた。

「海賊め。」アンドリュー・スピーディーが怒鳴った。

「あなたにお越しいただいたのは、実は……」

「海の盗賊め。」

「ムッシュー。あなたに来ていただいたのは、あなたにこの船を売っていただくことをお願いするためだったのです。」フォッグ氏が言った。

「だめだ。絶対にだめだ。」

「というのも、じつは船を燃やさなくてはならなくなったものですから。」

「わしの船を燃やすだって。」

「はい。少なくとも船の上部に関してはそうです。燃料が不足しているのです。」

「わしの船を燃やすだって。」スピーディー船長が怒鳴った。彼にはもはや一語一語をきちんと発音することもできなくなっていた。「五万ドル(二五万フラン)する船なんだぞ。」

「ここに六万ドル(三〇万フラン)あります。」フィリアス・フォッグは船長に銀行券の札束を

「海賊め.」アンドリュー・スピーディーが怒鳴った.

差し出しながら答えた。

それはアンドリュー・スピーディーに途方もなく強烈な印象を与えた。六万ドルを見せられて心の動かないアメリカ人はいない。船長は、彼の怒りや、幽閉のことや、自分の船客に対するあらゆる不満を、一瞬のうちに忘れてしまった。船は買ってから二〇年がたっていた。これはひょっとするとぼろい取引になるかもしれない。爆弾はもはや破裂する危険がなくなっていた。フォッグ氏はその導火線を抜き取ってしまったのであった。

「で、鉄の船体の部分は私に戻されるのですね。」船長はひどく穏やかな調子になって言った。

「鉄の船体の部分も、蒸気機関の部分もです、ムッシュー。商談は成立ですか。」

「成立です。」

それからアンドリュー・スピーディーは銀行券の札束をつかみ、それを数えてから、ポケットの中にしまった。

この光景を見ながらパスパルトゥーの顔面は蒼白になっていた。フィックスは危うく卒中で倒れるところだった。二万ポンド近くを散財した上に、なおこのフォッグはこの売り手に、船体と蒸気機関を、ということは船の価値のほとんど全てを手渡してしまおうというのか。なるほど、銀行で盗まれた額は五万五〇〇〇ポンドというさらなる大金ではあった。

アンドリュー・スピーディーが金を持って立ち去ろうとする時、フォッグ氏は彼に言った。

「ムッシュー。これら全てのことも、驚かれるには及びません。私は一二月二一日の夜八時四五分にロンドンに到着できなければ、二万ポンド失うことになっているのです。私はニューヨークから出る客船に乗り遅れた。そしてあなたは私をリヴァプールまで乗せていかないと言っていた。だから……」

「いや俺も、絶対にこうしてよかったと思っているんだ。」アンドリュー・スピーディーが大声で言った。「これで少なくとも四万ドルの稼ぎにはなった。」

それから落ち着いた口調でこう彼は続けた。

「でね、あんたにひと言いっておきたいんだが、船長……」

「フォッグといいます。」

「フォッグ船長。あんたにゃ、ヤンキーの血が流れてるよ。」

スピーディーは、彼にとってはほめ言葉と思えたせりふを彼の船客に残して立ち去ろうとした。その時フィリアス・フォッグが彼に聞いた。

「これで船は私のものですね。」

「その通り。竜骨からマストのてっぺんに至るまで、「木」でできた部分はすべてあなたのものです。」

「わかりました。船の中の設備を解体して、その薪で火を焚きたまえ。」

蒸気の圧力を十分に保つために、どれだけの量の乾いた木材を燃やさなければならなかったことか。その日は船尾楼、甲板室、キャビン、舷側船室、中甲板の全てが薪となった。

翌一二月一九日には、マストや予備材、円材が燃やされた。マストは壊され、斧で割られた。乗組員たちは驚くほど熱心にこの作業に打ち込んだ。パスパルトゥーは木を削り、切り、鋸を引き、十人力の働きをした。それは破壊の熱狂だった。

翌二〇日には、手すり、舷檣《げんしょう》、乾舷《かんげん》と、甲板の大部分が火にくべられた。ヘンリエッタ号はもう、はしけのような、設備の何もない船でしかなくなっていた。

しかしこの日、アイルランドの沿岸とファストネットの灯が目撃された。

が、夜の一〇時に船はまだクイーンズタウンを横に見ながら航行していた。フィリアス・フォッグにロンドン到着まで残されている時間はあと二四時間だけだった。しかしそれは、たとえ全速で進んでも、ヘンリエッタ号がリヴァプール到着までにかかってしまう時間だった。そして、この大胆な紳士にもついに、蒸気が不足しはじめていた。

「ムッシュー。」その時スピーディー船長が彼に言った。彼はここにきてようやくフォッグ氏の計画に関心をもつようになっていたのであった。「心より同情します。あなたは全てを敵にまわしておられる。我々はまだクイーンズタウンの前まで来たにすぎない。」

「ああ。」フォッグ氏が言った。「あの灯の見える町がクイーンズタウンですか。」

乗組員たちは驚くほど熱心にこの作業に打ち込んだ.

「ええ。」

「その港には入って行けますか。」

「あと三時間はだめです。満潮時にだけ可能です。」

「では待ちましょう。」フィリアス・フォッグは落ちつきはらって言った。彼が最後の思いつきによって、もう一度だけ不運を打ち負かしてやろうともくろんでいたとは、その表情からは伺うことはできなかった。

クイーンズタウンはアイルランド沿岸の港町で、合衆国からの大西洋横断船はここに立ち寄って手紙の袋を置いていく。これらの手紙は、常にすぐ出発できる状態で待機している急行電車に乗せられて、ダブリンまで運ばれる。ダブリンからは、高速の蒸気船でリヴァプールに着く。こうして手紙は、最も速い海運会社の船舶よりも一二時間はやくリヴァプールに到着するのである。

アメリカからの手紙が稼ぐこの一二時間を、フィリアス・フォッグもまた稼ぎたいと思っていた。ヘンリエッタ号ではリヴァプールに着くのは翌日の夜になる。しかしこの方法をとればリヴァプールには正午に到着する。従ってまだ、夜の八時四五分より前にロンドンに着けるだけの時間が残る。

夜中の一時頃、ヘンリエッタ号は満潮の中、クイーンズタウンの港に入っていった。フィリアス・フォッグは、スピーディー船長の力のこもった握手を受けたあと、彼を、ばらばらになった船の残骸の上に残して立ち去った。しかしその残骸でもなお、彼が売却した額の半分の価値はあった。

乗客たちは直ちに船を下りた。この時フィックスはフォッグ氏を逮捕したいという強烈な欲望を感じた。しかし彼は逮捕しなかった。なぜなのか。いったいどんな闘争が彼の心の中で繰り広げられていたのか。彼はフォッグ氏に関する彼の考えを変えてしまったのか。ついに彼は自分が間違えていたことを悟ったのか。しかしフィックスはフォッグ氏から離れようとはしなかった。フォッグ氏やアウダ夫人、それに、もはや息つく余裕もなくなっているパスパルトゥーとともに、彼もまたクイーンズタウンで深夜一時半発の汽車に乗り、夜明けにダブリンに着き、そこで直ちに蒸気船の一つに乗った。それら蒸気船は、まさに総機械仕掛けの鋼鉄製紡錘とでもよぶにふさわしく、うねりに対しあえて船首をあげて越えようとはせず、必ずやまっすぐにうねりの中を突き進んでいくのであった。

一二月二一日の一二時二〇分前、フィリアス・フォッグはついにリヴァプール駅のホームに下り立った。ロンドンまではあとたった六時間のところまで来たのだった。

しかしこの時、フィックスが近寄り、彼の肩に手をのせ、それから逮捕状を見せながらこう言った。

「女王陛下の名において，私はあなたを逮捕します.」

「あなたはフィリアス・フォッグさんですね。」

「はい、ムッシュー。」

「女王陛下の名において、私はあなたを逮捕します。」

34　パスパルトゥーに、残酷な、しかしおそらく誰も耳にしたことのない洒落《しやれ》を発する機会が与えられる

フィリアス・フォッグは刑務所に入れられた。彼はリヴァプール税関の分署内の監獄に幽閉され、ロンドンへの移送を待つ間、一夜をそこで過ごさねばならなかった。

逮捕の瞬間、パスパルトゥーは刑事に駆け寄ろうとした。が何人かの警官が彼を制した。アウダ夫人は出来事の唐突さに驚くばかりであった。何も事情を知らない彼女に、事態を理解しうるはずがなかった。パスパルトゥーが彼女に状況を説明した。自分の命の恩人であるフォッグ氏が、あの誠実で勇気ある紳士が泥棒として逮捕されようとは。若い女性はそうした説明に異を唱えた。彼女の心は怒りにみちた。しかし自分の命の恩人を救うために自分には何もできず、何を試みることもできないと知った時、彼女の目からは涙が流れ落ちた。

フィックスはといえば、彼は、フォッグが犯人であるか否かにかかわらず、彼を逮捕することが自分に課せられた義務であるがゆえにこの紳士を逮捕したのであった。あとは司法が判断するであろう。

しかしその時パスパルトゥーの頭をある一つの考えがよぎった。それは、自分こそがまさしく、この不幸の原因なのであるという恐ろしい考えであった。本当になぜ自分は例の災難の一件をフォッグ氏に隠していたのか。フィックスがパスパルトゥーに、彼の刑事という資格や彼が帯びている使命を打ち明けた時、なぜそのことを主人に知らせないよう決めてしまったのか。この事実を知らされていれば、フォッグ氏は、恐らくフィックスに自分の無実の証拠を提示していたであろうし、フィックスの誤りを指摘していたことであろう。いずれにせよフォッグ氏は、その第一の関心が、大英帝国の土を踏んだ瞬間に彼を逮捕することであるようなこの厄介な刑事を、わざわざ彼の旅費まで負担して自分にまとわりつかせ、一緒に連れてきてやろうとは思わなかったであろう。自分の過ちや軽率な行為のことを考えて、青年はあわれなほどにまで、とどめがたい後悔の念に苛《さいな》まれていた。彼は泣いた。見ている方が辛いくらいだった。彼は自分の頭をたたき割ってしまいたい気持ちだった。

アウダ夫人と彼はあたりの寒さにもかかわらず、税関の柱廊のところにそのまま残っていた。彼らは二人ともその場をはなれたくないと思っていた。二人とも、もう一度フォッグ氏と会いたいと望んでいた。

紳士について言うならば、彼は完璧なる破産に追い込まれていた。しかもそれはついに彼が目的を達成しようというその瞬間のことだったのである。この逮捕によって彼の敗北はもはや揺るがぬものとなってしまった。彼は一二月二一日の午前一一時四〇分にリヴァプールに到着した。革新クラブには八時四五分までに姿を現せばよかった。つまり彼には九時間一五分の時間があったのである。そしてロンドンに到着するのに要する時間は六時間だけだった。

その時、もしも税関の留置場内に足を踏み入れた者があれば、木のベンチに腰をかけて、怒ることもなく、平然と、じっと動かずにいるフォッグ氏の姿を目にすることができたであろう。彼があきらめていたとまでは言うことができないだろう。が、この最後の打撃も彼を動揺させてはいなかった。少なくとも上辺はそう見えた。ではたして彼の内面では、あの秘密の怒りが、抑えられているゆえに一層激しく、最後の一瞬にとどめがたい力とともに炸裂するあの秘密の激怒が、作り上げられていたのだろうか。それについてはなんとも言えない。とにかくフィリアス・フォッグは冷静なままでそこにいた。何かを待っているかのようにして。でも一体何を。まだ彼には希望が残されていたのか。留置場の扉が彼の背後で閉じられた時、彼はなお自分の成功を信じていたのだろうか。

いずれにせよフォッグ氏は机の上にきちんと自分の時計を置いて、二つの針が動いていくのをじっと見ていた。彼の両唇の間からはいかなる言葉も洩れ出てはこなかった。その眼差しだけが、奇妙なほどにただ一点をみつめていた。

状況は最悪だった。そして、彼の意識の内部を読み取ることのできない人間には、その状況は単に次のように要約されるものだった。「誠実な人間としてフィリアス・フォッグは破産し、不誠実な人間として逮捕された。」

脱出をはかろうという考えは彼に浮かんだだろうか。彼は、この留置場に通り抜け可能な出口があるかどうか、探してみようとしたであろうか。彼は逃走しようと思っただろうか。そう想像することは可能なようだ。なぜなら、ある時彼は部屋を一周していたからである。しかし扉は堅く閉ざされ、窓には鉄格子がはめられていた。そこで彼は再び腰を下ろし、彼の札入れから旅程表を取り出した。

「一二月二一日土曜日。リヴァプール。」

そう書かれた行の上に彼は次のような文字を加えた。

「八〇日目。朝一一時四〇分。」

そして彼は待った。

税関の建物の大時計が一時の鐘を鳴らした。フォッグ氏は自分の時計が大時計より二分進んでいることを確認した。

そして二時になった。もしもいま急行に乗れたと仮定すれば、夜の八時四五分より前にロンドンに着いて、そして革新クラブに姿を見せることはまだ可能だった。彼の額に少しだけ皺がよった。

二時三三分、外で騒音が響いた。扉を開く騒々しい物音が聞こえた。パスパルトゥーの声が聞こえ、フィックスの声が聞こえた。

フィリアス・フォッグの眼差しが一瞬かがやいた。

留置場の扉が開いた。そして彼は、アウダ夫人、パスパルトゥー、フィックスの三人が自分の方に駆け寄ってくるのを目にした。

フィックスは息を切らし、髪を乱していた。話もできないほどであった。

「ムッシュー、ムッシュー……」彼は切れ切れに言った。「申し訳ない……遺憾ながら顔が似ていたので……三日前に犯人は逮捕されました……あなたは……自由の身です……」

フィリアス・フォッグは自由の身なのだった。彼は刑事のところに歩み寄った。そして彼の顔を真正面から見据えた。それから、これまで一度もしたことがないような、そして今後二度とすることがないような素早い一瞬の動作で、両手を背中の後ろに運んだかと思うと、自動人形のような正確さで、二つの拳であわれな刑事を殴った。

「お見事。」パスパルトゥーが叫んだ。そして彼は、フランス人にいかにもふさわしい残酷な洒落を用いながら、こう付け加えたのだった。

「その通り、これぞまさしく、英国パンチの見事な一発〔une belle application de poings d'Angleterre. 同音異義の、「英国刺繍(point d'Angleterre)の美しいアップリケ」と掛けている〕だ。」

殴り倒されたフィックスはひと言も発しなかった。彼は自分の行為にふさわしい報いを受けただけだった。が、フォッグ氏、アウダ夫人、パスパルトゥーの三人はすぐに税関をあとにした。彼らは馬車に飛び乗り、ほんの数分でリヴァプールの駅に着いた。

フィリアス・フォッグは、ただちにロンドンに出発する急行があるかどうかを尋ねた。時刻は二時四〇分であった。急行は三五分前に出発したあとだった。

そこでフィリアス・フォッグは特別列車を頼んだ。駅には数台の加圧された高速蒸気機関車があった。しかし、ダイヤ上の必要から、特別列車は三時より前には駅を離れることができなかった。

三時にフィリアス・フォッグは、機関士と、若干の額の手当について短い話をしたあとで、若い女性と忠実な召使を伴ってロンドンに向けて一直線に走った。

リヴァプールとロンドン間の距離は五時間半で走り抜ける必要があった。もしもその全行程が混雑していなければそれは大いに可能なことであったろう。しかし現実にはどうしても遅れが出た。そして紳士が駅に着いた時、九時一〇分前の鐘がロンドン中の大時計で鳴っていた。

フィリアス・フォッグは世界一周の旅を成し遂げたあと、五分遅れで到着したのだった。

彼は賭けに敗れた。

35　パスパルトゥー、主人に同じ命令は二度繰り返させない

その翌日、もしもサヴィル＝ロウの住人たちがすでにフォッグ氏が彼の住居に戻っていると知らされたら大いに驚いたことであろう。扉も窓も全てが閉ざされており、外から見る限りは、いかなる変化も生じていなかったからである。

が、実際にはフィリアス・フォッグは駅を去ったあと、パスパルトゥーに日用品の買い物を命じ、それから自分は家に帰っていったのであった。

この紳士は、自分に加えられた打撃を、いつもと変わらぬ沈着さで受けとめた。彼は破産した。それもあのしょうがない刑事の間違いのためであった。彼はこの長い旅程を確実な足取りで歩み、千の困難を覆《くつがえ》し、千の危険をものともせず、かつ途上では善行をほどこす余裕をもった。しかしそれら全てのあと、自分には何ら手を下すことのできぬ予測できない突然の事態ゆえに、港で、いわば座礁してしまったのである。ひどい話であった。出発の時に持っていった莫大な金のうち、彼の手元に残っているのは取るに足らぬわずかな金額にすぎなかった。彼の今の財産は、もはやベアリング兄弟の銀行に預けてある二万ポンドだけとなった。しかもこ

の二万ポンドも革新クラブの彼の会員仲間たちに渡さなくてはならないのだった。無論これだけの出費のあとでは、たとえ彼が賭けに勝っていても、おそらく彼の財産がふえることはなかったであろう。そもそも彼は財産をふやそうなどとは考えていなかったようである。名誉のために賭ける人々がいるが、彼もまたそうした人々の一人だったからである。ただしこの賭けに負けた場合、それは彼の完全な破産を意味していた。そして紳士の腹は決まっていた。彼には今自分が何をすべきかが分かっていた。

サヴィル＝ロウの家の一室がアウダ夫人にあてがわれた。若い女性は絶望的な気持ちだった。フォッグ氏の発するいくつかの言葉から、彼女はこの人物がなにか不吉な計画をもくろんでいるらしいことを理解した。

実際、一つの固定観念の虜《とりこ》となった偏執的英国人たちが、時としてどんな痛ましい絶望的行動に走るかはよく知られている。それゆえにパスパルトゥーもまた、それとなく主人を見張っているのだった。

が、この実直な青年がまずはじめにしたことは、自分の部屋に上って、八〇日間燃えつづけていたガス灯の火を消すことであった。彼は郵便受けにガス会社の請求書を見つけた。そして、一刻も早く、自分が払わなくてはならないこのガス代を打ち止めにしなくてはいけないと思った。

彼はガス会社の請求書を見つけた.

夜が過ぎていった。フォッグ氏は床に就いた。しかし彼は眠ることができただろうか。一方アウダ夫人は、ほんの一瞬たりとも気が休まらなかった。パスパルトゥーはといえば、彼は夜通し、犬のように主人の戸口を見張っていた。

翌朝フォッグ氏はパスパルトゥーを呼び、きわめて簡潔な言葉で、アウダ夫人の食事の準備をするように言いつけた。そして彼はこうも言った。自分は紅茶とトーストだけでよい。昼食と夕食は自分は失礼するので、そうアウダ夫人にお伝えするように。身の回りの整理をするために全ての時間を使わなくてはならないのだ。下には降りていかないだろう。ただ夜になって、アウダ夫人とわずかな時間だけ話がしたいので夫人の許可を得ておくように。

一日の日程を知らされたパスパルトゥーはそれに従う以外になかった。彼は相変わらず動じることのない彼の主人を見つめた。彼にはどうしても主人の部屋を離れる決心がつかなかった。彼の胸は張りさけんばかりだった。彼の心は後悔の念で一杯であった。今まで以上に、彼は自分の犯した取り返しようのない過ちについて自分自身を責めるのだった。そうなのだ。もしも自分がフォッグ氏に話しておいたなら、もしも自分がフィックス刑事の企みをフォッグ氏に明かしておいたなら、フォッグ氏は絶対にフィックス刑事をリヴァプールまで連れていくことはなかったであろう。そうであったなら今頃は……

パスパルトゥーはもう抑えていられなくなった。

「ご主人様。ムッシュー・フォッグ。」彼は叫ぶように言った。「どうか私を罵《ののし》ってください。私の過ちのためにこんなことに……」

「私は誰のことも責めない。」フィリアス・フォッグが落ちつきはらった口調でそう答えた。「さあ、もういいから。」

パスパルトゥーは主人の部屋をはなれ、若い女性のところに行き、彼女に、自分の主人が考えていることを知らせた。

そして彼はこう付け加えた。「マダム。私にはもう何もできません。本当に何もです。私は自分の主人の心に、どんな影響力も及ぼすことができないのです。しかしもしかしたらあなたなら……」

「この私にいかなる影響力が与えられるとおっしゃるのですか。」アウダ夫人が答えた。「フォッグさんは影響力などこれっぽちも受けることのない方です。私のあの方に対する感謝の気持ちがあふれんばかりであることを、あの方は一度だっておわかりになったことがあるでしょうか。あの方が一度だって、私の心の中をお読みになったことがあるでしょうか。さあ、一刻たりともあの方のそばを離れてはなりません。あの方は今夜、私に話をすることを望まれているとおっしゃっていましたね。」

「はい、マダム。おそらくはあなたの英国での立場をお守りすることについてのお話だと思います。」

「待つことにしましょう。」若い女性はそう答えると、そのまま考え込んだ。

かくして、この日曜の一日、サヴィル＝ロウの屋敷はあたかも住人のいない家のようにひっそりとしていた。一一時半の鐘が議事堂の塔で鳴らされた時も、フィリアス・フォッグはクラブに出向かなかった。それは彼がこの家に住むようになってから初めてのことであった。

だが一体、この紳士が革新クラブに顔を出すためのどんな理由があっただろう。彼の会員仲間は彼の到着をもう待ってはいなかった。昨晩、あの運命の一二月二一日土曜日の八時四五分にフィリアス・フォッグは革新クラブのサロンに姿を現さなかったのであり、それゆえ彼は賭けに負けたのであった。彼には銀行に二万ポンドを取りにいく必要すらなかった。彼の賭けの相手は、彼の署名入りの小切手を手にしていた。そして彼らがベアリング兄弟の銀行で書類をほんのひとつ作成しさえすれば、二万ポンドは彼らの貸方に記入されるのだった。

従ってフォッグ氏は外に出る必要がなかった。そして実際彼は外に出なかった。彼は自分の部屋に残って、身の回りを整理していた。パスパルトゥーはサヴィル＝ロウの屋敷の階段を、ひっきりなしに上ったり下りたりした。このあわれな青年にとって、時間はあたかも停止してしまったかのようだった。彼は主人の部屋のドアに耳をあてて中をうかがった。そうしていても彼は、自分がこれっぽちも不謹慎な行いをしているとは感じなかった。彼は鍵穴から中を見た。彼にはそうする権利があると思われた。パスパルトゥーは絶えず、何か大変なことが起きるのではないかと恐れていた。時々彼はフィックスのことを思った。が、既に彼の気持ちの中では一つの変化が起きていた。彼はもう刑事を恨んではいなかった。フィックスは他の誰でもがそうであったように、フィリアス・フォッグに関して勘違いしただけだったのだ。そしてフォッグ氏の後をつけ、フォッグ氏を逮捕したフィックスは、単に自分の義務を果たしたにすぎなかったのだ。それにひきかえ、この自分ときたら……。この考えが彼を苦しめた。そして彼は自分を世の中で一番情けない人間であると思った。

そしてパスパルトゥーがどうしても一人ではいたたまれない気持ちになったとき、彼はアウダ夫人の部屋の戸を叩いて中に入り、ひと言もいわずに片隅に座り、相変わらず物思いに沈む若い夫人の顔をじっと見つめるのだった。

夜の七時半頃のこと、フォッグ氏はパスパルトゥーに、アウダ夫人に面会することが可能であるか、聞いてくるようにと命じた。それからしばらくして、若い女性と彼は夫人の部屋で二人っきりになった。

フィリアス・フォッグは椅子をとって、暖炉の近くにアウダ夫人とさしむかいに座った。彼の顔にはいかなる動揺も表れてはいなかった。帰還したフォッグ氏は出発の時のフォッグ氏と正確に同じであった。同じ冷静さと、物に動じない同じ様子がそこにはあった。

彼は五分間、何も話さないままでいた。それから、目を上げてアウダ夫人を見つめてこう言った。

「マダム。英国までお連れしてしまったことをお許しいただけますか。」

「フォッグさん。私は……」アウダ夫人は胸の高鳴りを抑えながら言った。

「どうか最後まで話させてください。私があなたを、あなたにとってはとても危険になってしまったあの国から、遠い場所にお連れしようと考えたとき、私は金を持っていました。私は自分の財産の一部をあなたが自由に使えるようにしようと思っていたのです。そしてあなたは幸せで自由な暮らしを送ることができるはずでした。が、私は破産してしまった。」

「承知しております、フォッグさん。」若い女性が答えた。「こんどは私の方からお聞きしたいことがございます。私がずっとあなたの後をついてきてしまったことを、そして、そう、もしかしたらあなたの旅を遅らせ、あなたの破産の原因ともなってしまったことを、お許しいただけますでしょうか。」

「マダム。あなたをインドに残しておくことはできませんでした。そしてあなたの救出が確実なものとなるためには、あの狂信者たちが追ってこられない場所まであなたの身を遠ざける必要がありました。」

「フォッグさん。そのためにあなたは、私を恐ろしい死から引き離して下さったばかりでなく、さらには私に、外国での身分まで保証してくださる義務があるとお考えになったのですか。」

「その通りです、マダム。」フォッグが答えた。「しかし様々な出来事は私に不利に働いてしまいました。ただ、手元に残ったわずかな財産については、あなたにお取りいただきたいと思っております。ご承諾いただけますでしょうか。」

「でもフォッグさん。あなたご自身はどうなさるおつもりなのですか。」アウダ夫人が聞いた。

「マダム。私には必要なものは何ひとつありません。」紳士は冷たくそう答えた。

「でもムッシュー、あなたを待ち受けているこれからの境遇についてはどう考えていらっしゃるのですか。」アウダ夫人が尋ねた。

「しかるべき仕方で考えてはおります。」フォッグ氏が答えた。

「いずれにせよ、あなたのような方を不幸が待ち受けているとは思えません。」アウダ夫人が続けた。「でもあなたのご友人たちは。」

「マダム。私には友人はいません。」

「ご親族とか。」

「もう親族は一人もいません。」

「ご同情申し上げますわ、フォッグさん。だって、孤独って悲しいことですもの。ご自分の苦しみを打ち明けられる心を一つもお持ちでないとは。二人だったら不幸すらも耐えることができるって申しますのに。」

「そのようにいわれています。マダム。」

その時アウダ夫人は立ち上がって、手を紳士に差し伸べながら言った。「フォッグさん。同時に親族でもあり友でもあるような人間をお望みではありませんか。私を妻にしてくださいませんか。」

この言葉を聞いて、フォッグ氏もまた立ち上がった。彼の目の中には見慣れぬ輝きのようなものが光り、彼の唇には震えのようなものが見られた。アウダ夫人はじっと彼のことを見つめていた。自分が全てを負っている一人の人間を救うために何事をもいとわぬ、高貴な女性のこの美しい眼差しには、誠実さ、真摯さ、意志の強さ、そしてやさしさが見られた。それらはまずはじめ彼を驚かし、次いで彼の心にしみた。彼はまるでその眼差しが更に深く突きささるのを避けるかのようにして、一瞬目を閉じた。そして再び目を開いた時、彼はただこう言った。

「愛しています。ええ、天地神明に誓って申します。私はあなたを愛しています。身も心もあなたに捧げます。」

「ああ……」アウダ夫人は手を胸にあててそう叫んだ。

パスパルトゥーを呼ぶために鈴が鳴らされた。彼はすぐにやってきた。フォッグ氏はまだ自分の手の中にアウダ夫人の手を置いていた。パスパルトゥーは理解した。そして彼の大きな顔は、熱帯地方の天頂にかかった太陽のように輝いた。

フォッグ氏は彼に、メアリー＝ル＝ボン教区のサミュエル・ウィルソン師に知らせに行くには時間が遅すぎないかと尋ねた。

パスパルトゥーは最上の笑顔でほほえんだ。

「遅すぎるなどということは決してありません。」彼は言った。

時刻はまだ八時五分だった。

「では、明日の月曜日ということでよろしいですね。」彼が言った。

「明日の月曜日でよろしいですか。」フォッグ氏は若い夫人を見つめながら聞いた。

「明日の月曜日で結構です。」アウダ夫人が答えた。

パスパルトゥーは駆け足でとびだしていった。

36　フィリアス・フォッグ、再び市場の価格をつりあげる

一二月一七日にエジンバラで、ジェームズ・ストランドという名の銀行窃盗事件の真犯人が逮捕されたというニュースを人々が知った時、連合王国内でどんな世評の変化が生じたかをここで述べておく必要がある。

三日前にはフィリアス・フォッグは警察が必死で探している犯罪人であった。それが今では、数学的正確さで、その世界一周の突飛な旅を成し遂げつつある、この上なく立派な紳士だということになった。

実際新聞の反応や騒ぎっぷりは普通ではなかった。一度はこの話題を忘れていた、フォッグ、反フォッグのそれぞれに賭けていた人々の全てが、まるで魔法の力で息を吹き返したようだった。あらゆる取引は再び有効なものとなり、あらゆる約束が復活した。そして賭けもまた、あらたな勢いで再開された。フィリアス・フォッグの名は、再び市場での人気株となった。

革新クラブでは、紳士の五人の同輩たちは、ある不安を感じながらこの三日を過ごした。彼らの忘れていたフィリアス・フォッグが、彼らの目の前に再び姿を現そうとしているのであっ

た。いったい今、彼はどこにいるのか。ジェームズ・ストランドが逮捕された一二月一七日は、フィリアス・フォッグが出発してから七六日目となる日であった。が彼についての便りは何もない。途中で倒れてしまったのか。彼はこの戦いを放棄してしまったのか。それともしかるべき道程を辿りながら、彼の旅を続けているのか。そして一二月二一日土曜日夜八時四五分に、彼は革新クラブのサロンの入り口に、正確さの神のごとく姿を現すことになるのか。

英国の社会全体がこの三日間に経験した心配がいかなるものであったか、それを描き出そうと試みても無駄であろう。人々は、フィリアス・フォッグのニュースを得ようとして、アメリカに、アジアに、電報を送った。朝に晩に、人々はサヴィル＝ロウの家を調べにいかせた。しかし何の情報も得られなかった。警察もまた、実に運悪く誤った足取りを追っているあの刑事フィックスがどうなっているのか、その消息もつかめなくなっていた。にもかかわらず賭けは更に大規模な展開を見せていった。フィリアス・フォッグは、いわば競馬でいうなら最終コーナーにさしかかったところだった。フォッグの相場はもはや勝算一〇〇分の一ではなく、二〇分の一、一〇分の一、いや五分の一と上昇し、ついにはあの中風の老人アルバーメール卿は彼に一分の一の勝算をつけた。

かくして土曜の夜には、ペル＝メルやそれに隣接する街路に大勢の人だかりができていた。まるで革新クラブの周辺に、株仲買人の巨大な群れが昼夜を問わずいすわってしまったかのごとき光景であった。交通は妨害された。人々はあれこれと議論し合った。「フィリアス・フォッグ」の相場が、あたかも英国国債の相場でも告げられるかのように大声で知らされた。警察も、民衆を制するのにおおわらわであった。そしてフィリアス・フォッグの到着予定時刻が近づいてくるにつれ、人々の興奮は信じられないほどの高まりをみせた。

その夜、紳士の五人の同輩たちは革新クラブの大広間に九時間前から集合していた。二人の銀行家ジョン・サリヴァンとサミュエル・フォレンティン、技術者のアンドリュー・ステュアート、英国銀行取締役のゴーティエ・ラルフ、ビール醸造業者トマス・フラナガンの面々は、みな不安を抱きながら待っていた。

大広間の柱時計が八時二五分を打った時、アンドリュー・ステュアートが立ち上がってこう言った。

「皆さん、あと二〇分でフィリアス・フォッグ氏と我々との間で約束した刻限となります。」

「リヴァプールからの列車で一番最近到着したのは何時でしたか。」トマス・フラナガンが聞いた。

「七時二三分です。」ゴーティエ・ラルフが答えた。「そして、その次の汽車は零時一〇分にならないと到着しません。」

「さて皆さん。」アンドリュー・ステュアートが続けた。「もしもフィリアス・フォッグが七時二三分の汽車で到着していれば、彼は既にここに姿を見せているはずです。従って我々は賭けに勝ったと考えることができるでしょう。」

「待ちましょう。勝ち負けの判断はまだ控えておきましょう。」サミュエル・フォレンティンが言った。「皆さんもご存知の通り、我々の同輩は格別の変人です。あらゆることに関する彼の正確さはよく知られているところです。彼は決して早すぎも遅すぎもしない時刻に到着する。彼がこの場所に、最後の一分の間に姿を現したとしても、私は特に驚きはしないでしょう。」

「私の考えは違う。」いつものように、とてもいらいらとしているアンドリュー・ステュアートが言った。「彼が姿を現すなどとは私には到底信じられない。」

「いずれにせよ、フィリアス・フォッグの計画は常軌を逸したものだった。」トマス・フラナガンが言葉を継いだ。「彼がどんなに正確な男であれ、どうしても遅れが生じることは避けられなかったはずだ。そしてたった二日か三日の遅れが出ただけで、彼の旅は台無しになってしまうのだ。」

「それにまた、我々が同輩から一つの知らせも受け取っていないということにも注目すべきでしょう。電報の線は彼の途上のあちこちにあったのですから。」そうジョン・サリヴァンが付け加えた。

「皆さん。彼は敗れました。」アンドリュー・ステュアートが言った。「間違いない、彼の負けだ。それに、皆さんもご存知のように、彼がリヴァプールに定められた時間内に到着するために乗りえた唯一のニューヨークからの客船、チャイナ号は昨日すでに到着しています。ところでこれが「海事新聞」に掲載された乗船名簿ですが、この中にはフィリアス・フォッグの名は見当たりません。彼が最高の運に恵まれていたと仮定しても、せいぜい今頃我々の同輩はアメリカにいるくらいでしょう。私は、約束の期日に対する彼の遅れは少なくとも二〇日にはなるとふんでいるのです。そして老アルバーメール卿は五〇〇〇ポンドを擂《す》ることになる。」

「間違いありません。」ゴーティエ・ラルフが言った。「我々は明日、ベアリング兄弟の銀行で、フォッグ氏の小切手を提示しさえすればよいのです。」

この時、広間の柱時計が八時四〇分を打った。

「あと五分だ。」アンドリュー・ステュアートが言った。

五人の同輩たちは互いに顔を見合わせた。彼らの心臓が若干の高鳴りをみせたことは想像に難くない。なぜなら、彼らのような賭け事に慣れた人々にとってすら、この賭け金は莫大なものであったからである。が彼らは、そうした様子が外に表れることをいやがっていたようであった。というのも、彼らはサミュエル・フォレンティンの提案で、カードゲーム用のテーブルについたからである。

「たとえ人が三九九九ポンドで買うと申し出ても、私はこの四〇〇〇ポンドの賭け分を譲るつもりはない。」アンドリュー・ステュアートが座りながらそう言った。

時計の針はこの時八時四二分を指していた。

競技者たちはカードをとった。しかし彼らの視線は休みなく大時計に注がれていた。彼らが実際にどれだけ勝ちを確信していたかはともかく、彼らにとってこれほどまでに時の経つのがゆっくりと感じられたことはなかったと断言することはできる。

「八時四三分。」ゴーティエ・ラルフの差し出したカードをカットしながら、トマス・フラナガンが告げた。

それから一瞬の沈黙が訪れた。クラブの大広間は静まりかえっていた。外には群衆のどよめきが聞こえていた。時々そのどよめきの中で、鋭い叫び声が優勢となった。時計の振り子は一秒一秒を数学的正確さで刻んでいた。競技をしていた者たちは全員、彼らの耳を打つ、この六〇の刻みをひとつひとつ数えることができた。

「八時四四分。」ジョン・サリヴァンが言った。その声には無意識の動揺が感じとられた。

あと一分で賭けに勝つことができるのだった。アンドリュー・ステュアートと彼の会員仲間たちはもうゲームを止めていた。彼らはカードを放り出していた。そして彼らは秒を数えた。

四〇秒まできた。何事も起きなかった。五〇秒になった。まだ何事も起きない。

五五秒となったところで、外に、雷のように大きな拍手と歓声、さらには罵りの声が聞こえ

彼は言った.「皆さん，帰って参りました.」

た。そしてそれがひとつの連続する音となってあたりに広がっていった。

競技者たちは立ち上がった。

五七秒目で広間の扉が開いた。そしてまさに振り子が六〇秒目を刻もうとしたその瞬間、フィリアス・フォッグが姿を現した。彼の後には熱狂した群衆が続き、クラブの扉を無理やり開いて中に入ってきた。そしてフォッグは落ちついた声でこう言った。

「皆さん、帰って参りました。」

37　フィリアス・フォッグがこの世界一周の旅で儲けたのは、幸福だけであったことが証明される

そう、それはフィリアス・フォッグその人であった。

もう一度思い出していただきたい。旅を終えた三人がロンドンに着いてからおよそ二五時間経った夜の八時五分、パスパルトゥーは主人に頼まれて、翌日に成立の運びとなるはずの結婚の件で、サミュエル・ウィルソン師に依頼に行ったのであった。

パスパルトゥーはかくして大喜びで出かけていった。彼は早足でサミュエル・ウィルソン師の家に走った。師はしかしまだ家に戻っていなかった。当然のごとくパスパルトゥーは待つことにした。そして実際、彼は少なくともたっぷり二〇分は待った。

そして、八時三五分。彼は師の家から出てきた。しかしそれはなんという様子であったろう。髪を振り乱し、帽子はかぶっていなかった。そして走りに走っていた。思い出しうる限り、こんなすさまじい走り方は見たことがないほどである。彼は走った。通行人を押し倒し、歩道を襲う竜巻のように突進しながら。

髪を振り乱し，帽子はかぶっていなかった．
そして走りに走っていた．

三分で彼はサヴィル＝ロウの家に戻っていた。そして息を切らして、フォッグ氏の部屋に倒れ落ちた。

彼は話すことができなかった。

「どうしました。」フォッグ氏が聞いた。

「ご主人。」パスパルトゥーは切れ切れに言った。「結婚、無理です。」

「無理だって。」

「明日は……無理です……」

「なぜだ。」

「明日は……日曜だからです。」

「月曜だ。」フォッグ氏が答えた。

「いえ……今日は……土曜です。」

「土曜だって。まさか。」

「いえ、いえ、いえ、本当にそうなんです。」パスパルトゥーが叫んだ。「ご主人は一日間違えておられた。私たちは二四時間早く着いていたのです。でもあと一〇分しかありません。」

パスパルトゥーは彼の主人の襟をつかまえて、有無をいわせぬ力で彼を引っ張っていった。

フィリアス・フォッグはこうして、じっくり考える余裕もないままに連れていかれた。彼は部屋をはなれ、家をはなれ、辻馬車に乗り、御者に一〇〇ポンドを約束し、犬を二匹踏みつぶし、五台の馬車にぶつかってから革新クラブに到着した。

そして大時計がちょうど八時四五分を告げようとしていたそのとき、彼は大広間に姿を見せた。

フィリアス・フォッグは八〇日間世界一周を成し遂げたのであった。

フィリアス・フォッグは彼の二万ポンドの賭けに勝ったのであった。

では、これほど正確で、これほどぬかりのない人物が、どうしてこの一日の数え違いを犯してしまったのであろうか。彼がロンドンで汽車を降りた時、実際は出発してから七九日目の一二月二〇日の金曜でしかなかったのに、なぜ彼はそれが一二月二一日土曜日の夜だと思い込んでいたのか。

以下が彼の間違いの理由である。その理由は実に簡単である。

フィリアス・フォッグは彼の旅をつづけていく間に、いわば「自分では意識せずに」一日分を稼いでいたのであった。そしてそれは、単に彼が世界を、東に進みながら一周したからという理由のみによるのだった。もしも彼が反対の方向に、つまり西に進んでいたら、彼は逆にこの一日分を損したところであった。

実際、東を目指したフィリアス・フォッグは、太陽に向かって進んでいたことになる。従って彼にとってはこの方向に進みつつ一経度を越えるごとに、日は四分ずつ短くなっていた。そして地球の周囲の全経度は三六〇度であり、この三六〇に四分を掛けるとちょうど二四時間となる。それがまさしく意識せずに稼いだあの一日に相当したのであった。別の言い方をすると、フィリアス・フォッグは東に向かいながら八〇回太陽が南中するところを見た。それに対しロンドンに留まっていた彼の同輩たちは、七九回しか見ていなかったというわけである。だからこそまさしくこの日、フォッグ氏が信じていた日曜ではなく土曜であったこの日に、同輩たちは革新クラブの広間で彼のことを待っていたのである。

このことは、ロンドン時間を最後まで刻み通してきた、例のパスパルトゥーの時計が、もしも分や時間だけでなく、日もまた記すことができたなら、確かめられていたことがらであった。

フィリアス・フォッグはかくして二万ポンドを手に入れた。しかし彼は旅の途中でそのうちの約一万九〇〇〇ポンドを使っていたので、収支決算の結果ははかばかしいものではなかった。だが既に述べたように、この突飛な紳士がこの賭けに求めていたものは、専《もっぱ》ら闘いだけなのであって、富ではなかったのである。そしてこの残された一〇〇〇ポンドについてすら、彼はそれを実直なるパスパルトゥーと、みじめなフィックスに分け与えることにした。彼にはフィックスを恨むことができなかったのである。ただし規則として、召使は、彼のミスによる一九二〇時間ぶんのガス代を自分の懐から支払わなくてはならなかった。

その同じ晩、フォッグ氏はいつもと変わらぬ冷静さと落ちつきをもってアウダ夫人に語りかけた。

「マダム、結婚については今でも同意していただけますか。」

「フォッグさん。私こそその質問をさせていただこうと思っていたのです。」アウダ夫人が答えた。「あなたは破産なさったと思っていらした。ところがいまやお金持ちになられました。」

「いいえマダム、あの財産はあなたのものです。もしもあなたがこの結婚のことを考えて下さらなければ、私の召使はサミュエル・ウィルソン師のもとに行きはしなかったでしょう。そうであれば私は自分の間違いに気づくこともなかった。そしてまた……」

「フォッグさん。」若い女性が言った。

「アウダ……」フィリアス・フォッグが答えた。

結婚式は四八時間後に行われた。そしてパスパルトゥーは堂々と、晴れやかで、輝かんばかりの姿で、若い女性の証人としてそこに出席した。女性を救ったのは彼であった。彼はこの名誉に与《あずか》れるだけのことをしていたはずであった。

ところがその翌日の明け方、パスパルトゥーは大音響とともに彼の主人の部屋のドアを叩いた。

ドアが開けられた。そして不感無覚の紳士が顔を現した。

「どうしたね、パスパルトゥー。」

「じつは、ムッシュー。たった今わかったことなんですが……」

「何だね。」

「実は私たちは七八日で世界を一周することができたんです。」

「たしかに、インドを横断しなければそうだったかもしれない。」フォッグ氏が答えた。「でももしインドを横断しなければ、私はアウダ夫人を救出することはなかった。そうすれば夫人が私の妻となることもなかった。であればまた……」

それからフォッグ氏は静かにドアを閉めた。

こうしてフィリアス・フォッグは賭けに勝った。彼は八〇日でこの世界一周を成し遂げた。そのために彼は、客船や鉄道や馬車、ヨット、商船、橇、象など、ありとあらゆる交通手段を用いた。突飛な紳士はこの旅にあたって、冷静さと正確さという彼の素晴らしい長所を発揮した。が、その結果はどうであったか。彼がこの長旅で獲得したものは何だったのか。彼がこの旅から持ちかえることのできたものは何だったのか。

獲得し、持ちかえったものは何一つとしてない。人はそう答えるかもしれない。たしかに何一つなかったのである。あの魅力ある一人の女性、たとえそれがどれほどありえそうにない話であれ、彼をこの世の男性のうちで、最も幸福な男にしたあの女性を除いては。

そもそも人は、得られるものがもっと少なかったとしても、世界一周の旅に出かけるのではなかろうか。

解　説

小さくなった世界

「地球は小さくなった。」銀行家のゴーティエ・ラルフは、直前になされたフィリアス・フォッグの指摘に賛意を表しながらそのように言う。「いまや、一〇〇年前の一〇倍以上の速さで、地球を一周することができるのです。」

ローマ時代からルイ一八世の時代まで、人々は一〇〇キロメートルを移動するのに、ほぼ同じだけの時間を要していたという。蒸気機関の発達は移動の速度を圧倒的に増大させ、同時に、人々の距離や時間に関する感覚を一変させる。速度の圧倒的な増大が、移動する空間や距離の感覚を次第に弱め、旅は、「時間」へと還元されていくのである。

『鉄道の歴史』(一八六二)の著者バンジャマン・ガスティノは当時次のように書いていた。「距離はもはや観念上の存在でしかない。空間はすべての現実性を欠いた形而上的観念でしかない。」一方、一八四三年のパリ＝オルレアン、パリ＝ルーアン線の開通に際して、フランスに滞在していたハインリッヒ・ハイネもまた次のように記している。「我々の見方、考え方の中で、いかなる変化が今生じつつあるか。我々の時間や空間に関する基本的観念すらが揺らいできているのである。鉄道によって、空間は消滅し、我々にはもはや時間しか残されていない。」「八〇日間世界一周」！　それこそはまさしく、「世界」の空間的広がりを、「八〇日」という時間に還元した表現であった。事実フィリアス・フォッグは、彼の手帳に、ひたすらそれまでの旅の所要日数だけを書き込んでいく。ジョン・サリヴァンがカード仲間に紹介するあのモーニング・クロニクル紙に掲載されていたという世界一周の旅程表もまた、移動する空間を所要日数によって表したものであった。

ロンドン――スエズ間、モン゠スニ、ブリンディージ経由、鉄道及び客船を利用……七日
スエズ――ボンベイ間、客船を利用……一三日
ボンベイ――カルカッタ間　鉄道を利用……三日
カルカッタ――香港(中国)間、客船を利用……一三日
香港――横浜(日本)間、客船を利用……六日
横浜――サンフランシスコ間、客船を利用……二二日
サンフランシスコ――ニューヨーク間、鉄道を利用……七日
ニューヨーク――ロンドン間、客船及び鉄道を利用……九日
計　八〇日

旅における距離の観念が後退し、旅が、それに要する時間によってとらえられるようになる。所要時間そのものも、技術的進歩とともに限りなく短縮されていく。つまりは、世界が小さくなっていく。そしてそのことはとりもなおさず、複数の異なる空間を同時的に所有する可能性がひろがったということを意味していた。実際、既に引用したハイネの文章は次のように続けられていた。「ベルギーやドイツ方面への路線が開通し、それらがこの地方の鉄道につながられた時、いったい何が起きるであろうか。私にはこれら全ての地方の山や森たちがパリに向かって歩いてくるのが見えるような気がする。私は既に、ドイツの菩提樹の木々の香りを嗅いでいるように思える。私の家の戸口では、北海の波が砕けている。」

パリにいながら、ドイツの森を、北海の波を、菩提樹の香りを、同時に経験すること。「小さくなった」世界を隅々まで探査し、それらについての知識を手に入れること。いってみれば、世界をあたかもカタログやアルバムのようにとらえ、その様々に異なる空間や様々な驚異を、瞬時にして所有すること。コンピューターの画面上に、今現在の、様々な世界の空間を瞬時にして呼び出し「所有」するという、あの現代的感覚の端緒が既にここに認められる。そしてそれは、当の旅行者自身以上に、旅行者の書いた手記や、旅行を題材にした物語を読む人間たちを、より強く支配していた感覚であっただろう。

雑誌『世界一周』

一八六〇年、エドゥアール・シャルトンは、版画入りの雑誌『世界一周』を発刊する。それは同時代の人々の書いた、未刊、既刊の旅行記を版画とともに収録し、広く大衆に世界の自然、文化、習俗を知らしめることを目的とした啓蒙雑誌であった。創刊年の各号を見ただけでも、シクレールによるモロッコ紀行、ゴーサンによるタヒチの宗教についての解説、ギョーム・ルジャンのアフリカ探検記、モジュ侯爵による中国・日本旅行記等々が掲載されている。シャルトンは既に一八三三年、同種の版画入り啓蒙誌『マガザン・ピトレスク』を刊行し、歴史、社会から、生物学、天文学、数学にまで至る様々な知の普及を行っている。いわば『世界一周』は、地球規模にまで拡大された、シャルトンの百科全書的関心の所産であったといえる。

ジュール・ヴェルヌの『八十日間世界一周』(雑誌への掲載は一八七二年、書籍としての刊行は一八七三年)は、このシャルトンの雑誌『世界一周』から実に様々な要素を借りてきている(時にそれは剽窃《ひょうせつ》とも呼べるほどである)。既にパスパルトゥーが立ち寄る横浜についての記述の多くの部分が、『世界一周』誌に数年にわたって掲載された、スイス人エメ・アンベールの旅行記に依拠していることが、富田仁氏の研究で明らかになっている(『ジュール・ヴェルヌと日本』花林書房、第一部第三章「描かれた〝ヨコハマ〟」参照)。パスパルトゥーがそこで目にする「弁天」地区も、「条約岬」も、「漆を塗った先のとがった帽子」をかぶり「腰に二本の刀をさした」役人も、「滑らかで黒檀のように黒い髪」をして、「顔は大きく、胴は長く、足は細」い日本人たちも、「サキ」も、「キリモン」も、「長寿と幸福の象徴」である鶴も、「案山子《かかし》」も、ことごとくが、既にこのアンベールの文章の中に見出されるのである。

また、富田氏は否定的であるが、興行師バタルカーに雇われたパスパルトゥーが演ずる「長鼻」の演技の源泉も、やはり『世界一周』誌に掲載されたアンベールの記事のうちに求めてよいものと思われる。同誌一八六九年上半期号の、日本の軽業師・曲芸師に関する部分には、舞台上に仰向けになり、竹で作った「長鼻」と、左足の裏のそれぞれの上に、別々の人物をのせた曲芸師を描いた版画が載せられている(次頁参照)。「長鼻」の上に右足をのせて立っている人物もまた、彼自身の「長鼻」を天井に向けて持ちあげ、その「長鼻」に接続された笠の周りに、次々と独楽《こま》を投げ上げて回している。そして、これらの芸を行う曲芸師の一座について、アンベールは、ヴェルヌの文章と近似する、次のような記述を行っている。「これらの離れ業を演ずる一座は、天狗神の庇護のもとに置かれ、この神の主要な付属物で飾りたてている。その付属物とは、長い鼻、二枚の羽根、刀、そして伝令吏の衣装である。」

借用は、日本に関する箇所にとどまらない。一八六九年下半期号の『世界一周』誌に掲載されているアルフレッド・グランディディエの「インド南部地方の旅」には、夫の死に際して、妻を殉死させる「サティー」の習慣についての記述が見られる。いうまでもなくそれは、『八

十日間世界一周』のアウダ夫人が危うくその犠牲となるところだった、あの「殉死の儀式」のことである。そしてこの記事の中には既に、この殉死が実際には、寡婦たちの自発的な意志によって以上に、夫の死後近親者から受けるであろう冷酷な待遇に対する彼女たちの恐れによってこそ引き起こされるということや、にもかかわらず自発的にサティーを望む寡婦もいて、数年前、ボンベイの植民地総督に自らの体を燃やすための薪を積み上げることを拒絶された一寡婦が、独立領の藩王《ラージャ》のもとでその望みを遂げたということなど、後のヴェルヌの作品に見出されるいくつかの逸話が紹介されている。

砂糖とバターだけを与えられ、闘争用に仕立てられた象が示す、「マッチ」と呼ばれる怒りの爆発のことは、『世界一周』誌一八七〇―一八七一下半期号のルイ・ルスレの記事、「藩王《ラージャ》たちのインド」の中で言及されている。同じ記事の別の章では、アウダ夫人が属しているゾロアスター教徒たちの集団、パールシーについての詳細な説明もある。

それだけではない。香港の阿片喫煙所の光景も、アメリカのパシフィック鉄道の列車内の様子も、スー族の襲撃や列車の運行を妨げながら進む長大な野牛の隊列も、グレート・ソルト湖の水の比重も、モルモン教の歴史も、全ては『世界一周』誌の中に見出すことができるのである。

エコノミーと賭け

しかしそうした様々な具体的事例にもまして、ヴェルヌの『八十日間世界一周』がシャルトンの『世界一周』誌から借りてきたのは、世界をカタログのようにとらえようとする姿勢そのものであったのではないか。二つの『世界一周』においてはいずれも、世界中の種々の「驚異」に関する「知」が、それらのエキゾティスム的神秘や観光的関心へと還元・平板化され、好奇心を強くかきたてる――しかしあくまでも了解可能な――個々の断片として並べられる。小説『八十日間世界一周』にあって、こうしたカタログ化された世界の断片の叙述は、とりわけ、作品全体を貫く「経済至上主義」とでもよべる原理の中で展開されている。

ヴェルヌの小説では至る所に、金銭をそれに見合った労働や商品と交換する、「等価交換」の現象が見出される。インドの鉄道の一部がまだ未完成であると知れば、フィリアス・フォッグはその区間を短時間で通過するためにどうしても必要な交通手段である象キウニを、二〇〇〇ポンドという高額の金と引き換えに購入する。香港では、あまり気乗りのしていないタンカデール号の船長を、一日一〇〇ポンドと、船が定刻に到着した場合の二〇〇ポンドの手当という金額で買収する。アメリカのカーニーでは、これからパスパルトゥーらを救出に行く兵士たちに、救出に成功した場合の報酬として一〇〇〇ポンドを約束して彼らの「士気」を買う。ニューヨークからヨーロッパに向かうヘンリエッタ号船上では、リヴァプールに向かうことを頑として拒むスピーディー船長を幽閉し、他の乗組員を、「銀行券を実に巧みに操りながら」買収してしまう。また、船の燃料が底をついたと見るや、今度は船長に六万ドルをちらつかせて、燃やすことの可能な船の上部を購入する。*

＊　富田仁氏が引く木村毅『日本翻訳史概観』によれば、明治時代に『八十日間世界一周』が日本語に翻訳された時、栗本鋤雲は、これまでの日本の小説と違って、この小説では、主人公が進退極まった時に「すべて金によって窮境を脱出している」と書いたという。これは、ヴェルヌの小説の特徴を見事にとらえた指摘であると言えよう。

それればかりではない。この小説では実に様々な事柄が、損・得や貸し・借り、あるいは利害の名のもとで語られる。ボンベイでフォッグが二日「稼いだ」と思えば、アウダ夫人救出の顚末では二日の「損失」が生じ、シンガポールから香港へ向かう船の上では、フォッグは、再び彼が「稼いだ」時間を「利益」欄に書き入れる。自分たちに献身的に仕えてくれたパールシーの象使いに、その報酬として象のキウニを与えたあと、フォッグは彼に「まだ私は君に借りがある」と語る。そして何より、小説の最後では、この世界一周の旅自体の、いわば収支決算までが試みられるのである。

「こうしてフィリアス・フォッグは賭けに勝った。彼は八〇日でこの世界一周を成し遂げた。（中略）が、その結果はどうであったか。彼がこの長旅で獲得したものは何だったのか。彼がこの旅から持ちかえることのできたものは何だったのか。

獲得し、持ちかえったものは何一つとしてない。人はそう答えるかもしれない。たしかに何一つなかったのである。あの魅力ある一人の女性、たとえそれがどれほどありえそうにない話であれ、彼をこの世の男性のうちで、最も幸福な男にしたあの女性を除いては。」

この原則はさらにはまた、語られた内容のみならず、語りの構造そのものについてまでも指摘することができる。「クロノメーター」のように規則正しい、フィリアス・フォッグという主人公を描くにあたって、ヴェルヌは、それと等価の、規則正しく進行する三七の、それぞれが明確な内容的まとまりをもった章を設けている。あとは準備された上述の「世界の断片」のうち、小説上のどの箇所でどれを、どれだけの長さで、そのストーリー展開上の必要性に応じて効率よく使用したらよいかという「経済」を考えればよい。かくして、サティー、長鼻、インディアン、パシフィック鉄道といった諸々の、世界中の驚異の「断片」は、こうした「語りの経済」の中で、それぞれに割り当てられた役割を整然と演じ、揺るぎない語りの構造の部分を形づくっていくのである。

しかし、こうしたヴェルヌの経済至上主義を根底から否定する契機が小説の中に見られないわけではなかった。いうまでもなく、この物語の出発点でもある、フィリアス・フォッグのあの途方もない「賭け」そのものがそれである。彼は二万ポンドをただ「名誉のため」にだけ賭け、出発の時点で手元にあった二万ポンドはほぼ全て旅行中に使ってしまう。前述の、二〇〇〇ポンドの象や、六万ドルで購入する船の上部や、一〇〇〇ポンドの成功報酬にしても、「等価交換」というよりは、むしろ、提供された労力や価値と支払われた対価との均衡を破壊しかねないほどの「濫費」に近いものであったということができるかもしれない。

さらにはまた、この八〇日間の旅行中、フォッグは少なくとも二度、彼の賭け金を自らの意志で失いかねない決断をする。一度は、自分を侮辱したプロクター大佐と拳銃による決闘で決着をつけようとする場面。もう一度は、インディアンの捕虜になった可能性のあるパスパルトゥーを助けに行こうと決心する場面である。自分を助けようとして自らを犠牲にした召使の救出に赴くにあたって、フォッグは自分の破産すらも覚悟する。言わばフィリアス・フォッグの英雄性は、その極端な経済至上主義と拮抗するほどの、彼の強力な無償性への希求にこそ由来しているということもできる。

無論、決闘は結局回避され、パスパルトゥーは救出される。あらゆる遅滞は取り戻され、最後の劇的な「幻の一日」の出現でフォッグは賭けに勝利し、アウダ夫人は彼の妻となる。フォッグ氏の「帳尻」は見事に合った。

ところが興味深いことに、この小説はもう一度、経済性と無償性が拮抗する奇妙な一文で終わっているのである。そこでは、旅における等価交換(何かを得るために)と無償性(何の見返りがなくても)への強い欲求が、再び互いに緊張をみせながら併置されている。

「そもそも人は、得られるものがもっと少なかったとしても、世界一周の旅に出かけるのではなかろうか。」

最後に、クロノメーターにはほど遠い不規則な翻訳の進行ぶりにも、辛抱強くつきあって下さった岩波書店編集部の平田賢一さんと塩尻親雄さんに、この場を借りて御礼申しあげたい。

二〇〇一年三月

鈴木啓二

八十日間世界一周《はちじゅうにちかんせかいいっしゅう》　ジュール・ヴェルヌ作

2001年4月16日　第1刷発行
2016年5月16日　第12刷発行

訳　者　鈴木啓二《すずきけいじ》

発行者　岡本　厚

発行所　株式会社　岩波書店
〒101-8002　東京都千代田区一ツ橋2-5-5

案内 03-5210-4000　販売部 03-5210-4111
文庫編集部 03-5210-4051
http://www.iwanami.co.jp/

印刷・理想社　カバー・精興社　製本・松岳社

ISBN4-00-325693-X　Printed in Japan

読書子に寄す

――岩波文庫発刊に際して――

岩波茂雄

真理は万人によって求められることを自ら欲し、芸術は万人によって愛されることを自ら望む。かつては民を愚昧ならしめるために学芸が最も狭き堂宇に閉鎖されたことがあった。今や知識と美とを特権階級の独占より奪い返すことはつねに進取的なる民衆の切実なる要求である。岩波文庫はこの要求に応じそれに励まされて生まれた。それは生命ある不朽の書を少数者の書斎と研究室とより解放して街頭にくまなく立たしめ民衆に伍せしめるであろう。近時大量生産予約出版の流行を見る。その広告宣伝の狂態はしばらくおくも、後代にのこすと誇称する全集がその編集に万全の用意をなしたるか。千古の典籍の翻訳企図に敬虔の態度を欠かざりしか。さらに分売を許さず読者を繋縛して数十冊を強うるがごとき、はたしてその揚言する学芸解放のゆえんなりや。吾人は天下の名士の声に和してこれを推挙するに躊躇するものである。このときにあたって、岩波書店は自己の責務のいよいよ重大なるを思い、従来の方針の徹底を期するため、すでに十数年以前より志して来た計画を慎重審議この際断然実行することにした。吾人は範をかのレクラム文庫にとり、古今東西にわたって文芸・哲学・社会科学・自然科学等種類のいかんを問わず、いやしくも万人の必読すべき真に古典的価値ある書をきわめて簡易なる形式において逐次刊行し、あらゆる人間に須要なる生活向上の資料、生活批判の原理を提供せんと欲する。この文庫は予約出版の方法を排したるがゆえに、読者は自己の欲する時に自己の欲する書物を各個に自由に選択することができる。携帯に便にして価格の低きを最主とするがゆえに、外観を顧みざるも内容に至っては厳選最も力を尽くし、従来の岩波出版物の特色をますます発揮せしめようとする。この計画たるや世間の一時の投機的なるものと異なり、永遠の事業として吾人は微力を傾倒し、あらゆる犠牲を忍んで今後永久に継続発展せしめ、もって文庫の使命を遺憾なく果たさしめることを期する。芸術を愛し知識を求むる士の自ら進んでこの挙に参加し、希望と忠言とを寄せられることは吾人の熱望するところである。その性質上経済的には最も困難多きこの事業にあえて当たらんとする吾人の志を諒として、その達成のため世の読書子とのうるわしき共同を期待する。

昭和二年七月

《ドイツ文学》〔赤〕

ニーベルンゲンの歌 全二冊 相良守峯訳
ラオコオン —絵画と文学との限界について レッシング 斎藤栄治訳
若きウェルテルの悩み ゲーテ 竹山道雄訳
ヴィルヘルム・マイスターの修業時代 全三冊 ゲーテ 山崎章甫訳
イタリア紀行 全三冊 ゲーテ 相良守峯訳
ファウスト 全二冊 ゲーテ 相良守峯訳
ゲーテとの対話 全三冊 エッカーマン 山下肇訳
三十年戦史 全二冊 シルレル 渡辺格司訳
ヴァレンシュタイン シラー 濱川祥枝訳
ヘルダーリン詩集 川村二郎訳
青い花 ノヴァーリス 青山隆夫訳
完訳 グリム童話集 全五冊 金田鬼一訳
牡猫ムルの人生観 全二冊 ホフマン 秋山六郎兵衛訳
水妖記（ウンディーネ） フーケー 柴田治三郎訳
影をなくした男 シャミッソー 池内紀訳
ハイネ 歌の本 全二冊 井上正蔵訳

流刑の神々・精霊物語 ハイネ 小沢俊夫訳
冬物語 —ドイツ ハイネ 井汲越次訳
ユーディット 他一篇 ヘッベル 吹田順助訳
水晶 他三篇 —石さまざま シュティフター 手塚富雄 藤村宏訳
ブリギッタ・森の泉 他一篇 シュティフター 宇多五郎 高安国世訳
ウィーンの辻音楽師 他一篇 グリルパルツァー 福田宏年訳
みずうみ 他四篇 シュトルム 関泰祐訳
美しき誘い 他一篇 シュトルム 国松孝二訳
聖ユルゲンにて・後見人カルステン 他一篇 シュトルム 国松孝二訳
村のロメオとユリア ケラー 草間平作訳
花・死人に口なし 他七篇 シュニッツラー 番匠谷英一 山本有三訳
ゲオルゲ詩集 手塚富雄訳
リルケ詩集 高安国世訳
ドゥイノの悲歌 リルケ 手塚富雄訳
ブッデンブローク家の人びと 全三冊 トーマス・マン 望月市恵訳
トオマス・マン短篇集 実吉捷郎訳
魔の山 全二冊 トーマス・マン 関泰祐 望月市恵訳

トニオ・クレエゲル トオマス・マン 実吉捷郎訳
ヴェニスに死す トオマス・マン 実吉捷郎訳
車輪の下 ヘルマン・ヘッセ 実吉捷郎訳
デミアン ヘルマン・ヘッセ 実吉捷郎訳
シッダルタ ヘッセ 手塚富雄訳
美しき惑いの年 カロッサ 手塚富雄訳
若き日の変転 カロッサ 斎藤栄治訳
幼年時代 カロッサ 斎藤栄治訳
指導と信従 カロッサ 国松孝二訳
マリー・アントワネット 全二冊 シュテファン・ツワイク 高橋禎二 秋山英夫訳
ジョゼフ・フーシェ —ある政治的人間の肖像 シュテファン・ツワイク 高橋禎二 秋山英夫訳
変身・断食芸人 カフカ 山下肇 山下萬里訳
審判 カフカ 辻瑆訳
カフカ短篇集 池内紀編訳
カフカ寓話集 池内紀編訳
ガリレイの生涯 ベルトルト・ブレヒト 岩淵達治訳
天と地との間 オットー・ルートヴィヒ 黒川武敏訳

ほらふき男爵の冒険　ビュルガー編　新井皓士訳
憂愁夫人　ズーデルマン　相良守峯訳
短篇集 死神とのインタヴュー　ノサック　神品芳夫訳
悪童物語　ルウドキヒ・トオマ　実吉捷郎訳
愛の完成・静かなヴェロニカの誘惑　ムージル　古井由吉訳
芸術を愛する一修道僧の真情の披瀝　ヴァッケンローダー　江川英一訳
ハインリヒ・ベル短篇集　青木順三編訳
ウィーン世紀末文学選　池内紀編訳
大理石像・デュランデ城悲歌　アイヒェンドルフ　関泰祐訳
改訳 愉しき放浪児　アイヒェンドルフ　関泰祐訳
ホフマンスタール詩集　川村二郎訳
陽気なヴッツ先生 他一篇　ジャン・パウル　岩田行一訳
蜜蜂マアヤ　ボンゼルス　実吉捷郎訳
インド紀行 全二冊　ボンゼルス　実吉捷郎訳
ドイツ名詩選　生野幸吉・檜山哲彦編
蝶の生活　シュナック　岡田朝雄訳
聖なる酔っぱらいの伝説 他四篇　ヨーゼフ・ロート　池内紀訳

ラデツキー行進曲 全二冊　ヨーゼフ・ロート　平田達治訳
暴力批判論 他十篇 —ベンヤミンの仕事1　ヴァルター・ベンヤミン　野村修編訳
ボードレール 他五篇 —ベンヤミンの仕事2　ヴァルター・ベンヤミン　野村修編訳
人生処方詩集　エーリヒ・ケストナー　小松太郎訳

《フランス文学》〔赤〕

ラブレー第一之書 ガルガンチュワ物語　渡辺一夫訳
ラブレー第二之書 パンタグリュエル物語　渡辺一夫訳
ラブレー第三之書 パンタグリュエル物語　渡辺一夫訳
ラブレー第四之書 パンタグリュエル物語　渡辺一夫訳
ラブレー第五之書 パンタグリュエル物語　渡辺一夫訳
トリスタン・イズー物語　ベディエ編　佐藤輝夫訳
ヴィヨン全詩集　鈴木信太郎訳
日月両世界旅行記　シラノ・ド・ベルジュラック　赤木昭三訳
ロンサール詩集　ロンサール　井上究一郎訳
ラ・ロシュフコー箴言集　二宮フサ訳
タルチュフ　モリエール　鈴木力衛訳
ドン・ジュアン —石像の宴　モリエール　鈴木力衛訳

町人貴族　モリエール　鈴木力衛訳
病は気から　モリエール　鈴木力衛訳
完訳 ペロー童話集　新倉朗子訳
ラ・フォンテーヌ 寓話 全二冊　今野一雄訳
クレーヴの奥方 他二篇　ラファイエット夫人　生島遼一訳
カラクテール —当世風俗誌 全三冊　ラ・ブリュイエール　関根秀雄訳
偽りの告白　マリヴォー　鈴木力衛訳
贋の侍女・愛の勝利　マリヴォー　佐藤実枝・井村順一訳
カンディード 他五篇　ヴォルテール　植田祐次訳
マノン・レスコー　アベ・プレヴォ　河盛好蔵訳
ジル・ブラース物語 全四冊　ル・サージュ　杉捷夫訳
美味礼讃 全二冊　ブリア-サヴァラン　関根秀雄・戸部松実訳
アドルフ　コンスタン　大塚幸男訳
赤と黒 全二冊　スタンダール　桑原武夫・生島遼一訳
パルムの僧院 全二冊　スタンダール　生島遼一訳
ヴァニナ・ヴァニニ 他四篇　スタンダール　生島遼一訳
知られざる傑作 他五篇　バルザック　水野亮訳

従兄ポンス 全二冊　バルザック　水野亮訳
谷間のゆり　バルザック　宮崎嶺雄訳
「絶対」の探求　バルザック　水野亮訳
ゴリオ爺さん 全二冊　バルザック　高山鉄男訳
ゴプセック・毬打つ猫の店　バルザック　芳川泰久訳
サラジーヌ 他三篇　バルザック　芳川泰久訳
艶笑滑稽譚 全三冊　バルザック　石井晴一訳
レ・ミゼラブル 全四冊　ユーゴー　豊島与志雄訳
死刑囚最後の日　ユーゴー　豊島与志雄訳
エルナニ　ユーゴー　稲垣直樹訳
モンテ・クリスト伯 全七冊　アレクサンドル・デュマ　山内義雄訳
三銃士 全二冊　デュマ　生島遼一訳
カルメン　メリメ　杉捷夫訳
メリメ怪奇小説選　杉捷夫編訳
愛の妖精（プチット・ファデット）　ジョルジュ・サンド　宮崎嶺雄訳
悪の華　ボオドレール　鈴木信太郎訳
ボヴァリー夫人 全二冊　フローベール　伊吹武彦訳

感情教育 全二冊　フローベール　生島遼一訳
聖アントワヌの誘惑　フローベール　渡辺一夫訳
椿姫　デュマ・フィス　吉村正一郎訳
プチ・ショーズ —ある少年の物語　ドーデー　原千代海訳
シルヴェストル・ボナールの罪　アナトール・フランス　伊吹武彦訳
氷島の漁夫　ピエール・ロチ　吉氷清訳
マラルメ詩集　渡辺守章訳
脂肪のかたまり　モーパッサン　高山鉄男訳
ベラミ 全二冊　モーパッサン　杉捷夫訳
モーパッサン短篇選　高山鉄男編訳
地獄の季節　ランボオ　小林秀雄訳
にんじん　ルナアル　岸田国士訳
ぶどう畑のぶどう作り　ルナアル　岸田国士訳
博物誌　ルナール　辻昶訳
ジャン・クリストフ 全四冊　ロマン・ローラン　豊島与志雄訳
散文詩 夜の歌　フランシス・ジャム　三好達治訳
フランシス・ジャム詩集　手塚伸一訳

三人の乙女たち　フランシス・ジャム　手塚伸一訳
狭き門　アンドレ・ジイド　川口篤訳
贋金つくり 全二冊　アンドレ・ジイド　川口篤訳
続コンゴ紀行 —チャド湖より還る　アンドレ・ジイド　杉捷夫訳
パリュウド　アンドレ・ジイド　小林秀雄訳
ムッシュー・テスト　ポール・ヴァレリー　清水徹訳
精神の危機 他十五篇　ポール・ヴァレリー　恒川邦夫訳
朝のコント　フィリップ　淀野隆三訳
シラノ・ド・ベルジュラック　ロスタン　鈴木信太郎・辰野隆訳
恐るべき子供たち　コクトー　鈴木力衛訳
人はすべて死す 全二冊　ボーヴォワール　川口篤・田中敬一訳
セヴィニェ夫人手紙抄　井上究一郎訳
地底旅行　ジュール・ヴェルヌ　朝比奈弘治訳
八十日間世界一周　ジュール・ヴェルヌ　鈴木啓二訳
海底二万里 全二冊　ジュール・ヴェルヌ　朝比奈美知子訳
結婚十五の歓び　新倉俊一訳
死霊の恋・ポンペイ夜話 他三篇　ゴーチエ　田辺貞之助訳

キャピテン・フラカス 全三冊　ゴーティエ　田辺貞之助訳
モーパン嬢 全二冊　テオフィル・ゴーチエ　井村実名子訳
牝猫（めすねこ）　コレット　工藤庸子訳
シェリ　コレット　工藤庸子訳
生きている過去　レニエ　窪田般彌訳
フランス短篇傑作選　山田稔編訳
シュルレアリスム宣言・溶ける魚　アンドレ・ブルトン　巖谷國士訳
ナジャ　アンドレ・ブルトン　巖谷國士訳
不遇なる一天才の手記　ヴォーヴナルグ　関根秀雄訳
フランス民話集　新倉朗子編訳
ヂェルミニィ・ラセルトゥウ　ゴンクウル兄弟　大西克和訳
ゴンクールの日記 全二冊　斎藤一郎編訳
短篇集 恋の罪　サド　植田祐次訳
フランス名詩選　安藤元雄・入沢康夫・渋沢孝輔編
グラン・モーヌ　アラン＝フルニエ　天沢退二郎訳
狐物語　鈴木覺・福本直之・原野昇訳
繻子の靴 全二冊　ポール・クローデル　渡辺守章訳

幼なごころ　ヴァレリー・ラルボー　岩崎力訳
A・O・バルナブース全集 全二冊　ヴァレリー・ラルボー　岩崎力訳
心変わり　ミシェル・ビュトール　清水徹訳
自由への道 全六冊　サルトル　海老坂武・澤田直訳
物質的恍惚　ル・クレジオ　豊崎光一訳
悪魔祓い　ル・クレジオ　高山鉄男訳
女中たち　バルコン　ジャン・ジュネ　渡辺守章訳
楽しみと日々　プルースト　岩崎力訳
失われた時を求めて 全十四冊（既刊七冊）　プルースト　吉川一義訳
丘　ジャン・ジオノ　山本省訳
子ども 全二冊　ジュール・ヴァレス　朝比奈弘治訳
アルゴールの城にて　ジュリアン・グラック　安藤元雄訳
シルトの岸辺　ジュリアン・グラック　安藤元雄訳
冗談　ミラン・クンデラ　西永良成訳

《イギリス文学》〔赤〕

ユートピア　トマス・モア　平井正穂訳
完訳 カンタベリー物語 全三冊　チョーサー　桝井迪夫訳
ヴェニスの商人　シェイクスピア　中野好夫訳
ジュリアス・シーザー　シェイクスピア　中野好夫訳
十二夜　シェイクスピア　小津次郎訳
ハムレット　シェイクスピア　野島秀勝訳
オセロウ　シェイクスピア　菅泰男訳
リア王　シェイクスピア　野島秀勝訳
マクベス　シェイクスピア　木下順二訳
ソネット集　シェイクスピア　高松雄一訳
ロミオとジューリエット　シェイクスピア　平井正穂訳
リチャード三世　シェイクスピア　木下順二訳
対訳 シェイクスピア詩集 ―イギリス詩人選(1)　柴田稔彦編
失楽園 全二冊　ミルトン　平井正穂訳
ロビンソン・クルーソー 全二冊　デフォー　平井正穂訳
桶物語・書物戦争 他一篇　スウィフト　深町弘三訳

ガリヴァー旅行記　スウィフト　平井正穂訳
トム・ジョウンズ 全四冊　フィールディング　朱牟田夏雄訳
ジョウゼフ・アンドルーズ 全二冊　フィールディング　朱牟田夏雄訳
トリストラム・シャンディ 全三冊　ロレンス・スターン　朱牟田夏雄訳
ウェイクフィールドの牧師 ―むだばなし　ゴールドスミス　小野寺健訳
幸福の探求 ―アビシニアの王子ラセラスの物語　サミュエル・ジョンソン　朱牟田夏雄訳
対訳 バイロン詩集 ―イギリス詩人選(8)　笠原順路編
対訳 ブレイク詩集 ―イギリス詩人選(4)　松島正一編
ブレイク詩集　寿岳文章訳
ワーズワース詩集　田部重治選訳
対訳 ワーズワス詩集 ―イギリス詩人選(3)　山内久明編
アイヴァンホー 全二冊　スコット　菊池武一訳
対訳 コウルリッジ詩集 ―イギリス詩人選(7)　上島建吉編
高慢と偏見 全二冊　ジェーン・オースティン　富田彬訳
説きふせられて　ジェーン・オースティン　富田彬訳
エマ 全二冊　ジェーン・オースティン　工藤政司訳
シェイクスピア物語 全二冊　チャールズ・ラム　メアリー・ラム　安藤貞雄訳

対訳 テニスン詩集 ―イギリス詩人選(5)　西前美巳編
デイヴィッド・コパフィールド 全五冊　ディケンズ　石塚裕子訳
ディケンズ短篇集　小池滋　石塚裕子訳
オリヴァ・ツウィスト 全二冊　ディケンズ　本多季子訳
アメリカ紀行 全二冊　ディケンズ　伊藤弘之　下笠徳次　隈元貞広訳
大いなる遺産 全二冊　ディケンズ　石塚裕子訳
鎖を解かれたプロメテウス　シェリー　石川重俊訳
対訳 シエリー詩集 ―イギリス詩人選(9)　アルヴィ宮本なほ子編
ジェイン・エア 全二冊　シャーロット・ブロンテ　河島弘美訳
嵐が丘 全二冊　エミリー・ブロンテ　河島弘美訳
クリスチナ・ロセッティ詩抄　入江直祐訳
サイラス・マーナー　ジョージ・エリオット　土井治訳
教養と無秩序　マシュー・アーノルド　多田英次訳
ハーディ テス 全二冊　井上宗次　石田英二訳
ハーディ短篇集　井出弘之編訳
緑の館 ―熱帯林のロマンス　ハドソン　柏倉俊三訳
宝島　スティーヴンスン　阿部知二訳

ジーキル博士とハイド氏　スティーヴンスン　海保眞夫訳
プリンス・オットー　スティーヴンスン　小川和夫訳
新アラビヤ夜話　スティーヴンスン　佐藤緑葉訳
若い人々のために 他十一篇　スティーヴンスン　岩田良吉訳
バラントレーの若殿　スティーヴンスン　海保眞夫訳
マーカイム・壜の小鬼 他五篇　スティーヴンソン　高松雄一・高松禎子訳
怪談 —不思議なことの物語と研究　ラフカディオ・ハーン　平井呈一訳
心 —日本の内面生活の暗示と影響　ラフカディオ・ハーン　平井呈一訳
サロメ　ワイルド　福田恆存訳
人と超人　バーナド・ショー　市川又彦訳
ヘンリ・ライクロフトの私記　ギッシング　平井正穂訳
ギッシング短篇集　小池滋編訳
闇の奥　コンラッド　中野好夫訳
対訳 イエイツ詩集　高松雄一編
月と六ペンス　モーム　行方昭夫訳
読書案内 —世界文学　W・S・モーム　西川正身訳
人間の絆 全三冊　モーム　行方昭夫訳

サミング・アップ　モーム　行方昭夫訳
モーム短篇選 全二冊　行方昭夫編訳
お菓子とビール　モーム　行方昭夫訳
ダブリンの市民　ジョイス　結城英雄訳
ロレンス短篇集　河野一郎編訳
荒地　T・S・エリオット　岩崎宗治訳
四つの四重奏　T・S・エリオット　岩崎宗治訳
悪口学校　シェリダン　菅泰男訳
パリ・ロンドン放浪記　ジョージ・オーウェル　小野寺健訳
動物農場 —おとぎばなし　ジョージ・オーウェル　川端康雄訳
対訳 キーツ詩集 —イギリス詩人選(10)　宮崎雄行編
深き淵よりの嘆息 —『阿片常用者の告白』続篇　ド・クインシー　野島秀勝訳
20世紀イギリス短篇選 全二冊　小野寺健編訳
イギリス名詩選　平井正穂編
中世イギリス英雄叙事詩 ベーオウルフ　忍足欣四郎訳
タイム・マシン 他九篇　H・G・ウエルズ　橋本槇矩訳
モロー博士の島 他九篇　H・G・ウエルズ　橋本槇矩・鈴木万里訳

トーノ・バンゲイ 全二冊　ウェルズ　中西信太郎訳
回想のブライズヘッド 全二冊　イーヴリン・ウォー　小野寺健訳
愛されたもの　イーヴリン・ウォー　中村健二・出淵博訳
ナイティンゲール伝 他一篇　リットン・ストレイチー　橋口稔訳
フォースター評論集　小野寺健編訳
白衣の女 全三冊　ウィルキー・コリンズ　中島賢二訳
夢の女・恐怖のベッド 他六篇　ウィルキー・コリンズ　中島賢二訳
対訳 英米童謡集　河野一郎編訳
灯台へ　ヴァージニア・ウルフ　御輿哲也訳
世の習い　コングリーヴ　笹山隆訳
夜の来訪者　プリーストリー　安藤貞雄訳
イングランド紀行 全二冊　プリーストリー　橋本槇矩訳
アーネスト・ダウスン作品集　南條竹則編訳
スコットランド紀行　エドウィン・ミュア　橋本槇矩訳
狐になった奥様　ガーネット　安藤貞雄訳
ヘリック詩鈔　森亮訳
たいした問題じゃないが —イギリス・コラム傑作選　行方昭夫編訳

真昼の暗黒　アーサー・ケストラー　中島賢二訳
英国ルネサンス恋愛ソネット集　岩崎宗治編訳
文学とは何か ―現代批評理論への招待 全二冊　テリー・イーグルトン　大橋洋一訳

《アメリカ文学》〔赤〕

フランクリン自伝　松本慎一・西川正身訳
スケッチ・ブック 全二冊　アーヴィング　齊藤昇訳
アルハンブラ物語 全二冊　アーヴィング　平沼孝之訳
ウォルター・スコット邸訪問記　アーヴィング　齊藤昇訳
ブレイスブリッジ邸　アーヴィング　齊藤昇訳
完訳 緋文字　ホーソーン　八木敏雄訳
ホーソーン短篇小説集　坂下昇編訳
哀詩 エヴァンジェリン　ロングフェロー　斎藤悦子訳
黒猫・モルグ街の殺人事件 他五篇　ポオ　中野好夫訳
対訳 ポー詩集 ―アメリカ詩人選(1)　加島祥造編
黄金虫・アッシャー家の崩壊 他九篇　ポオ　八木敏雄訳
ポオ評論集　八木敏雄編訳
森の生活(ウォールデン) 全二冊　ソロー　飯田実訳

市民の反抗 他五篇　H・D・ソロー　飯田実訳
白鯨 全三冊　メルヴィル　八木敏雄訳
草の葉 全三冊　ホイットマン　酒本雅之訳
対訳 ホイットマン詩集 ―アメリカ詩人選(2)　木島始編
対訳 ディキンソン詩集 ―アメリカ詩人選(3)　亀井俊介編
不思議な少年　マーク・トウェイン　中野好夫訳
王子と乞食　マーク・トウェーン　村岡花子訳
人間とは何か　マーク・トウェイン　中野好夫訳
ハックルベリー・フィンの冒険 全二冊　マーク・トウェイン　西田実訳
新編 悪魔の辞典　ビアス　西川正身編訳
ねじの回転・デイジー・ミラー　ヘンリー・ジェイムズ　行方昭夫訳
大使たち 全二冊　ヘンリー・ジェイムズ　青木次生訳
ワシントン・スクエア　ヘンリー・ジェイムズ　河島弘美訳
荒野の呼び声　ジャック・ロンドン　海保眞夫訳
どん底の人びと ―ロンドン一九〇二　ジャック・ロンドン　行方昭夫訳
シカゴ詩集　サンドバーグ　安藤一郎訳
大地 全四冊　パール・バック　小野寺健訳

シスター・キャリー 全二冊　ドライサー　村山淳彦訳
響きと怒り 全二冊　フォークナー　平石貴樹・新納卓也訳
アブサロム、アブサロム! 全二冊　フォークナー　藤平育子訳
楡の木陰の欲望　オニール　井上宗次訳
日はまた昇る　ヘミングウェイ　谷口陸男訳
怒りのぶどう 全三冊　スタインベック　大橋健三郎訳
ブラック・ボーイ ―ある幼少期の記録 全二冊　リチャード・ライト　野崎孝訳
オー・ヘンリー傑作選　大津栄一郎訳
フィッツジェラルド短篇集　佐伯泰樹編訳
アメリカ名詩選　亀井俊介・川本皓嗣編
20世紀アメリカ短篇選 全二冊　大津栄一郎編訳
開拓者たち 全二冊　クーパー　村山淳彦訳
孤独な娘　ナサニエル・ウエスト　丸谷才一訳
魔法の樽 他十二篇　マラマッド　阿部公彦訳
青白い炎　ナボコフ　富士川義之訳

《法律・政治》〔白〕

- 人権宣言集 — 高木八尺・末延三次・宮沢俊義 編
- 新版 世界憲法集 第二版 — 高橋和之 編
- 君主論 — マキアヴェッリ 河島英昭 訳
- フィレンツェ史 全二冊 — マキァヴェッリ 齊藤寛海 訳
- リヴァイアサン 全四冊 — ホッブズ 水田洋 訳
- ビヒモス — ホッブズ 山田園子 訳
- 法の精神 全三冊 — モンテスキュー 野田良之・稲本洋之助・上原行雄・田中治男・三辺博之・横田地弘 訳
- 第三身分とは何か — シィエス 稲本洋之助・伊藤洋一・川出良枝・松本英実 訳
- 教育に関する考察 — ロック 服部知文 訳
- 完訳 統治二論 — ジョン・ロック 加藤節 訳
- フランス二月革命の日々 —トクヴィル回想録 — トクヴィル 喜安朗 訳
- アメリカのデモクラシー 全四冊 — トクヴィル 松本礼二 訳
- 犯罪と刑罰 — ベッカリーア 風早八十二・五十嵐二葉 訳
- ヴァジニア覚え書 — T・ジェファソン 中屋健一 訳
- リンカーン演説集 — 高木八尺・斎藤光 訳
- 権利のための闘争 — イェーリング 村上淳一 訳
- 民主主義の本質と価値 他一篇 — ハンス・ケルゼン 長尾龍一・植田俊太郎 訳
- 法における常識 — P・G・ヴィノグラドフ 末延三次・伊藤正己 訳
- 近代国家における自由 — H・J・ラスキ 飯坂良明 訳
- 危機の二十年 —理想と現実 — E・H・カー 原彬久 訳
- ザ・フェデラリスト — A・ハミルトン J・ジェイ J・マディソン 斎藤眞・中野勝郎 訳
- マッツィーニ 人間の義務について — 齋藤ゆかり 訳
- モーゲンソー 国際政治 —権力と平和 全三冊 — 原彬久 監訳
- ポリアーキー — ロバート・A・ダール 高畠通敏・前田脩 訳

《経済・社会》〔白〕

- ケネー 経済表 — 平田清明・井上泰夫 訳
- チュルゴオ 富に関する省察 — 永田清 訳
- 国富論 全四冊 — アダム・スミス 水田洋 監訳 杉山忠平 訳
- 道徳感情論 全二冊 — アダム・スミス 水田洋 訳
- コモン・センス 他三篇 — トーマス・ペイン 小松春雄 訳
- 人間の権利 — トマス・ペイン 西川正身 訳
- 経済学における諸定義 — マルサス 玉野井芳郎 訳
- 経済学および課税の原理 全二冊 — リカードウ 羽鳥卓也・吉澤芳樹 訳
- 農地制度論 — フリードリッヒ・リスト 小林昇 訳
- 戦争論 全三冊 — クラウゼヴィッツ 篠田英雄 訳
- 自由論 — J・S・ミル 塩尻公明・木村健康 訳
- 代議制統治論 — J・S・ミル 水田洋 訳
- 大学教育について — J・S・ミル 竹内一誠 訳
- ユダヤ人問題によせて ヘーゲル法哲学批判序説 — マルクス 城塚登 訳
- 経済学・哲学草稿 — マルクス 城塚登・田中吉六 訳
- 新編輯版 ドイツ・イデオロギー — マルクス エンゲルス 廣松渉 編訳 小林昌人 補訳
- マルクス エンゲルス 共産党宣言 — 大内兵衛・向坂逸郎 訳
- 賃労働と資本 — マルクス 長谷部文雄 訳
- 賃銀・価格および利潤 — マルクス 長谷部文雄 訳
- マルクス 経済学批判 — 武田隆夫・遠藤湘吉・大内力・加藤俊彦 訳
- マルクス 資本論 全九冊 — エンゲルス 編 向坂逸郎 訳
- フランスの内乱 — マルクス 木下半治 訳
- マルクス ゴータ綱領批判 — 望月清司 訳
- 裏切られた革命 — トロツキー 藤井一行 訳
- 文学と革命 全二冊 — トロツキイ 桑野隆 訳

ドイツ農民戦争　エンゲルス　大内力訳
空想より科学へ　—社会主義の発展　エンゲルス　大内兵衛訳
帝国主義　レーニン　宇高基輔訳
国家と革命　レーニン　宇高基輔訳
暴力論　全二冊　ソレル　今村仁司・塚原史訳
ローザ・ルクセンブルク　経済学入門　岡崎次郎・時永淑訳
雇用、利子および貨幣の一般理論　全二冊　ケインズ　間宮陽介訳
価値と資本　全二冊　J.R.ヒックス　安井琢磨・熊谷尚夫訳
シュムペーター　経済発展の理論　—経済理論の若干の基本原理に関する研究　全二冊　塩野谷祐一・中山伊知郎・東畑精一訳
踏査報告　窮乏の農村　猪俣津南雄
恐慌論　宇野弘蔵
ユートピアだより　ウィリアム・モリス　川端康雄訳
世界をゆるがした十日間　全二冊　ジョン・リード　原光雄訳
古代社会　全二冊　L.H.モルガン　青山道夫訳
アメリカ先住民のすまい　L.H.モーガン　古代社会研究会訳　上田篤監修
ゲマインシャフトとゲゼルシャフト　—純粋社会学の基本概念　全二冊　テンニエス　杉之原寿一訳
理解社会学のカテゴリー　マックス・ウェーバー　林道義訳

社会科学と社会政策にかかわる認識の「客観性」　マックス・ヴェーバー　富永祐治・立野保男訳　折原浩補訳
プロテスタンティズムの倫理と資本主義の精神　マックス・ヴェーバー　大塚久雄訳
職業としての学問　マックス・ウェーバー　尾高邦雄訳
社会学の根本概念　マックス・ヴェーバー　清水幾太郎訳
職業としての政治　マックス・ヴェーバー　脇圭平訳
古代ユダヤ教　全三冊　マックス・ヴェーバー　内田芳明訳
未開社会の思惟　全二冊　レヴィ・ブリュル　山田吉彦訳
宗教生活の原初形態　全二冊　デュルケム　古野清人訳
通過儀礼　ファン・ヘネップ　綾部恒雄・綾部裕子訳
マッカーシズム　R.H.ロービア　宮地健次郎訳
世論　全二冊　リップマン　掛川トミ子訳
天体による永遠　オーギュスト・ブランキ　浜本正文訳
王権　A.M.ホカート　橋本和也訳
鯰絵　—民俗的想像力の世界　C.アウエハント　小松和彦・中沢新一・飯島吉晴・古家信平訳
贈与論　他二篇　マルセル・モース　森山工訳

《自然科学》〔青〕

科学と仮説　ポアンカレ　河野伊三郎訳

改訳　科学と方法　ポアンカレ　吉田洋一訳
科学者と詩人　ポアンカレ　平林初之輔訳
エネルギー　オストヴァルト　山県春次訳
光学　ニュートン　島尾永康訳
ガリレオ・ガリレイ　新科学対話　全二冊　今野武雄・日田節次訳
星界の報告　他一篇　ガリレオ・ガリレイ　山田慶児・谷泰訳
ロウソクの科学　ファラデー　竹内敬人訳
種の起原　全二冊　ダーウィン　八杉龍一訳
人及び動物の表情について　ダーウィン　浜中浜太郎訳
近代医学の建設者　メチニコフ　宮村定男訳
完訳　ファーブル昆虫記　全十冊　山田吉彦・林達夫訳
増訂新版　アルプス紀行　ジョン・チンダル　矢島祐利訳
数について　—連続性と数の本質　デーデキント　河野伊三郎訳
物質と光　ルイ・ドゥ・ブロイ　河野与一訳
微生物の狩人　全二冊　ポール・ド・クライフ　秋元寿恵夫訳
アインシュタイン　相対性理論　内山龍雄訳・解説
家畜系統史　コンラット・ケルレル　加茂儀一訳

近世数学史談　高木貞治

ハッブル　銀河の世界　戎崎俊一訳

パロマーの巨人望遠鏡　全二冊　D・O・ウッドベリー　関正雄・湯澤博・成相恭二訳

生物から見た世界　ユクスキュル・クリサート　日高敏隆・羽田節子訳

ゲーデル　不完全性定理　林晋・八杉満利子訳

日本の酒　坂口謹一郎

生命とは何か　―物理的にみた生細胞　シュレーディンガー　岡小天・鎮目恭夫訳

行動の機構　―脳メカニズムから心理学へ　全二冊　D・O・ヘッブ　鹿取廣人・金城辰夫・鈴木光太郎・鳥居修晃・渡邊正孝訳

ウィーナー　サイバネティックス　―動物と機械における制御と通信　池原止戈夫・彌永昌吉・室賀三郎・戸田巌訳

岩波文庫の最新刊

十川信介編
漱石追想
「マント着て黙りて歩く先生と肩をならべて江戸川端を」(寺田寅彦)。同級生に留学仲間、同僚、教え子、そして家族……四十九人が語る、記憶のなかの素顔の漱石。
〔緑二〇一‐一一〕 本体九〇〇円

巴 金/立間祥介訳
寒い夜
現代中国を代表する作家・巴金(一九〇四‐二〇〇五)の到達点を示す長編小説。感情のせめぎ合いが抑制された円熟の筆致で描かれ、苛烈な人生のドラマが胸を打つ。
〔赤二八‐三〕 本体一〇八〇円

マーガレット・ミッチェル/荒このみ訳
風と共に去りぬ (六)
スカーレットとレットにボニーが生まれる。娘を溺愛するレット。だがスカーレットはアシュリーへの想いを断てず、二人の関係は次第に冷えていく……。(全六冊完結)
〔赤三四二‐六〕 本体九二〇円

尾佐竹猛/吉良芳恵校注
幕末遣外使節物語
—夷狄の国へ—
幕末の遣欧米使節一行の現地での言行、事蹟を日記類、新聞記事などの資料を駆使して描いた物語。幕末史を知る上での貴重な読物でもある。
〔青一八二‐一〕 本体九二〇円

早稲田大学編
大隈重信演説談話集
演説の名手大隈重信は、青年に何を期待し、新しい時代を生きる女性にいかなるメッセージを送ったのか? かれの政治論・国際路線の構想・教育に対するビジョンは?
〔青N一一八‐一〕 本体一〇二〇円

……今月の重版再開……

林屋永吉訳
コロンブス航海誌
〔青四二八‐一〕 本体八〇〇円

伊藤 整
近代日本人の発想の諸形式 他四篇
〔緑九六‐一〕 本体五〇〇円

倉田百三
愛と認識との出発
〔緑六七‐三〕 本体八〇〇円

ユゴー/榊原晃三編訳
ライン河幻想紀行
〔赤五三一‐九〕 本体七四〇円

定価は表示価格に消費税が加算されます　2016. 3.

岩波文庫の最新刊

兵藤裕己校注
太平記（五）
高師直・足利尊氏の死と義詮の将軍就任、大火・疫病・大地震、南朝軍の京都進攻――佐々木道誉の挿話とともにバサラの時代が語られる。（全六冊）
〔黄一四三-五〕 本体一三二〇円

自選 大岡信詩集
同時代と伝統、日本の古典とシュルレアリスムを架橋して、日本語の新しいイメージを織りなす詩人大岡信（一九三一-）のエッセンスを自選により集成。（解説＝三浦雅士）
〔緑二〇二-一〕 本体七四〇円

千葉俊二・長谷川郁夫・宗像和重編
日本近代随筆選 1出会いの時
見える世界をふと変える、たった数ページの小宇宙たち。作家・詩人から科学者まで、随筆の魅力に出会うとっておきの四十二篇を精選。（解説＝千葉俊二）（全三冊）
〔緑二〇三-一〕 本体八一〇円

紅野謙介編
尾崎士郎短篇集
尾崎士郎の短篇小説は、作家の特質が最も良く表現されている。従軍文学、抒情小説、自伝的作品等から十六作を精選した。（解説＝尾崎俵士）
〔緑二〇四-一〕 本体一〇〇〇円

ホッブズ／田中浩、重森臣広、新井明訳
法の原理
――人間の本性と政治体《コモンウェルス》――

ホッブズ最初の政治学書。国を二分するほど激化した国王と議会との対立を前に、すべての人間が安全に生きるために政治はどうあるべきかを原理的に説いた。

〔白四-七〕 本体一〇一〇円

……今月の重版再開……

尾崎雅嘉／古川久校訂
百人一首一夕話（上）（下）
本体一〇二〇・九二〇円 〔黄二三五-一・二〕

H・G・ウエルズ／橋本槇矩訳
透明人間
本体六二〇円 〔赤二七六-一〕

柴田宵曲
評伝 正岡子規
本体七〇〇円 〔緑一〇六-二〕